奋斗的年华

走入乡村建设

孙国才 著

奔跑·在路上·梦想·在路上

行为是改变人生命运的金钥匙

1975年腊月初的一个早晨，天气晴朗却寒风刺骨，在苏北里下河水乡一条东西走向的大河的河岸打堤路上，由西向东走来一对二十五六岁的男女青年，这名男青年就是本书的主人公梁兴正，女青年是他新婚不久的妻子韩扣子。今天是梁兴正应约到县建材厂报到的日子……

陕西新华出版
太白文艺出版社·西安

图书在版编目(CIP)数据

奋斗的年华:走入乡村建设／孙国才著. ‐‐西安:太白文艺出版社,2024.1
ISBN 978‐7‐5513‐2559‐2

Ⅰ.①奋… Ⅱ.①孙… Ⅲ.①长篇小说–中国–当代 Ⅳ.①I247.5

中国国家版本馆 CIP 数据核字(2024)第 012023 号

奋斗的年华　走入乡村建设
FENDOU DE NIANHUA　ZOURU XIANGCUN JIANSHE

作　　者	孙国才
责任编辑	张瑶　刘琪
装帧设计	朝夕文化
出版发行	太白文艺出版社
经　　销	新华书店
印　　刷	武汉怡皓佳印务有限公司
开　　本	787 毫米×1092 毫米　1/16
字　　数	190 千字
印　　张	14
版　　次	2024 年 1 月第 1 版
印　　次	2024 年 1 月第 1 次印刷
书　　号	ISBN 978‐7‐5513‐2559‐2
定　　价	88.00 元

版权所有　盗版必究
如有印装质量问题,可寄出版社印制部调换
联系电话:029‐81206800
出版社地址:西安市曲江新区登高路 1388 号(邮编:710061)
营销中心电话:029‐87277748　029‐87217872

序

人的一生充满艰辛,最终的结局是命运、机遇与行为的综合,而行为是改变人生命运的金钥匙。行为的好坏又决定着人们对你的喜爱或痛恨。

有人认为,人世间不存在命运;也有人认为,人生受命运的主宰。依我看,说人生不存在命运不确切,说人生完全靠命运主宰也不确切。试想:如果你出生在一个和平富强的国度里,一来到这个世界就能享受平安无忧的幸福;相反,如果你出生在一个战火纷飞的国度里,则一来到这个世界就要遭受朝不保夕的流亡之苦。这难道不是命运吗?先天或后天的残疾对人生造成的困境,不能说不是命运;还有出生家庭的贫富对今后人生的影响,也不能说不是命运。所以,身不由己就是不可选择的命运。

然而,说人生完全靠命运主宰也不确切。为什么有的人在战乱中能从奴隶变成将军呢?除了有命运的因素,还有战乱局势的不稳给他们带来的成功和胜利的机遇。无论在战争年代还是和平年代,有人给你指明方向,并提拔你、重用你,就是你的机遇。相反,你哪怕是块金子,如果被埋在泥土里,没有人发现你和打磨你,依然形同瓦砾。现在有许多人富了,总以为自己了不起,不知感恩,殊不知,如果没有国家改革开放的优惠政策,你又何以八仙过海,各显神通呢?因此,现在富了的人,不能说不是沾了国家改革开放的机遇之光,所以机遇对人生成败的影响也不可否认。

最后说行为,行为对人生成败最为重要。因为一个人的正确行为可以创造机遇、改变命运,而错误行为又可以让他失去已经拥有的机遇和命运。

行为包括努力、能力、毅力和定力。人生成功的第一步就是要努力学习。伟人毛泽东教导我们要"好好学习,天天向上",古代名人说:"才须学也,非学无以广才,非志无以成学。"青少年时要努力学习,提高知识水平;走向社会后,要努力学习,提升工作能力。不管你有多么远大的志向,无才都只能空有壮志在。世界上任何事业的成功创建都离不开努力、能力和毅力,而守业要靠定力,缺失定力,即使创业成功也会得而复失。

比如隋朝的杨广,出生在帝王之家,命运对他无比优待,但他即位君王后缺失定力,宠信奸臣,追求享乐,不理朝政,造成了奸臣当道、贪腐成群、忠臣受害、民不聊生的乱世局面,最终导致官逼民反、诸侯割据、江山不保,自己也死于非命。

还有历史上的洪秀全、杨秀清、韦昌辉之流,不堪封建统治压迫组织农民起义,他们艰苦奋斗、不怕牺牲、团结一致、攻坚克难,终于创建了太平天国。但他们目光短浅、小成即安、缺失定力、违背初心,开始贪图享乐、争权夺利、相互残杀,又将太平天国推向了火坑。

无数历史事实证明守业靠定力,从古至今所有事业的成败,都缘于定力的存在与否。

曾经看过这样一篇文章,某单位新来的领导第一天上班,看到一个年老的女保洁在办公室打扫卫生,就客气地说:"哎呀,你这么大年纪还为我们服务,真不好意思。"第二天,秘书就把年老的女保洁辞了,换了一个年轻漂亮的女保洁。第三天,司机开车带领导回单位,车不小心蹭到了大门,领导安慰说:"没关系,是门太小了。"几天后,基建科长就斥资重建了大门。而这位领导不但不生气,反而感到高兴。于是揣摩他心思的人越来越多,他心里那架天平中"权威"的砝码越来越重,定力也逐渐消失。他感觉像是得到了一盏神灯,想要什么随口一说马上就来。几年后,他被查处落马,但悔之晚矣。

看来,领导身边有几个敢说真话的人也不是一件坏事,因为愿听真话才会少犯错误。然而,并不是每个领导都喜欢听真话,也不是每个下属都敢说真话。

本部长篇小说中的主人公梁兴正,就是一个遇事直言不讳、爱说真话的"一根筋",他对谁都不阿谀奉承,不会用甜言蜜语巴结领导,更不会赔尽笑脸地讨好领导。他遇事喜欢实话实说,处理问题黑白分明,有时还会忍不住顶撞领导,惹得某些领导心中不悦,给自己留下了祸根。

但梁兴正这种实事求是、直言不讳的性格却深受辖区老百姓信赖,老百姓把梁兴正看成是公正的化身,有什么知心话都喜欢找他说,有什么困难都喜欢找他帮忙解决,有什么矛盾纠纷都喜欢找他帮助调解。梁兴正对他们坦诚相待,是谁的不对会当面指出,并说出不对的道理,双方都有过错时,就当面指出双方各自的不是,使他们心服口服,握手言欢。一个个矛盾纠纷在梁兴正的真情感召下得以化解,梁兴正也因此成了大忙人。

然而事物总有两面性,凡有人的地方都有左中右,在清官廉吏眼里,权力就是服务,而在贪官污吏眼里,权力就是利益。梁兴正认为权力就是服务,忙才充实,而有些人认为梁兴正吃香,开始眼馋他的工作,在背后耍起了阴招;有些有权有势的人认为梁兴正在处理矛盾纠纷的过程中,贵贱不分,有话直说,有伤自己颜面,开始对梁兴正产生忌恨,总想寻机报复。梁兴正外面的事忙多了,家里的事就顾及少了,妻子也对他产生了不满。凡此种种一齐向梁兴正涌来,梁兴正到底该怎么办?有没有改变自己"一根筋"的性格?他的结局到底如何?请看长篇小说《奋斗的年华》。

目　录

第一章　进厂路上忆往事　/　1
第二章　进厂之后露才情　/　13
第三章　风云突变祸成福　/　27
第四章　回归牛桥搞规划　/　45
第五章　入职规划生枝节　/　62
第六章　从事规划初涉难　/　74
第七章　建楼纠纷新一关　/　91

第八章　新法新人新分工　/　105
第九章　城门失火殃池鱼　/　115
第十章　街道铺设琐事烦　/　129
第十一章　节前节后两奇葩　/　140
第十二章　守职营私两难齐　/　156
第十三章　喜迎县道通牛桥　/　173
第十四章　撤乡并镇消息来　/　190
第十五章　临近撤乡安抚忙　/　207

第一章
进厂路上忆往事

01

1975年腊月初的一个早晨,天气晴朗却寒风刺骨。在苏北里下河水乡一条东西走向的大河的河岸圩堤路上,由西向东走来一对二十五六岁的男女青年。男青年身高一米七五左右,不胖不瘦的身材,头戴草黄色军用棉帽,身穿一套瓦灰色棉衣棉裤,长圆脸,两道剑眉下生着一对充满智慧的杏仁眼,笔直的鼻梁,薄薄的嘴唇,洁白的牙齿,一笑脸上现出两个漂亮的小酒窝,身背一只鼓鼓的黄挎包,肩扛一个沉重的白布袋,口里不停地哈着热气。女青年头上包裹着黑红相间的方巾,个头比男青年矮半头,淡淡的眉毛,一双丹凤眼一笑如月,身材健壮而匀称,穿一套天蓝色的棉衣棉裤,显得英姿飒爽、美丽大方,两条乌黑的长辫子甩在身后。她用一条竹扁担挑着捆扎好的被褥和生活用品,嘴里也不停地哈着热气。

这名男青年就是本书的主人公梁兴正,女青年是他新婚不久的妻子韩扣子。今天是梁兴正应邀到县建材厂报到的日子,韩扣子坚持要送他来,夫妻俩这才起了个大早踏冰赶路。

"喂,死鬼,歇会儿吧!"韩扣子说着在路边放下担子,梁兴正也在路边放下装有大米的布袋子,走过来笑着问:"怎么,走不动了?还说你像杨门女将穆桂英呢!"

韩扣子说:"远路没轻担呗!想当初在娘家参加公社组织的丰产河挑挖时,我可是铁姑娘队的队长,今天挑着担子一口气走了二十多里路没歇,能不累吗?"

梁兴正望着妻子累得红扑扑楚楚动人的脸蛋,心里突然生出一阵怜惜,他深情地说:"那我吟一首为你写的诗怎么样?"韩扣子笑着说:"这还差不多!"于是梁兴正吟道:

二十岁那年那天

我在生产队小河边

罱泥肥田

你来相亲

我浑身溅满泥点

你双眼含羞

眗瞄着我的脸

忽然笑得花枝招展

我愣住

读不懂你的心

韩扣子听罢,笑得前仰后合,用手指着梁兴正道:"你说之乎者也我听不懂,但这首诗我还听得懂。你说我是什么心?这不成你妻子了吗?你说当初我来相亲,你像无事人一样,浑身溅满泥点,自顾鼚你的泥,如果我不爱你还有今天吗?"

梁兴正微微一笑,拱起双手躬身一礼,用戏腔言道:"多谢娘子赐爱!"他这一礼,把韩扣子逗得一笑再笑,好半天才喘过气来,正言道:"不过我们还真差点就成不了夫妻了。"接着,她把相亲第二天晚上就有人到她家捣媒的事说了出来。

原来,在韩扣子母女到梁家相亲的第二天晚上,韩家就来了一位不速之客——邻队的周媒婆。这个女人不好好在生产队干活,经常借故外出物色小伙子和大姑娘,然后找上门去说媒,说成一桩媒,不但从相亲、订婚到结婚都要请她吃酒肉大饭,还要给她送谢媒礼。她妹子是梁兴正那个生产队会计的老婆,一次她到妹子家玩,偶然发现梁兴正家住着三间瓦房,在众多草房中独树一帜。梁兴正是个一表人才的小伙子,其父在苏南国营厂工作,唯一的缺点是:梁兴正父亲有点小小的政治问题,但也无太大影响。于是周媒婆心花怒放,想把自己的女儿嫁给梁兴正,但私病又不可私医,总不能自己登门替自己女儿说媒吧?于是周媒婆就求妹子帮着说媒,心想,妹子是本队会计的女人,妹子出马梁家总得顾及面子。没想到梁兴正是个"一根筋",根本不买这个账。

那天,梁兴正在大队小学教室里排练节目,会计女人领着周媒婆的女儿来到小学教室前,在窗外一次又一次地敲窗子,开门后那丫头毫无顾忌地冲进教室,会计女人拉也没拉住,连忙进来解释说这是她姐姐的女儿,是来看梁兴正的。梁兴正一看,那丫头又矮又胖,脸上涂满了粉,头上还插了朵花,不禁怒火中烧,大吼一声:"滚!别妨碍我们排练节目!"事情当然黄了。从此会计女人和周媒婆姐妹俩就与梁兴正结下了梁子。

会计女人见韩扣子母女来相亲,又在梁家吃了饭,连夜赶到姐姐家告诉了姐姐。周媒婆听后冷笑一声说:"妹子你放心,他们这亲结不成,我要让梁兴正一辈子打光棍,你就听好消息吧!"于是,第二天晚上周媒婆就来到了韩扣子家里。

韩扣子父亲兄弟四个,上有两哥下有一弟,于是别人都称他韩三爹。韩三爹曾在周媒婆队里当过几年队长,彼此很熟,一见周媒婆到来,连忙让座倒茶。周媒婆坐下,慢条斯理地喝了一口茶,开口道:"韩队长呀韩三爹,恭喜你了!人家都说三世修不进粮管所,七世修不进供销社,供销社冯拐子家二小子看中你家韩扣子了!冯拐子是党员,你也是党员,你们两家都是贫农,三代清白,冯拐子按月拿工资,家庭状况不错,他家二小子是个中学生,长得也不错,我看你女儿与他儿子是天生一对地设一双,你女儿如果嫁到冯家肯定有享不尽的福。"

韩扣子父亲微微一笑说:"谢谢你呀妹子,这门亲事确实不错。可惜你来晚了一步,我女儿昨天刚相中了一门亲事。"

周媒婆哈哈一笑说:"韩三爹,你说的是东头那个梁小子吗?你们上当了!不瞒你说,梁兴正那个生产队的会计是我妹夫,听我妹子说,那个梁兴正仗着自己父亲是国营厂工人,拿到几个臭钱,自己又喝过几年墨水就狂不可及,谁来相亲都爱搭不理的,听说你家韩扣子去相亲,他也是这样,脸不洗,衣不换,照样上工罱河泥。他也不撒泡尿照照自己,他家是中农,只是团结对象不是依靠对象,他父亲曾在国民党部队烧过饭,是政历不清的人,尽管后来逃去苏南进厂做工,可历史上终有一节,梁兴正升学已受到影响,将来当兵、提干、找工作都会受到影响,我劝你别把女儿推向火坑,跟南边冯家结亲才是正道。当然,你们家的事外人不好强求,我只是受人之托忠人之事罢了。韩三爹呀,我走了,三天后再听回复。"说罢起身告辞。

韩扣子的父亲听了周媒婆一番话,心里七上八下的,就问韩扣子妈怎么办。韩扣子妈说:"东头梁小子父亲有点政治问题,但这小子勤劳肯干；南边冯小子父亲是党员，身份上强一点，但听说那小子游手好闲。我看不要见风就是雨，还是把梁小子的介绍人吴二爷找来了解了解情况再说。"

吴二爷是梁兴正生产队的队长，又是韩家的表姑爷，对两头情况都了解，他听完韩三爷的叙述后笑了起来，把周媒婆想把女儿嫁给梁兴正却遭到拒绝的事说了出来。韩三爷这才恍然大悟，心想：周媒婆啊周媒婆，你既然把梁家说得一无是处，可为什么又想把女儿嫁到梁家呢？于是把韩扣子叫来问："丫头，你觉得是梁小子好还是冯小子好呢？"韩扣子红着脸低着头，用几乎听不见的声音说："我喜欢梁兴正。政历怎么啦？身份又不能当饭吃。"韩三爷夫妇听懂了女儿的意思，于是请吴二爷带信给梁家，如果没有不同意见，就选个日子把订婚照拍了。就这样，梁兴正和韩扣子终于走到了一起。

听到这里，梁兴正心里感慨万分，眼内突然闪出了泪花。韩扣子一惊，问："死鬼，你怎么啦？"急忙掏出手帕帮梁兴正擦眼泪。梁兴正抓住韩扣子的手说："没什么，感动的，谢谢你呀扣子，谢谢你选择了我。"

"又来了，这有什么可谢的？"韩扣子正色道，"我虽识字不多，但我懂得爱是相互的，单是我爱你，你不爱我有什么用？听我表姑说，自从你父亲在城里受到冲击，你又失去了升学的机会，回到生产队参加劳动后，从来没见过你笑，有人来相亲也不笑，而在我笑过之后你却笑了。你那两个迷人的小酒窝深深刻进了我心里，做梦也梦见，干活时也挥之不去，那时我天天盼回信，好想好想再见你，好怕好怕失去你。"

梁兴正深情地揽过韩扣子的腰，韩扣子顺势倒在他怀里，两人紧紧依偎在一起，聆听着彼此的心跳。过了好久好久，梁兴正才喃喃地说："其实那时我已心如死灰，觉得前途无望，觉得知识对我已毫无价值，力气才是本钱，就实实在在地种田吧！但我不想娶一个瞧不起庄稼汉的妻子,所以谁来相亲我都不打扮自己,因为我的现在和将来都会是这样,少不得晴天一身汗雨天一身泥,瞧得起我这当农民的,大家就坐下来谈谈,瞧不起就请滚蛋。我认为彼此相爱的人结合才是夫妻,彼此不爱的结合只是苟合。就这样,不是她们瞧不起我,就是我不喜欢她们,无数相亲的都无功而返,我下定决心,哪怕打一辈子光棍也不改变初衷。你来相亲时,我显得那么狼狈,你却看着我笑得花枝乱颤,我心一愣,感觉有两种可能,可能是表达喜欢的笑,也可能是一种嘲笑。而我确实喜欢你,于是情不自禁地回敬了一笑,这笑也有两种内容,一是表达喜欢的笑,二是苦笑。我无法读懂你的心又不想放弃,这才放下手中的活儿回家陪你们吃饭。那天夜里我久久无法入眠,因为你那一笑,如月的双眼怎么也无法从我眼前消失,但我又无法判定你的笑是喜欢还是嘲笑,于是爬起来写了刚才读的那首诗。现在看来,我是以小人之心度君子之腹了。"

听完这番话,韩扣子在梁兴正脸上狠狠地亲了一口,笑着说:"呆子!相亲的时候,人家不喜欢你会开心地笑吗?"梁兴正想想也是,看了看父亲刚从苏南寄回的手表,松开手说:"哎,时间不早了,我们赶路吧!"

韩扣子点了点头说:"这回我扛米袋你挑行李吧!"

梁兴正说:"不行!那米袋里装着两个月的口粮,够沉的。"

"没关系!"韩扣子说,"别忘了,我可是铁姑娘队队长。"说罢,弯下腰扛起米袋向前走去。梁兴正摇了摇头,只好挑起行李赶上去。

夫妻二人不再讲话,只顾赶路。可梁兴心里百感交集,无数往事像电影一样从眼前晃过……

02

梁兴正上初中二年级时,正赶上史无前例的"文化大革命",他们开始停课闹革命,学校里凡是出身于地主、富农、资本家家庭的教师以及有政治问题的教师,全部被揪了出来,学校校长和公社党委书记也被打成走资派。梁兴正在苏南当车间主任的父亲也被革命群众揪了出来,有人指证他父亲解放前去苏南的途中被国民党部队抓去做了三个月伙夫。听到这个消息,梁兴正的心一下子像从山顶跌进了深谷,梁兴正十分苦闷,他一个人静静地坐在教室里,忽然心血来潮,拿起笔在本子上写道:

从未见,长江之水片刻停,
却为何,风要移云遮月脸?
无形中,前进路上造泥泞,
难为了,小将一颗赤诚心。

梁兴正刚写完,忽然发现身后站着一个人,正是平时最关心自己的孙真文老师,梁兴正的脸唰的一下红了。孙老师不声不响地将梁兴正写诗的那张纸撕下扯碎,笑着说:"小梁啊,你还小,并不懂什么叫社会,你这是世上本无事庸人自扰之,不要胡思乱想,你们这种年纪本应'好好学习、天天向上',要牢记'天生我材必有用',懂吗?"说罢,孙老师匆匆离去,边走边念:"悲不成志兮,恼不成仁也,无才空有壮志在,实学须得苦求来矣!"梁兴正知道,孙老师这是在勉励自己好好学习,将来做个对国家有用的人才,可他怎么也提不起精神来。

后来,上面号召"打回学校去,复课闹革命",同学们纷纷回学校上课,老师们只管讲课,有的学生上课随便外出,有的学生趴在桌上睡觉。就这样,终于每人混回了一张初中毕业证书。梁兴正这届学生是六六、六七、六八届一起毕业,国家号召知识青年上山下乡,接受贫下中农再教育,他便铁了一辈子当农民的心。于是,他开始认真学习各类农活,先跟着老年组干,又跟着大妇女组干,然后逐步跟着大男工组干。通过两年的磨炼,他对生产队的各项农活已轻车熟路,但他整天沉默寡言,脸不露笑。

不久,梁兴正父亲获得平反了,回到了车间主任岗位,并拿到了补发的工资,将家中的三间草房翻建成了砖墙瓦倒檐房,在全队独一无二。于是上门提亲的一个接着一个,但梁兴正不梳理不打扮,不闻不问照干活。他妈见他一次又一次不搭理上门相亲的女孩,就骂他是"一根筋",于是"一根筋"就成了梁兴正的绰号,他也不计较,依然我行我素,直至韩扣子母女来相亲,才彼此一笑定姻缘。

心态好,一切都好,这就是人生。自从与韩扣子定亲后,梁兴正像换了一个人似的,变得性格开朗。在挑河泥挑稻把的队伍中,他叫的号子比谁都响,空担回头时,他像小马似的奔跑,有时还放声高歌,他突然发现天特别蓝,周围的人特别好。在学雷锋活动中,他成了生产队团小组的骨干,与生产队其他团员一起,连夜偷着匀放了生产队几亩田的河泥堆,使早起的队长惊讶不已;每次分粮分草,他都先把生产队五保户、烈军属的粮草挑送过去,然后才把自家粮草挑回家,使周围群众赞不绝口;每逢工间休息,他主动给社员们读书读报,很快成了生产队的义务宣传员;他加入了基干民兵,保管一支冲锋枪,每次打靶成绩都是优秀,多次受表扬。

梁兴正与韩扣子虽不常相见却心心相印,决心活出个人样来回应这份纯洁的爱。他想起孙真文老师"天生我材必有用"的话,决心努力学习,不断提升自己的知识水平。于是他自费订阅报纸,每天认真看报了解时政,并仔细研究学习报纸文章的体裁结构和写作方法,然后将生产队团小组学雷锋做好事、争当无名英雄的事迹写成广播稿投给了公社广播站。结果一炮打响,使他信心倍增,决心奋力拼搏。他在《自鸣集》中写道:

　　仰青天,风雨云雾仍复镜,
　　观季野,岁岁冬眠乃返春。
　　唯有人间坎坷路,
　　遗小变老无回程。
　　若谁图逸懒争春,
　　劝其来世休变人。

在自勉精神鼓舞下,梁兴正经常写稿,公社广播站也经常采用梁兴正的稿件。一次去公社广播站送稿时,正好又碰到中学老师孙真文,孙老师问梁兴正近况,梁兴正如实汇报了自己的近况和打算。孙老师很高兴,告诉他自己现在是县广播站总编,鼓励梁兴正积极向县广播站投稿,并当着公社新闻干事的面,邀请梁兴正参加下期县广播站组织的全县业余通讯报道员培训班。回家的路上,梁兴正乐得一蹦三跳。

通过参加县广播站组织的培训班,梁兴正加深了对通讯报道的理解,政治水平和业务水平大大提高。于是他打破在原生产队采访的局限,利用晚上休息的时间到其他生产队进行采访。由于县广播站经常采用梁兴正的稿件,梁兴正变得小有名气,大队决定委任梁兴正为大队通讯报道员,并安排他做了大队副业会计。这样一来,梁兴正不但有了充足的写稿时间,而且有了名正言顺的采访任务。

梁兴正在采访过程中发现了许多好人好事,但这些好人好事并不全部适宜也不可能都写成广播稿,于是他产生了办一个内部小报进行田头宣传的想法。这一想法很快得到了大队党支部的支持,因此在"四夏"大忙期间,梁兴正每两天就起一个大早,到各生产队收集生产进度和好人好事,将生产进度制成公布表,把好人好事写成短文,又到大队小学借钢板蜡纸,用铁笔刻成小报油印出来,第二天再到生产队去分发小报并进行田头宣传。田头宣传很快起了效果,各生产队争先恐后地抢进度,好人好事成倍增长,这一举动很快受到公社党委表扬,并向全公社推广。梁兴正又将大队党支部宣传动员经验写成通讯报道稿件寄给县广播站,听到广播后,大队领导们乐得合不拢嘴。

梁兴正所在大队的支书是一名残疾军人,只剩下一只胳膊,入伍前曾读过几年私塾,很爱看书,家中珍藏着许多历史名著。支书解决问题时经常运用历史典故说服别人,梁兴正非常佩服,老想向支书借书看,但支书惜书如宝,梁兴正又不好意思开口。支书女人有心脏病不能干活,孩子又在上学,家务活没人干,梁兴正就主动帮支书家干活,等支书高兴了,就开口借,支书随手借给他两本《民间故事选》,梁兴正如获至宝,拿回家通宵阅读,看到写人写景的精妙语言就拿笔摘录下来。几天后两本书读完了,梁兴正到支书家还书,看到水缸的水空了,灶后的柴草没了,就不声不响地帮忙把水缸里的水挑满,把灶后的柴草装满。支书微微一笑,随手又借给他两本书。就这样周而复始,一晃半年时间过去了,支书家的书已全被梁兴正看过了一遍,支书摊开手笑着说:"这回你的活计白干了,我家的书全被你看过了,已无书可借了。"梁兴正说:"支书你放心,我帮你干活并不只为借书。不是你们这代人舍生忘死打江山,就没有我们这代人今天的幸福,所以,我为你们做点事也是应该的,更何况你对我有知遇之恩呢。"支书听罢眼睛湿润了。从这以后,梁兴正依然坚持定期帮支书家挑水搬草,每次干完活,支书都让他坐下一起聊天。支书把自己在部队的战斗故事讲给他听,把自己回到家乡的奋斗历程讲给他听,把自己如何处理矛盾纠纷的过程讲给他听,使他增长了不少知识,他们在不知不觉中成了忘年交。

第一章 进厂路上忆往事

有一次,梁兴正去县城办事,在街上正好碰到以前的小学校长、现任县文化馆馆长刘平贵,刘馆长邀梁兴正去文化馆坐坐,梁兴正去后向他诉说了这几年的经历。刘馆长很感兴趣,鼓励他从事文学文艺创作,临走时还送给他几本书,一本是《绘画基础知识》,一本是《小戏的创作与排练》,还有一本是《小说与故事的创作要领》。回家后,梁兴正进行了认真的研读。

看完这些书,梁兴正突然产生了进行文学创作的冲动。他想起自己从事大队工副业会计以来的种种经历,一气呵成写出了一篇题为《路口》的短篇小说,得到区文化站的高度重视。区文化站王站长告知,县里准备举行一次故事演讲竞赛,正好把这篇小说改成故事参加竞赛,要梁兴正到大队请假一个星期,到区文化站参加集体修改。于是梁兴正向大队告了假,按约来到区文化站,通过一个星期的努力,成功将小说《路口》改编成了故事。王站长又从辖区说书的艺人中选出一位姓钱的艺人承担故事《路口》的演讲任务,结果在全县故事演讲竞赛中,故事《路口》一炮走红,选为去市里参加竞赛的节目。在市辖六县一市故事演讲竞赛中,《路口》又得到高度评价,被选编进市《革命故事集》。此后,梁兴正又入册临海县文化系统的业余作者,县文化馆经常通知他参加县组织的文学文艺创作培训班,梁兴正的创作知识不断丰富,写作能力不断增强。

在一次文艺调演活动中,梁兴正有幸结识了县建材厂文艺宣传队的负责人葛华建,通过交谈,彼此相见恨晚,葛华建邀请梁兴正去县建材厂帮宣传队写节目,梁兴正犹豫地说:"我很想去,就怕时间长了,影响大队工副业会计的工作。"葛华建哈哈一笑,拍着胸脯说:"你放心,我们不会让你驼子跌跟头——两头不着实的,你来了,我们就要对你负责。"梁兴正这才放下心来,彼此钩手为誓,约定腊月初到厂报到。回家后,梁兴正向大队支书请了一个月的假,没敢说受县建材厂之邀,只说是帮县建材厂宣传队写个剧本,支书想了想点头答应了。这就是梁兴正夫妻俩一大早赶往县建材厂的缘由。

梁兴正和韩扣子夫妇二人肩挑背扛匆匆赶路,梁兴正一边走一边回想往事,一晃又走了十多里地。韩扣子突然尖叫起来:"梁兴正,你看!"梁兴正抬起头来,顺着韩扣子手指的方向一看,不远处出现了两根高高的烟囱。他心里一阵愉悦,寒冷与疲劳的感觉一扫而光,嘴里不由自主地哼起了曲子:"向前!向前!向前!我们的队伍向太阳……"

韩扣子也跟着唱和起来。他俩唱着走着,走着唱着,很快到了县建材厂门前。

第二章 进厂之后露才情

01

县建材厂现有职工一千二百多人,是全县唯一生产机制红砖红瓦的企业。这里原是一片草荒田,在改造这片土地时,梁兴正和韩扣子都在这里挑过河泥,仅仅五年时间,这里已是大变样,建起了供销社、粮管所、医院、学校和粮种场。二人旧地重游,倍感亲切。

此时,县建材厂文艺宣传队的队长葛华建正站在厂门口向来厂的路上张望,看到梁兴正夫妇到来,连忙赶上前去高喊一声:"梁兄,你终于来了!"喊罢飞奔过去。梁兴正连忙放下肩上的担子,二人像久别重逢的战友般紧紧抱在一起。梁兴正说:"好了,好了,你都快把我搂得喘不过气来了。"

葛华建松开手,指着韩扣子问:"这位是谁?"

梁兴正笑着说:"她是我岳父的女儿。"

葛华建说:"我知道了,听说你新婚不久,这肯定是嫂子了。"于是走过去,举手行了个军礼说:"嫂子,你好!"逗得韩扣子咯咯直笑。接着他转过身对梁兴正说:"梁兄,不是我批评你,你刚才表述不准确,你小姨子也是你岳父的女儿,难道也是你的吗?"

梁兴正笑着捶了葛华建一拳说:"别胡说八道了,还是谈正事吧。"

葛华建说:"梁兄啊,我办事你放心,一切都办妥了,请随我来。"说罢,将梁兴正夫妇领进门卫室,把行李交门卫托管,然后又把梁兴正夫妇领进大会堂。

大会堂里,建材厂宣传队的队员们正在舞台上排练节目。葛华建大步走到舞台前,拍了拍手说:"停一停!停一停!"接着用手指着梁兴正说:"我给大家介绍一下,这位就是我给你们说起的梁哥梁兴正!"宣传队员们"噢——"的一声奔下台来,一个接一个地跟梁兴正握手,亲热地说:"梁哥你好!欢迎你加入我们。"梁兴正欠着身子一个接一个地回应:"请多关照!请多关照!"还有部分女孩围着韩扣子问这问那。

与宣传队员们见面后,葛华建就要领梁兴正去见县建材厂的党总支书记兼革委会主任储林春了。梁兴正虽说是个"一根筋",但听说要见储林春,心里也难免怦怦直跳。因为听说储林春是个老革命,解放战争中曾任骑兵连连长,作战勇敢,屡立战功,后来又逐步升为营长、团长,敌人对他恨之入骨,曾悬赏十万大洋要他的人头。他转业到地方后仍延续军人作风,纪律严明,不怒自威,厂里干部个个怕他。

来到储林春办公室,储林春正手捧水烟壶抽水烟,他身材魁梧,大脑袋黑脸膛,乌黑的眉毛豹子眼,高高的鼻梁厚嘴唇,极具大将风范。葛华建抢先一步,指着梁兴正说:"储主任,这就是我跟你说的梁兴正。"

储林春抬起头来看了梁兴正一眼说:"嗯,这小鬼不错!"随后指着韩扣子问:"那是谁?"

葛华建笑着回答说:"那是梁兴正的爱人,送他来的。"

储林春点了点头说:"嗯,这小鬼也不错。"随后用手指了指靠墙的条椅说:"坐,坐。"见梁兴正没动,储林春皱起双眉生气道:"咦?你这小鬼,我又不吃人,怕什么?坐嘛!"梁兴正这才拉着韩扣子坐下。

储林春又对葛华建说:"你也坐下。"于是,葛华建挨着梁兴正坐了下来。

储林春又划了一根火柴抽了一锅烟,然后拔出烟嘴,将烟锅里的烟灰吹尽,用责备的眼神看着梁兴正说:"你这个小鬼,葛华建动员你来,你还犹豫,怕丢了大队工副业服务站的那个会计工作?屁大的事嘛!你好好干,等把这台节目搞好了,我还你个会计。"

梁兴正心想:这不是天上掉馅饼了吗?正分神时,葛华建捅了他一把,低声说:"还不快谢谢储主任。"梁兴正这才连忙说:"谢谢储主任!"储林春瞪了梁兴正一眼说:"谢什么?我这儿反正差个写剧本的人,不找张三也找李四。有人说我脾气坏,难道我所有人都骂?疯了?我只认为当兵就要当个好兵,打好仗!打胜仗!干企业就要干好企业,干出个名望!搞宣传,就要干好宣传,干出个名堂!我从来没有骂过好好干活的工人,我骂的都是那些偷奸耍滑的人,好好干,我就喜欢。"说罢,又交代葛华建帮梁兴正安排好食宿,再带他到全厂转一圈,了解了解情况。交代完毕,储林春大手一挥说:"去吧!"拿起水烟壶又抽起烟来。

葛华建领着梁兴正夫妇先到政工组进行了登记,又到食堂将大米换成饭票,再到总务处帮梁兴正落实了一个临时宿舍,然后将行李搬进宿舍,草草打扫后锁好门。

三人在食堂吃罢午饭,葛华建又领梁兴正夫妇转了一圈。这个建材厂占地面积约八公顷,有制瓦车间、制砖车间、成品车间、机修车间和船队五个下属部门,全部实行单独核算。建材厂三面环水,厂区西半部是一块长方形的大池塘,水面约三公顷,这是船队停靠的地方,池塘西南部有一块半岛,是船队生活区,池塘与厂外南北大河间隔着一条宽宽的圩堤。厂部与厂生产区之间隔着一条东西向大河,是船队进入厂东边南北向大河的通道,东西向大河上架有一座拱桥,是厂部通向厂区的唯一路径。拱桥向北建有一条七米宽的南北通道,穿越制瓦车间、机修车间、制砖车间生产场地便直达二十八个门的轮窑,轮窑前有一大片成品场地,场地东河边建有卸货码头。

葛华建领着梁兴正夫妇参观了已停火的二十八门轮窑,又参观了制瓦和制砖车间的厂房及生产设施,还参观了各车间的职工宿舍区。参观完毕天已傍黑,葛华建先行告辞,因为他还要去宣传队安排明天的工作。

梁兴正夫妇回到宿舍铺好床后,梁兴正从食堂打回一盆稀粥,二人吃过晚饭便早早上床休息。这一夜二人紧紧搂在一起,谁也不愿松开谁,因为明天将是他俩新婚后第一次分离。

第二天,二人早早起床吃罢早饭,梁兴正送韩扣子回家,送了一程又一程仍不舍分离,韩扣子再三劝他止步回厂,梁兴正说:"你一个人回去我真不放心。"韩扣子笑道:"怕什么?怕我被狼吃了?别说没狼,有狼本姑娘也不怕!"说罢,在梁兴正脸上狠狠亲了一口,扛着扁担大步流星地走了。梁兴正目送韩扣子远去,直到看不见人影才转身走回厂里。

梁兴正刚到宿舍门前,就见葛华建笑盈盈地走来,关切地问:"夫人送走了？"梁兴正点了点头说："女人舍不得工分呗。"

葛华建说："给你弄来一张办公桌和一个凳子，写东西总不能站着写吧，马上送来！"梁兴正握着葛华建的手说："谢谢老弟关照，我正愁呢。"

正说着，一个工友已用平板车把办公桌和凳子送了过来。梁兴正打开门，三人一起动手把办公桌和凳子搬进屋里，安放好后工友告辞离去。葛华建在铺边坐下，指了指凳子对梁兴正说："坐下说吧！"

梁兴正坐下后，葛华建接着说："从今天起，你就算正式上班了，你目前的主要任务是帮我们自创一个跟得上形势的剧本，不要太长，独幕剧就行。县工业局决定让我们建材厂宣传队代表全县工业系统去市里参加文艺会演，但县宣传部文化组觉得我们的节目缺少一个情景剧压台。在县里参加文艺节目评论时，我觉得你对情景剧的评价很到位，所以才决定请你加入我们的队伍。"

梁兴正欠身道："谢谢兄弟厚爱！"

葛华建笑道："这么客气干什么？我们现在不但是同事，而且是志同道合的伙伴，大家齐心协力把建材厂宣传队搞好就是了。"

梁兴正读过很多书，听过很多故事，又有农村工作实践，经验比较丰富，在县文学文艺培训班上，谁的作品碰到难题，只要相信他告诉他，他马上能出个点子解决难题，所以大家都说他是卖点子的人。此刻，他头脑飞速运转，猛然想出一个点子，一拍大腿说："毛主席发出的最高指示是'路线是个纲，纲举目张'，我们就以此为主题，写个独幕剧怎么样？"

葛华建一听，高兴得手舞足蹈，竖起大拇指说："高，高家庄的高！实在是高！不愧是卖点子的人。这样吧，办公桌抽屉里有我为你准备的纸和笔，我不打扰你设置情节了，我去排练场看看，不陪你了。"说罢，起身与梁兴正握手告辞。

02

送走葛华建,梁兴正陷入深思,他知道,县建材厂的领导和宣传队的队员们对自己的到来如此重视和欢迎,就是期望自己创作出一个能压得住台的情景剧。如果写不出一个像样的剧本交付演出,自己的到来也就失去了价值。同时,他又想到自己心爱的妻子大老远充满希望地把自己送到厂里来,如果自己一事无成,就这么灰溜溜地回去,又怎么面对妻子那份热情的期待呢?

想着想着,梁兴正突然哑然失笑,笑谁? 笑自己,觉得自己有点以小人之心度君子之腹了。不管怎么说,自己要是写不出一个像样的剧本来,不但辜负了人家的信任,也无法面对葛华建那份真挚的情谊。想到这里,梁兴正静下心来,坐到桌前的凳子上,拉开抽屉从里面拿出葛华建为他准备好的纸和笔,苦苦思索能够体现主题思想的故事情节。

梁兴正首先研究毛主席这条指示精神,他想:纲中必须有网才有目,纲中无网只是绳。于是他在纸上画上了一个纲举目张的网,又面对这张网苦苦思索。他想起自己看过的许多破案小说,所谓天网恢恢,就是拉紧网纲张开网目,让坏人无处可逃;他又想到渔民用网捕鱼,拉开网纲张开网目,抛进河里,收起网纲就得到了收获,如果有坏人用刀划裂这张网的网目,收获就会逃出网外。

想着想着,一群鲜活的人物在眼前跳跃起来,故事情节的线条逐渐清晰:一个暗藏的阶级敌人,用请客送礼的手段拉拢厂里的中层干部,又用人不为己天诛地灭的资产阶级思想腐蚀他,引诱该干部购买他提供的伪劣锅炉零部件,以达到产生安全事故破坏生产的目的。但天网恢恢,他的行径被一个革命女青年发现,连续写大字报揭发问题,受到厂党委书记的重视,带人到现场检查,排除了事故隐患,揪出了暗藏的敌人。

故事情节构思出来了,梁兴正又拟定剧本题目为《三贴大字报》,拟定剧中人物:党委书记、女青年、后勤干部和暗藏的阶级敌人,以及革命群众甲、乙,设定了他们的姓名、性别和年龄,设置场景为锅炉房前的一棵大树下,设置道具为一只装有伪劣零部件的网袋。到演出时,党委书记一拉网绳,阶级敌人原形毕露。忙了半天,终于完成了剧本的写作提纲。

午饭后,葛华建又来看望梁兴正,梁兴正将写作提纲拿给他看,葛华建看完后大加称赞。梁兴正又问葛华建县建材厂有没有谱曲人才,因为这将决定是写歌剧还是写话剧。葛华建拍了拍梁兴正的肩膀说:"放心吧!我们这儿有的是谱曲人才和配乐人才,你就大胆写歌剧吧!"

接下来,梁兴正正式开启歌剧《三贴大字报》的剧本创作。他这人有个特点,写什么都喜欢边写边读。写故事喜欢写一段读一段,读顺了才接着往下写;写话剧喜欢写一段念一段对白,觉得满意才接着写;写歌剧也是这样,写一段道白或对话,都要用不同角色身份反复试读,发现不顺立即修改,直改到自己满意才接着向下写;写唱词更特别,每写完一段歌剧唱词,他都要用自由曲反复唱,直唱到自己满意了,才接着向下写。每逢有写作任务,他走路吃饭时嘴里都念念有词,有时睡到半夜,想到什么好句子好唱词,马上一跃而起写下来,为此,妻子韩扣子经常笑着骂他"一根筋""神经病"。这一次,当然也不例外,只是没有人骂他罢了。

经过一个星期的努力奋斗,写了读、读了改,不满意的地方再重写,一个梁兴正自己觉得满意的剧本完成了。

这天晚上,葛华建召集宣传队的骨干演员、作曲人及舞台设置人员,来到储林春的办公室,讨论梁兴正《三贴大字报》的歌剧剧本。梁兴正读剧本时,男用男声女用女声,该唱就唱,把剧本读得声情并茂,读完后,获得一片掌声,连储林春也频频点头,连连称赞:"写得不错!写得不错!"葛华建当场安排了演员角色,布置了谱曲和舞台道具制作任务。同时,也布置给梁兴正两项新任务。

这两项新任务,一项是写《咱们公社好人好事多》,用于到原料协作公社演出时表扬当地的好人好事,目前只写框架,具体唱词要根据所到公社提供的好人好事现场编写。另一项是写好歌剧《三贴大字报》唱词的幻灯底片,演出时将幻灯片投放在舞台边的墙上,让观众加深对剧情的理解。

又过了几天,梁兴正的两项任务圆满完成,歌剧唱词谱曲的工作也已完毕,参加歌剧演出的演员对剧本内容基本掌握,开始进行走台排练,梁兴正受邀到场观看排练,对演员的动作表情提出了自己的见解。接着,厂部又召集全体在厂干部职工观看了所有节目的彩排试演,梁兴正的名字渐渐在全厂传开,工友们见面都亲切地称他为梁秀才。

不久,厂党总支书记兼革委会主任储林春亲自带队,带领厂文艺宣传队全体成员到原材料协作公社去进行慰问演出。大家登上了厂里的大轮船,有说有笑,热闹非凡。

等到了目的地,储林春被当地公社党委和革委会的负责人接走了。宣传队的伙伴们忙着装卸服装道具,布置舞台,试验灯光效果。梁兴正要找公社宣传委员或秘书了解当地的好人好事,快速编写唱词交付甲、乙、丙、丁演员进行速记,然后还要确定幻灯底片的投放位置,以免演出时闹出笑话。伙食和住宿自不必说,公社都安排得井井有条。

第二章 进厂之后露才情

　　通过一周的演出,原材料协作公社的慰问活动基本结束。回到厂里的第二天早晨,葛华建来找梁兴正,说储主任找他有事,二人一起来到储林春办公室。储林春叫他们在条椅上坐下,转身从背后文件橱里拿出一份季节工劳动合同,向梁兴正问明家庭住址,亲自填好交给他说:"我们建材厂是砖瓦行业,冬季不好生产,所有农民工的劳动合同只好从三月初签订到十月中旬,冬季只留城镇户口的固定工以及班组长以上干部整理场地、保养机械设备,文艺宣传队的小鬼们冬季也留厂排练文艺节目。再过两天就要放假了,我让华建跟你一起去政工组把厂方公章盖好,春节放假期间你把合同带回去,先把生产队、大队的公章盖好,然后到公社去盖章,你们公社我已打过招呼,放心去吧!"梁兴正接过合同,用十分感激的目光望着储林春说:"谢谢储主任关心!"储林春生气地说:"你这个小鬼,又来了!我要的是你这个人才,又不是走后门,谢什么?"说罢,大手一挥:"去吧!"梁兴正虽然觉得储林春脾气怪怪的,但心里却暖暖的。

　　放假了,梁兴正也同样分到了一份年货。外面下起了雨夹雪,路上泥泞不好走,厂里派出四艘轮船,分别朝四个方向把留厂职工送到各公社的轮船码头。

　　梁兴正冒雨回家后的第二天上午,先拿合同到生产队把公章盖好,然后来到大队支书家,二话不说,仍然先帮支书家把小缸里的水挑满,把灶膛后的柴草装满,这才坐下说话。

　　支书笑容满面地问:"这回去县建材厂帮忙写节目,任务完成得怎么样?"梁兴正这才把去建材厂的情况一五一十做了汇报,当提到回来签劳动合同时,支书沉默好久才自言自语道:"也罢,心外无物,闲看庭前花开花落;去留无意,漫随天外云卷云舒;既然有此机遇,那你就去吧!"说罢,眼里闪出了泪花。见此情景,梁兴正心里也很难受。一开始他帮支书家干活,只是出于对一个残疾军人的同情和敬重,同时也是想借书。久而久之,他们变得无话不说,成了推心置腹的忘年交，其情感虽不胜过父子也不亚于叔侄，所以，梁兴正愣着，怎么也不忍离开。支书倒是通达，挥了挥手说："去吧！去找大队长把章盖了，就说我同意的，到了县建材厂好好干，别辜负了人家对你的信任。"梁兴正这才含泪而去。

梁兴正找大队长在劳动合同上盖了大队公章，又到公社革委会盖了公章，一切尘埃落定后，他在家度过了一个安逸愉快的春节。

转眼间，又到了上班的日子，梁兴正早早赶到厂里，向葛华建交付了盖好公章的劳动合同。葛华建看过劳动合同非常高兴，随即将梁兴正领到储林春那里，储林春看过合同，晃了晃脑袋说："小鬼呀，前段时间干得不错，大家都夸你办事认真，我说过要还你一个会计，决不食言。昨天我跟几个负责人商量了，决定将制瓦车间会计调去船队当会计，由你担任制瓦车间会计，月工资暂定三十二元。明天你就将铺盖搬到制瓦车间去，我让葛华建送你去报到，做好交接手续。"梁兴正心里既高兴又激动，站起来说："谢谢储主任！"储林春瞪着眼抿着嘴，佯作生气道："去去去！又不是叫你去耍，真是的！"葛华建望着储林春佯作生气的样子，心里好笑，站起身道："储主任，那我们走了。"储林春大手一挥道："去吧！两个坏小鬼！"其实，县建材厂宣传队的职工都知道，储林春越说谁坏，就是心里越喜欢谁。所以，二人心里都乐开了花。

第二章 进厂之后露才情

03

　　县建材厂制瓦车间共有在册职工二百六十多人,冬季留厂三十多人。三月将至,大批季节合同工和临时工就要来厂上班,留厂人员已将晒瓦场整理结束,所有生产机械和车辆也都维修保养到位,现已转入职工宿舍整理阶段。制瓦车间职工生活区紧靠厂区西部的大池塘,共有两排空斗墙砖瓦房,每排二十二间连在一起,两排共有住房四十四间。正常情况下季节工和临时工九人至十人一个宿舍,固定工和班组长三人至四人一个宿舍。制瓦车间生活区的前面是建材厂的仓库,后面是机修车间及机修工宿舍,再向后是制砖车间生活区。紧靠生活区东边的就是那条从拱桥通向窑室的通行大道。

　　制瓦车间办公室位于制瓦车间职工宿舍区第一排的最西头,占房两间,紧靠池塘。梁兴正与葛华建刚来到办公室门前,制瓦车间主任朱根加就从屋里迎了出来,先跟葛华建握过手,又拉过梁兴正的手说:"欢迎啊!梁秀才,欢迎你到我们车间来。"梁兴正连忙说:"主任你好!今后还请多多关照。"

　　朱根加引二人到会议室坐下,然后走进自己的房间,打电话到船队,请原来的赵会计过来办理移交手续。梁兴正抬头四处观望,见这间简朴的会议室里,除了有一张长条木板桌和几张长木凳外别无他物,会议室东墙上开了两个房门,说明东间屋里隔了两个小房间。不一会儿,朱根加从南边的小房间里走出来,见梁兴正张望,便介绍说:"这南边一间是我的办公室兼宿舍,北边一间就是你的了,两个副主任在家属区,不住这里。"梁兴正笑着点了点头。三人又闲聊一会儿,赵会计来了,彼此握手做了自我介绍,然后打开房门,取出会计档案资料一一向梁兴正做了移交,接着又从钥匙圈上取下宿舍钥匙交给了梁兴正,客气几句告辞而去。葛华建见移交结束,也告辞而去。

葛华建走后,朱根加向梁兴正介绍了车间的具体情况,然后一起去食堂吃饭,饭后又领梁兴正到车间转了一大圈,介绍了各班组机械设备的名称和用途,以及车间晒瓦场地的界址和范围。之后,朱根加又领梁兴正与留厂的固定工及班组长以上干部见面,逐一做了介绍。梁兴正心里暖暖的,觉得朱主任这人待人很不错。

第二天上午,梁兴正开始翻阅赵会计移交的会计档案,了解车间会计的职能和业务,发现车间成本核算的记账方法与大队副业会计的记账方法截然不同,职工每月抄报的所得工资也有所差异。于是,他下午就去船队向赵会计请教。赵会计很热情,给他耐心讲解了职工月工资发放标准的来源,以及加班工资和超假扣除工资的测算方法;又给他讲解了增减复式记账的要领,以及与流水记账的根本区别。梁兴正听完豁然开朗,愁云尽消,感激赵会计不吝赐教,赵会计也喜欢梁兴正虚心好学的性格,二人无形中惺惺相惜。临别时,赵会计拉着梁兴正的手说:"老弟啊,既然你我投缘,我有一事关照,朱某人生活上有点那个,你可千万要留神回避,不要自招其祸步我后尘……"梁兴正不解,又不便深问,只好告辞回来。

梁兴正回到宿舍关门和衣躺在床上,仔细回味赵会计临别时的忠告,百思不得其解,想着想着不觉昏昏欲睡。正在这时,隔壁传来开门声,随后是入室的脚步声,只听一个女人轻声问:"梁会计在吗?"朱根加答道:"放心吧,不在,他去船队了。"女人又说:"我求你别再这样,我们就此结束吧!已经被赵会计撞到两次,再被梁会计发现,就更不好了。"朱根加说:"别怕,有我呢,快点!"过了一会儿,又传来开门声和走出去的脚步声。

梁兴正躺在床上,心里怦怦直跳,不敢吱声,直到听着脚步声远去,才长舒一口气,起身开门走进会议室,抬头一看不觉一惊,原来朱根加并没有远去,正坐在会议桌前抽烟。朱根加见梁兴正从宿舍出来也是一愣,一张黑瘦的脸立刻变得通红,冷冷地问:"小梁,你不是去船队了吗?"

梁兴正回答道:"去了,请教了几个问题就回来了。"

"这么说,我们刚才的话你都听到了?"朱根加用几乎发抖的声音问。

梁兴正顺势含糊道:"我睡着了,什么也没听见。"

朱根加沉着脸说:"我最恨狗头长角装羊的人,听到了也好,没听见也罢,有些事是不能乱说的,乱说不但会害死人,也会害死自己的。"

梁兴正是个直言不讳的人,见朱根加说话如此不客气,也就不管不顾了,哈哈大笑道:"人之非,非我非,非我非管不可之非,何必论人非;是是我,是非我,是非自可定论之事,何必论自我?"梁兴正说的是真心话,因为他这个人从来不喜欢搬弄是非,也不喜欢背后贬低他人标榜自己。朱根加虽然识字不多,但他也听得懂梁兴正说的是不喜欢议论他人,脸色平和了许多,背着双手走出门去。

这天晚上,朱根加回来得很晚。夜里,梁兴正不断听到隔壁朱根加的叹气声,他自己也是久久无法入眠,他恨自己为什么不晚点回来,更恨自己为什么要闭门躺在床上思考问题,如果没有这么多的巧合,又岂能碰到这么倒霉的事呢?也许这就是一种命运的注定吧!

第二天起床后,他们依然彼此问好,依然谈论一些工作上的事情,但无形中增加了一丝说不清道不明的尴尬。梁兴正深深知道,他与车间主任朱根加间的和谐工作关系再也回不到原点了,今后必须加倍小心,这也许就是赵会计说的自招其祸吧。想着想着,梁兴正在《自鸣集》中写道:

奋斗的年华

> 智者有虑心中存，
> 离人方露怀中声。
> 若要言时又难言，
> 留得忧心暗伤神。

正当梁兴正闷闷不乐的时候，厂里通知他去县工业局参加为期半月的工业会计基础知识培训，梁兴正听了心花怒放，所有烦恼一扫而光。

第三章 风云突变祸成福

01

为期半月的工业会计知识培训结束了,梁兴正学会了工业会计复式记账的增减记账法和借贷记账法,懂得了企业生产、经营、技术、质量、财务、物资、安全及成本等八大管理内容。

当梁兴正满面春风地回到建材厂时,家住全县各地的季节合同工和临时工已全部到厂上班,投入了正常生产,厂内机声隆隆、人声鼎沸、热火朝天。刚走进制瓦车间,就听说原来的主任朱根加已经调离,有人说他是自己请求调离的,具体缘由不得而知。新来的车间主任名叫印成祥,四十岁,中等身材,性格开朗,不拘小节,犹如第二个葛华建。见梁兴正回来,连忙迎上前来,握着梁兴正的手说:"哈哈!梁秀才回来了,我叫印成祥,刚调来接替朱根加的工作,还望多多支持。"梁兴正忙说:"印主任言重了,我也是初来乍到,还要请您多多关照才是。"印成祥大笑道:"彼此,彼此!"

二人走进车间会议室,梁兴正向印成祥汇报了在县工业局参加学习培训的情况,印成祥向梁兴正简述了开工生产的情况,交付了代收的生产报表,并给他布置了两项工作:一是写一份生产动员会讲话稿;二是收齐各班考勤表,抓紧抄报留厂人员二月份工资。

三天后,梁兴正完成了印主任交代的工作。因为刚开工要记的账很少,厂文艺宣传队的队员们都下车间劳动去了,基本没有节目写作任务,除了要开领料单和汇总生产报表,暂无他事。梁兴正是个闲不下来的人,就向印成祥申请下车间参加几天劳动,活动活动筋骨,体验体验一线生产的工作。印成祥虽感新奇,却也同意了。

梁兴正先来到制瓦一班,向班长说明了来意,一班长表示欢迎后,安排他参加从事拖运平瓦水坯的工作。平瓦水坯是很娇气的东西,每页瓦必须用一个木托托着才能码上运瓦车,运输途中不能颠簸,一颠簸水瓦坯就会变形或震裂,成为废品。梁兴正在家时干的都是肩挑背扛的活儿,推这种双轮的运瓦车是大姑娘坐轿子头一回,一开始很不习惯,车子不听话,累得满头大汗,后来他慢慢地摸索规律调整姿势,很快就掌握了技巧。

梁兴正下车间劳动了十天,每天换一个工种,眼观六路耳听八方,对平瓦半成品生产的全部工艺流程有了基本了解,学到了很多技艺,也发现了不少问题。他决心写出一个完整的规章制度来规避这些问题。无奈已到下半月,许多账务需要处理,他只好静下心来先整理发票,认真进行归档记账。

一晃进入四月,发放三月份工资又迫在眉睫,他急忙到各班收取考勤表,着手核算全车间二百多人三月份的工资。在去厂财务科送审工资表和成本核算报表时,正好碰到葛华建,葛华建说:"储主任发火了,说你已有一个多月没去见他,从县里学习回来也不汇报。"梁兴正想想也是,急忙向储主任办公室走去。

当梁兴正走到储林春办公室门前时,听见储林春正在高声训斥成品车间副主任拉着几个组长上班时间打牌的事,觉得进去不妥,就闪身站在门外等候。不一会儿,那个挨训的副主任低着头红着脸目不斜视地离去,储林春高声喊道:"小鬼,站在门外干什么?进来!"梁兴正这才走进办公室叫了一声:"储主任好!"储林春指了指靠墙的条椅说:"坐!"梁兴正坐下。储林春余怒未消,拿起桌上的铜烟锅装上烟丝,划着火柴抽了一锅烟,这才放下烟锅说:"我好什么?我不好!我让你去局里参加培训,回来了也不来汇报;我怕你与朱根加那个老阴阳处不来,就把他调离了,你也不来谢我;我关心你,你又不待见我,你说我好不好?好个屁!"

梁兴正被这一训,尴尬得满脸通红,如坐针毡,心里既感激又后悔,眼泪不由自主地流出来,站起身说:"储主任,我……"

储林春摆了摆手说:"咦——你这小鬼,急什么?我只说了我的感受,又没怪你。坐下!坐下!"梁兴正重新坐下。储林春又抽了一锅烟,接着说:"不过,你这一个多月的表现我还是很满意的,你主动下车间劳动,体验和了解一线生产情况,很好!我就喜欢像你这种主动作为、肯动脑筋的小鬼。接下来,我想听听你这次学习的收获和感想,以及对以后工作的打算。"

于是,梁兴正系统地讲述了企业八大管理的内容,说出了自己想为制瓦车间拟定一整套规章制度的打算,提出了应以瓦坯合格率为考核半成品车间生产成绩的建议,并陈述了理由。

储林春认真地听着,不停地点头称赞,听完后笑道:"小鬼呀小鬼,不错,不错!真没看错你,我喜欢!你的打算你照办,我支持!你的建议我采纳,马上组织实施。你是一个有思想又敢说真话的人,我就喜欢听真话。去吧,好好干!"

梁兴正满怀信心地回到车间,拿出纸和笔动手起草《制瓦车间规章制度》,可是刚写了题目和前言,涉及具体条文时却怎么也无法下笔,这才想到企业八大管理内容是针对企业而言的,而自己现在要写的只是一个车间,怎么能生搬硬套呢?车间充其量只涉及"生产管理""质量管理""技术管理""成本管理""设备管理""安全管理"等部分子目,所以措施应该更直接,语言应该更通俗,于是他决定在"多、快、好、省、比、学、赶、帮"八个字上下功夫。梁兴正思索片刻,将前言修改为:为了多快好省地建设社会主义伟大事业,促进车间班组持久开展"抓生产比进度,抓工艺比质量,抓节省比成本,抓宣传比安全"的"四抓四比"活动,特制定如下规章制度……

主题明确了,思路就明确了。接着,梁兴正围绕主题拟定了如下纲目:生产进度分班统计制度、产品质量分班测算制度、生产成本分班核算制度、考勤考绩分级管理制度、生产技术以老带新制度、设备保全责任到人制度、安全生产循环红旗制度、生产用具专人保管制度、低值易耗品以旧换新制度、好人好事两天一报制度。每条纲目下都制定了细目要求。车间主任印成祥看后乐得手舞足蹈,要求立即打印成册公布上墙,并分送各班学习执行。

梁兴正用钢板蜡纸将规章制度刻印好后,印成祥拿起一份风风火火赶到储林春的办公室,将规章制度全文读给储林春听。储林春听后非常高兴,马上叫来政工科长和生产科长,要求各车间向制瓦车间学习,制定车间规章制度,促进"比学赶帮"活动开展。

从此,县建材厂各半成品车间的生产报表中,出现了分班的"水坯生产量""成品坯量""合格率"的内容,成品车间到半成品车间场地拖坯进窑,实行现场分拣取优去劣与分班结账,产品以次充好进窑出厂的现象不复存在,形成了道道工序严把质量关的良好风气。车间成本会计也因此从闲人变成了大忙人。

  这一年,县建材厂砖瓦销售量显然比往年有所提高,年底梁兴正被评为先进工作者。后来,梁兴正引领的"十不领新"标杆班在全县得到推广。但好景不长,1978年,一场突如其来的变故使梁兴正的心情从山顶跌入了低谷。

02

在临海县城城南浴室里,县建材厂储林春主任从浴池里走进更衣室,跑堂的服务员帮他擦干了身上的水,又拿出一条干净手巾让他到座位上擦汗。他回到自己的座位上穿好短裤,坐下闭目养神,等待止汗后穿衣服。

此时,更衣室门帘掀起,走进一个人来,正是现任管工业的县革会副主任汪有才。他走路外八字,一摇三摆,很有官派,许多认识他的人连忙点头打招呼。汪有才也不搭理,拿着钥匙寻找自己的衣橱,打开衣橱后脱下外衣放进去,刚想再脱内衣,扭头发现隔位坐着的储林春只顾闭目养神,招呼也不打一个,心中不由得升起无名之火。他走过去推了一把说:"喂,老储,睁眼看看我是谁?"储林春睁眼一看说:"噢——是小汪啊。"汪有才见储林春见到分管领导不但没有表现得特别高兴,反而称自己小汪,心里更火,但又不好发作,只好故意当众找碴儿说:"老储啊,我正要找你呢,听说你不请示不汇报,竟敢私自派人帮某些公社造砖瓦轮窑,有这事吗?"

储林春瞧不起汪有才这种小人得志的样子,冷冷地说:"是又怎么啦?"

汪有才阴笑着说:"你这叫挖县办厂墙脚,破坏计划经济。"

储林春本来就是个脾气暴躁的人,见汪有才给自己扣上了大帽子,心中不由得升起无名之火,随手抓起擦汗的手巾向汪有才脸上抽去,骂道:"放你娘的狗屁!少拿大帽子吓人!"

汪有才捂着脸吼道:"好你个老储,竟敢跟领导动手!"

储林春没好气地说:"老子是十五级干部,你才十八级,到底谁是领导呀?再说,我派人帮公社建砖瓦轮窑错哪里了?共产党打江山,不就是为了让人民过上好日子吗?全县几十万户靠一个建材厂生产砖瓦,群众猴年马月才能住上好房子呀!真是的!"

在场很多人都赞同储林春的做法,有的还情不自禁地拍起手来,因为在座的很多人都想将草房翻建成瓦房,但他们无法得到那份可贵的砖瓦供应计划,如果全县多出几家砖瓦厂来,买砖瓦就没有那么难了。

汪有才见现场没有多少人支持自己,从衣橱里抱出自己的衣服,澡也不洗了,气呼呼地走向更衣室门口,回过头恶狠狠地说:"好啊储林春,秀才遇到兵有理说不清,你等着瞧!"

这一消息很快传到了县建材厂,那些想争权夺利的人和因为犯错被储林春处理过的人心花怒放,马上组织人捕风捉影捏造事实向汪有才写人民来信,举报储林春贪污。

汪有才接到这些人民来信高兴得一蹦三跳,马上捧着厚厚的信件向县革会主任汇报,要求严查储林春。于是,储林春被县革会隔离审查了。厂里那些想夺权、想升官、想报复的人,见其计得逞,马上组织人书写大字报支持汪有才。一夜间,厂里的大字报铺天盖地,"打倒储林春"的大幅标语随处可见。职工们虽心有不服,但也不敢公然与县革会作对,只好消极对抗,不再从事生产,全厂一片混乱。

夜静静的,外面下着雨,梁兴正一个人在厂西南北大坝上来回走着,任凭雨水从头流到脚跟。他心乱如麻,思绪万千,这突如其来的变故,像巨石一样压得他喘不过气来。他为厂里热火朝天的生产活动一下子变得冷冷清清而痛心,更为储林春目前的安危担心。他想起进厂两年多来,储林春对自己工作的关心和支持,两行热泪情不自禁地涌出眼眶。他深深懂得他与储林春非亲非故,又毫无利益牵扯,储林春对他的关心和支持是一种充满事业心的大爱,因为储林春关心着所有勤奋工作的人,痛恨着所有偷懒玩刁的人。但他不能理解像储林春这样的好人为什么得不到好报。于是,他开始痛恨那些自己犯错反而倒打一耙的人,更痛恨那些平时溜须拍马现在又落井下石的人,同时他也痛恨自己无力正本清源改变局势……

这时,一群工人冒雨赶到圩上,为首的是制瓦老师傅石汉中,还有一班那个高个子年轻人。石师傅替梁兴正披上雨衣说:"小梁,你在干什么,自己作贱自己吗?我们找了很多地方这才找到你,快跟我们回去!"说着,他们一人一边硬把梁兴正拖回了石师傅的宿舍。宿舍里的小桌上放着一碗饭和一盘菜,石师傅又给梁兴正倒了一杯酒说:"先喝杯酒暖暖身体,印主任说你没吃晚饭就出去了,快吃!吃饱肚子才好干革命。"高个子青年也说:"是呀,石师傅说得对,我们知道你着急,我们也着急,但光着急没有用,站出来说真话,与不良倾向作斗争才有用。"又有一个工人说:"我们大伙儿商量好了,请你帮忙以制瓦工人的名义写个东西进行反击,你剧本都写得了,相信你一定能写出一个好东西来。"望着工人们热情期待的目光,梁兴正心里涌出一股充满斗志的热浪。

吃过晚饭,梁兴正走回自己的宿舍,反复思索怎样才能写出一个客观公正、一鸣惊人的东西来。想着想着,他写出了一首《叹储老》的诗。

> 千功一过毁自身,
> 往日辛劳向火焚;
> 不知苍天可有眼,
> 阴谋之人反得逞;
> 快刀家闲事在人,
> 不知他人可心疼;

> 眼见厂内乱麻起，
> 谁主沉浮早安稳？

写好后，梁兴正又拿出一整张白纸和墨汁，用毛笔将诗文抄录到纸上，放在会议桌上晾干，这才上床呼呼入睡。第二天早上，印成祥起床看过这张大字报，大加赞赏，催促梁兴正快去贴起来。

梁兴正拿着大字报和糨糊来到食堂门前，将大字报贴上了墙，马上引来许多围观的人，许多人竖起大拇指说："写得好！写出了我们的心声。"朱根加气急败坏地指着梁兴正说："梁兴正，你活够了是不是？敢写这种大字报，我问你，谁是阴谋之人？"一旁的葛华建哈哈笑道："阴谋之人爱谁是谁，朱主任你着什么急？"大伙儿齐道："对！爱谁是谁，谁敢破坏这张大字报，我们就砸烂谁的狗头！"朱根加咬着牙，恨恨地离去。

梁兴正这张写着诗的大字报，很快被人拍成照片寄到了县委办公室，放到了县委书记的办公桌上。县委书记拿起照片反复看了两遍，深深叹了一口气，自言自语道："看来，建材厂的问题不能再拖了，耗不起了啊！"接着，他叫来秘书，通知召开县委常委会，讨论研究县建材厂的问题。

县委常委会上，常委们听取了储林春专案组的调查报告，调查结果是：所有人民来信举报的问题都查无实据，纯属污蔑。县革会主任听后如坐针毡，站起来自我检讨说："都怪我听了汪有才的一面之词，这才让储林春同志蒙受不白之冤。昨天才知道储林春在浴室与汪有才闹出矛盾，汪有才公报私仇放出狠话，才使心术不正之人有机可乘，但知道时为时已晚，后悔莫及。"通过讨论，常委会一致认为：储林春同志是老党员，负过伤，立过不少功，转业到地方后，在建设和发展县建材厂的过程中也立下了汗马功劳；该同志作风正派、工作认真、事业心强，美中不足的是脾气暴躁、个性太强；在帮某些公社建轮窑的问题上思路不错，是将来的发展方向，但不请示不汇报有些越权，应向县委做出口头检讨,以维护计划经济原则。根据建材厂目前形势,着请储林春恢复原职,今后升迁再议。根据汪有才恃权自傲的行为,免去其县革会副主任职务,回原单位工作。

不久,县委派人到县建材厂宣布储林春恢复原职的决定,号召全体党员干部在储林春同志的领导下精诚团结、克服困难、消除派性、齐心协力发展生产,为社会主义伟大事业做贡献。那些曾经想争权夺利的人,和曾经落井下石的人纷纷向储林春做了检讨,那些溜须拍马的人又重新施展起了本领。储林春在大会上表态:"人不怕犯错,只怕犯了错不改,只要你承认和改正错误,你仍然是好同志,我储林春决不给你小鞋穿。"于是那些偷偷写大字报的人,也纷纷向储林春做了检讨。从此,全厂空前团结,县建材厂又重新回到了热火朝天的生产热潮中。

眼看又到了年底,这天下午,储林春打电话给印成祥,叫梁兴正晚上到他那里去一下。晚饭后,梁兴正来到储林春办公室,见很多人正在汇报工作,便坐在条椅上等待。等人们走尽了,储林春才说:"小鬼呀,有个问题我一直搞不明白,在我最困难的时候,你敢于冒着风险写出那首《叹储老》的诗贴出去,替我鸣不平,这说明你心中有我。可我现在恢复原职回来了,你怎么反倒不来了呢?"梁兴正是个直言不讳的人,笑着说:"有句话叫争宠之人暖时来,有情之花寒中开。你平安回来了,我就放心了,有必要来凑这个热闹吗?"

储林春眼内突然涌出了泪花,拿起烟锅,抖着手划着一根火柴抽了一锅烟,好一会儿才说:"小鬼呀,你不是党员,所以你不理解一个共产党员的心。可我是一名中国共产党党员,就该胸怀坦荡,就该处处为党和人民的利益着想,就该抛开私心杂念,团结一切可以团结的人一起工作。想想解放战争时期,许多打死我们战友的国民党官兵投诚了,我们恨不得拿机枪一下子把他们全部扫死,可我们不能,因为那样做我们就严重违背了党的纪律,我们还不得不善待他们,你知道那时我们是什么心情吗？我们躲到没人的地方放声痛哭。"说到这里，储林春真的哭了，眼泪唰地流了下来。他擦了一把眼泪，又转悲为喜地说："可后来，国民党部队听说解放军优待俘虏，成团成营地向解放军投降，我们终于体会到了共产党政策的英明伟大，共产党之所以能打下江山，是得民心者得天下呀！更何况现在建材厂中层以上干部都是组织部派来的国家干部，不是我想要就要、不想要就不要的，更何况他们都是自己的同志。今天我就跟你说到这里，你回去好好想想，想通了就来找我。去吧！"

梁兴正回到制瓦车间宿舍，洗漱完毕后上床睡觉，可怎么也无法入睡。他仔细回想储林春说的话，越想越觉得储林春的胸怀宽广、形象高大，越想越觉得自己形象渺小，突然产生了加入中国共产党、成为共产党员的欲望。

第二天，梁兴正风风火火地找到储林春，向他检讨了自己的狭隘心理，说出了自己也想加入共产党的美好愿望。储林春听了非常高兴，向他介绍了入党的程序，指点他必须先向所在的制瓦车间党支部书记递交入党申请书。梁兴正答应一声，满怀欣喜地离去。

春节后，梁兴正向制瓦车间党支部书记印成祥递交了入党申请书。印成祥笑道："好啊，好啊，欢迎你积极向党组织靠拢！不过并不是写了入党申请书就能立即入党的，你还要接受党组织的考验，通过后才能发展为预备党员。"

03

1979年是县建材厂的喜庆年,也是梁兴正的喜庆年。这一年,临海县建材厂正式更名为国营临海建材厂,储林春的职务也随之变更为厂党总支书记兼厂长;这一年国营临海建材厂生产的红砖红瓦,在全国砖瓦行业互查评比中,荣获全国红砖红瓦产品质量第一名。这年年底,梁兴正当选为国营临海建材厂的团总支副书记。

1980年春,武汉邮电科学院的王甫章教授,在县科委崔才希的陪同下,到国营临海建材厂考察,并决定将他设计的全国首类JWC-10型炉温自动监控仪,投放在国营临海建材厂试生产。经过半年多的努力,国营临海建材厂拆除了厂部原有的空斗墙办公用房,建起了一幢四层大楼,一楼二楼为厂里各科室的办公用房,三楼四楼为电子车间生产用房,此电子车间对外称国营临海电子仪器二厂。原建材厂机修车间主任邹风林调任电子车间主任兼车间党支部书记(对外称厂长)。县科委的崔才希为了实现恩师王甫章将炉温监控仪由手控改为自控的愿望,主动申请留职停薪来电子车间担任工程师。储林春又动员自己电子技校毕业的女婿来厂当崔才希的助手,将厂文艺宣传队全体队员从各车间抽调到电子车间当工人。

接着,崔才希带着助手对新调来的工人进行了为期一周的电子知识培训,用实物讲述电阻、电容、二极管、三极管、集成块、插体等元器件的分类、作用和功能,又讲述了万用表、示波器等监测仪表的作用和使用方法,以及焊接工具的使用方法和操作要领。然后按学习成绩和工艺要求将他们分派进焊接组、连线组、调试组和机壳制造组。至此,电子车间一整套电子仪表生产线基本形成。

眼看到了1981年元旦,离春节仅剩一个多月了。这天,梁兴正接到通知,国营建材厂党总支研究决定:将梁兴正从制瓦车间调去电子车间任会计。接到这个通知,梁兴正既高兴又忧虑。高兴之一,调去电子车间工作,他就会理所当然地成为常年合同工,因为电子车间不是季节性生产;高兴之二,他又可以与厂文艺宣传队的伙伴们朝夕相处了。忧虑之一,在制瓦车间工作了四年多,他与制瓦车间干部职工已结下了深厚的情谊,离开他们确实不舍;忧虑之二,电子车间除厂文艺宣传队队员外,又增加了一些新人,而这些人都是县局和建材厂国家干部的子女或亲属,这些眼高手低的人很难管理,得罪了后患无穷,这也许就是电子车间原会计工作不到三个月就辞职的原因。但不管怎么说,高兴也好,忧虑也好,哪怕刀山火海也要去,不然就剩下辞职了。此时,葛华建已调去县图书馆,这种心里话又不便向其他人诉说,只好作罢。

这天上午,梁兴正在制瓦车间主任的主持下,向新来的会计办理了移交手续。中午,印主任和三个班长及新来的会计,每人从食堂端回一盘菜,合伙为梁兴正送行,席间,大家诉说了许多推心置腹的离别之言。午饭后,梁兴正背着铺席和生活用品来到建材厂办公大楼,沿着楼梯向上走去。

二楼走向三楼的楼道上设有一道铁门,梁兴正刚走到铁门前,就被厂文艺宣传队的一个女孩发现了,女孩大呼:"呀,梁会计来了!"连忙折回身汇报。不一会儿,满脸胡子的电子车间副主任葛俊官迎了出来,彼此握手问好后,领着梁兴正去了男工宿舍。

葛俊官用钥匙打开最东头一间房子的门,里面是一间会议室,会议室西墙上开了两个门。葛俊官打开北隔间的门说:"这就是你的宿舍了,钥匙在门上。"二人将铺席和生活用品放进宿舍,关好门,葛俊官从钥匙圈上取下一把钥匙交给梁兴正说:"这是大门钥匙,你收好。走吧!我再领你到车间转一圈。"二人再次回到办公楼,分别参观了三楼的连线组和四楼的焊接组及调试组生产现场,宣传队的伙伴们纷纷站起身与梁兴正握手表示欢迎。最后,葛俊官把梁兴正领到四楼楼梯顶部的小阁楼,指着门上的钥匙说:"这就是你的办公室,你把钥匙收起来。"梁兴正打开门看了看,见此办公室约有十平方米,里面放着一张办公桌、一把单人椅和一张条椅,还有一个铁皮文件柜,心里很满意。二人坐下闲聊一会儿,葛俊官起身告辞说:"邹主任出去办事了,具体工作事宜由他与你交接,你回宿舍整理一下,我干活去了。"说罢离开。梁兴正关好门,收好钥匙,下楼向储林春办公室走去。

　　储林春见梁兴正到来,示意他坐下,问:"小鬼呀,到电子车间报到了吗?"梁兴正答:"报到了,铺盖都搬过来了。"储林春说:"这就好!听说你对这次调动有想法,是吗?"梁兴正不好意思地笑了笑。储林春接着说:"别怕,大胆工作,有什么问题及时向我汇报。这里的工作确实比制瓦车间复杂得多,但大家反复研究,一致认为只有把你调来才能理出头绪来。好好干!干出成绩,争取今年'七一'把你入党的事解决好。去吧!"梁兴正眼睛一亮,信心倍增,唱着小曲走回了宿舍。

　　第二天早晨,梁兴正刚走到四楼,就见电子车间主任邹风林笑盈盈地向他招手,他赶忙说:"邹主任你好!"邹风林握着梁兴正的手说:"听说你来了,我好高兴!"梁兴正笑着说:"多谢邹主任抬爱,我对电子一窍不通,正愁呢,还请多指教。"邹风林笑道:"我也才来三个月,这方面咱俩都是学生,共同探讨吧!走,到你办公室坐坐。"

　　二人来到办公室坐下,邹风林从口袋里掏出两把钥匙说:"前会计辞职时把文件柜钥匙交给了我,现交给你。前几个月处于投资和研发阶段,只出不进,所有账务和发票都移交给了建材厂财务科。从现在起，我们将正式投入生产，按照厂部要求，我们要重新设账，单独核算，自负盈亏，产、供、销、人、财、物再也没了依赖，所以一切要从严管控。你作为会计，不单要记好账，还要想方设法控制生产成本，以最小的成本取得更大的生产效益。说白了，就是我负责产、供、销的效益最大化，你负责人、财、物的效益最大化。我作为电子车间党支部书记、二厂厂长，厂里的人事权归我，处罚权可以归你。前天职工会上，我宣布：全车间不管是谁，所有电子材料进库，都要由梁会计监管测试质量，所有人到仓库领料，都要由梁会计开出领料单，没有领料单，谁私下发货都要按购物价扣工资。因此，春节前，你别忙于建账，除开领料单和接收我批准的支出发票外，就是熟悉情况，春节后再建账也不迟。"

梁兴正明白，这是把控制生产成本和处理违章行为的责任全部压到自己头上了，但邹风林的话又无懈可击，就点头答应了。

春节后，梁兴正按增减复式记账的要求设置了账目，将春节前产生的销售收入和工资、车旅费、耗用材料等支出，全部归类记了账。通过春节前一个多月的了解，梁兴正对各类电子材料的进价及电子仪表生产的整个工艺流程基本了解了。他发现一个职工的平均月工资不超过三十元，而一个指甲大的集成电路块就超过了三十元，一个两节指头大的石英晶体振荡器进价就超过了两个职工的平均月工资，而二极管、三极管、电阻、电容的进价也不菲，这些东西夹在书本里、放在口袋里根本无法被人发现，只要有人起了贪念，就会给企业造成巨大损失。同时，损坏元器件随手一扔却无人追究，也不是办法。于是他有了一个改按需求发料为按定量发料的想法，即电子元器件按线路板元件表发料，各人领料时带万用表测试合格后领出，焊接中责任损件按百分之五赔偿。这一根本问题解决了，其他管理问题就迎刃而解了。于是，他着手编写电子车间规章管理制度，同时规范了经营管理中的采购价格和质量的责任制度、生产管理中的上下工序协调责任制度、劳动人事管理中的考勤考绩分级考核责任制度、设备保全管理中的电子检测设备专人保管责任制度、技术管理中的图纸资料保管保密责任制度、成本管理中的元器件按量领料精心操作责任制度,以及职工基本工资加浮动工资的促进制度。

整个规章制度形成后,得到车间主任邹风林和工程师崔才希大加称赞,制度很快得到落实执行。于是,一种人人抓进度、个个重质量、处处见节省的良好风气在电子车间全面形成。上半年,电子车间旗开得胜,取得了良好的经济效益。"七一"建党节期间,梁兴正光荣地加入了党组织,成了中国共产党的预备党员。这年年底,国营临海建材厂财务工作互查评比中,梁兴正因账目清晰、管理成绩突出,被评为全厂企业管理标兵,他的照片和管理事迹被陈列在厂大门口的宣传窗里。

1982年春天,梁兴正家乡牛桥公社的党委书记和经委主任来国营临海建材厂为兴办社办砖瓦厂寻求技术支持时,看到梁兴正的管理事迹后大为赞赏,向储林春提出想把梁兴正要回牛桥公社,协助社办厂管理的想法,遭到储林春的拒绝。

不久,储林春被调到县基建局任局长,梁兴正仍在电子车间任会计。在此期间,梁兴正碰到两件伤心事:一是家乡公社实施农田方整化,动员梁兴正家迁往河边住宅区建房,1979年底储林春批给梁兴正的三间屋红砖红瓦正好派上了用场。在建房的过程中,后邻铁匠眼红梁兴正家清一色的红砖红瓦,以房屋高矮为由找碴儿闹事,误工十多天。二是武汉邮电科学院王甫章教授来厂视察他所设计的仪表生产情况,提出必须进购北京半导体器件厂元器件,不准进购温州个体市场元器件,以确保精密仪器的生产质量。而梁兴正的入党介绍人孔友大硬是从温州进购了一批元器件,工程师崔才希大为恼火,要求梁兴正严肃处理。梁兴正只好硬着头皮禁止这批元器件入库,因此得罪了孔友大。加之自从储林春调走后,电子车间主任邹风林起了想把电子车间独立出去的心,要求梁兴正向建材厂做报表时少报一些产量和利润,多报一些成本。梁兴正认为此行为严重违反纪律,便当场拒绝,邹风林也因此怀恨在心。在讨论梁兴正预备党员按期转正的党支部会上,孔友大提出不再做梁兴正的入党介绍人,邹风林也阴沉着脸,说他领导不起梁兴正并表示弃权。其他党员低着头,谁也不便再表态。于是梁兴正的预备党员只好延期转正,梁兴正这个"一根筋"再次遭到打击。梁兴正深知自己的行为并没有错,只是没有顺从别人的私念而已,如果真的顺从了,那才是真正的违纪。然而,没有顺从就不存在事实,也就无从申辩,他只好仰天长叹一声,愤然离开会场。

国营临海建材厂的领导们听到这个消息后,非常同情梁兴正的遭遇,都为一个企业管理标兵预备党员不能按期转正而觉得奇怪,但基层支部报了延期,党总支也不好上报转正。加之梁兴正又不喜欢背后说人坏话,厂里领导无法了解事情原委,只好将梁兴正改调到制砖车间任会计,仍然保持常年合同工待遇。

梁兴正心情沉闷,很少与人说话,只顾埋头做事,在做好会计工作的同时,埋头写出一篇反映旧社会窑工生活的四幕歌剧《扁担记》。正好厂里组织各车间举办国庆文艺宣传节目竞赛,《扁担记》入选,车间人手不够,他只好亲自参与演出。最终《扁担记》获得一等奖,梁兴正心理上多少得到了一丝安慰。他帮制砖车间布置会议室,画了一幅《青松翠柏图》和一幅《荷塘花艳图》,画完《荷塘花艳图》后吟出一首诗来。

> 塘缺污泥荷不鲜,
> 荷若染污谁忍见?
> 出污不染荷本色,
> 真人喜欢假人嫌。

消息很快传到了新任县基建局长储林春的耳朵里,他生怕那些

奋斗的年华

曾经写他大字报的人再去危害梁兴正,十分后悔当初拒绝牛桥公社负责人要回梁兴正的请求。于是,他一面反过来向牛桥公社打招呼,一面动员梁兴正安心回公社工作。牛桥公社研究决定安排梁兴正到公社建筑站任副站长。其时,梁兴正原来所在大队的党支部书记正好也调任了建筑站党支部书记,于是梁兴正决定辞去国营建材厂制砖车间会计的职务,回到家乡牛桥公社工作。

梁兴正用自行车驮着行李走出厂门,再次来到那条圩堤路上,忽然想起七年前妻子挑着行李送自己来厂的情景,情不自禁地跨下车来,举目眺望着建材厂高高的烟囱,心里百感交集。他想起厂宣传队热情奔放的伙伴们,想起车间那些亲密无间的工友们,暗暗在心里说:"再见了,建材厂!再见了,同志们!"两行热泪禁不住涌了出来。

第四章 回归牛桥搞规划

01

梁兴正从国营临海建材厂辞职后,按约到牛桥公社报到。公社秘书余君群是个清瘦的文弱书生,待人很和善,听完梁兴正的自我介绍后,拿出一张表格交给梁兴正。梁兴正填好表格,到大队盖了公章又回到公社,向余秘书交上了表格。余秘书收起表格,从办公桌抽屉里拿出一份县政府办公室通知交予梁兴正看,并对梁兴正说:"县里要举办一期村镇规划培训班,要求各公社选派一名建筑站副站长或水利工程员参加培训,为期三个月,学习回来后负责组织开展本公社

奋斗的年华

的村镇规划。公社党委研究决定派你去参加,你要好好学习,不负众望。"说罢,余秘书拿笔开了一张牛桥公社的介绍信,盖上公社管委会的公章交给梁兴正。二人又闲聊一会儿,有人来办事,梁兴正这才告辞回家。

回到家中,梁兴正屈指一算,离去县城参加培训还有两天时间,就骑自行车返回国营临海建材厂将党组织关系转回,送交公社组织科,组织科开出党员介绍信,让他送交公社建筑站党支部。第三天早晨,梁兴正带着公社介绍信,起大早步行到离牛桥三千米外的区委所在地,搭乘公共汽车前往县城参加学习。

村镇规划培训班办班地点在县城河北招待所,食宿学习全在这里。河北招待所对梁兴正来说并不陌生,因为他之前常在这里参加通讯报道培训班和文艺创作培训班,所以下了汽车无须问路,直接走向招待所。

上午,全县各公社、镇、场的学员全部到齐,一个不缺。午饭后,在北招小会堂举行开班仪式,县基建局局长储林春和县政府分管负责人分别发表讲话。接着县基建局规划建设科姚科长系统讲述了办班目的、学习纪律、学习课程及作息时间的安排。

次日正式开班学习,在姚科长的主持下,学员们投票选出了学习班的班长、学习委员和生活委员,向学员们分发了书本和笔记本,以及学习用品。开班后,每天六节课,由县局规划设计室的工程师和助理工程师们轮流讲课,系统讲述集镇总体规划和近期建设规划、集镇人口规模发展预测和用地规划规则、集镇道路交通和给排水规划、集镇电力电讯线路走向走法和园林绿地规划,以及集镇功能分区和村庄建设规划,最后又讲述了地形图测绘方法和水准仪、经纬仪的操作使用,以及建筑平面图设计的图标及规格。

一晃三十天过去,理论学习基本结束,接下来就是技能实训。训练内容有两项:一是按规划图标要求给黑白地形图上色,并由老师逐一点评；二是测绘地形图的操作训练，大家轮流拿标尺，轮流操作水准仪报读数，轮流在小平板上用瞄准规瞄准测点，再根据所报读数制图，直到学懂弄通、操作无误为止。测绘操作结束后，老师们又带领学员实地踏勘临海县城近期建设规划的用地范围，现场讲述如何根据常年主导风向、地形地貌和雨水流向确定用地功能分区，并特别指出工业用地应规划在镇区的下风下水方位，防止工业污染。春节前，理论学习和技能训练的课程全部结束，春节后的学习任务是分组到相关乡镇实习搞村镇规划，梁兴正被分配到县城西南方位的阁玛庄公社实习。

  回家度过春节后，梁兴正于正月十六骑自行车按约定报到时间来到实习人员的集中地点阁玛庄饭店，梁兴正和早已到这儿的三名学员坐下聊天，讲述自己公社的风土人情。不久应到人员全部到齐，带队老师作了简短讲话，明确了总体工作要求，并对各人工作进行了分工。梁兴正负责制图，因为他有一定的绘画功底，懂得线条描绘和色彩调配的基本知识。午饭后，大家稍事休息，带队老师就带领大家踏勘阁玛庄地形，待把阁玛庄的大街小巷和周围地形全都踏勘结束，大家累得气喘吁吁、腰酸腿痛，没有人打扑克，也没有人谈天说地，不约而同洗漱上床早早休息。

  带队老师将阁玛庄的地形图挂在饭店的会客室里，要求各位学员针对阁玛庄的地形、地势，畅谈集镇规划的设想，并强调人人都要发言，个个都要有新观点，不得人云亦云。于是学员们畅所欲言，老师对学员的发言逐一进行了点评，又使大家增长了不少实践经验。

  会议结束后，大家根据老师的分工正式开始工作。梁兴正按照图标给阁玛庄地形图上色，老师用铅笔在另一份地形图上勾画用地规划范围和功能分区，以及排水和电力通信线路走向，完成后让梁兴正分别制图上色，其他人也根据分工投入工作。

  经过十多天的努力，阁玛庄集镇规划的图纸和说明基本完成，带队老师将一整套图纸资料送交阁玛庄公社后回来说:"阁玛庄公社党委和管委会后天才有时间集中讨论,需要回家的同志,可以回家休息一天,后天早上八点钟前必须赶到;不愿回去的同志留在店里认真看书学习,不得外出闲逛。"于是梁兴正请假回家休息了一天,第三天早上又骑自行车赶回了饭店。

早饭过后,大伙在带队老师的带领下来到阁玛庄公社会堂,按照各自分工向公社党委和管委会成员汇报了规划方案,公社党委和管委会成员展开了热烈的讨论,提出了一系列修改建议,带队老师一一做了答复,最终形成了一套既符合当地实际、又符合规划要求的方案。

因前期工作中已将集镇规划所需资料数据收集齐全,所以接下来,梁兴正的任务是抓紧绘制一式三份的集镇规划成图,带队老师负责修改集镇规划说明书,并将说明书油印出来装订成册,其余同志分工负责阁玛庄公社所属各大队的村庄建设规划图纸和说明书的制作。待近期建设图、总体规划图、道路交通规划图、绿化规划图、各大队村庄建设用地规划图及说明书全部完成后,他们接到了县里的返程通知。

这天下午,大家纷纷从各片区回到县城,集中在县河北招待所的小会堂里,参与讨论新起草的《临海县村镇建设管理规定》。县基建局规划建设科的姚科长首先宣读他亲自起草的文件草案,当读到人均建筑占地限在十八平方米之内时,梁兴正心里很不赞同,他想:"农村村民人均建筑占地限在十八平方米之内,三口之家只能建五十四平方米的小开间房子,连厨房也没有,全年口粮放哪里?农具放哪里?猪羊鸡鸭养哪里?"他是个直言不讳的人,有话不说就像心里爬进了无数只小虫一样难受。于是,当姚科长刚读完文件草案,他就站起来说:"姚科长,关于这份草案,我想提一条意见,我觉得规定农村人均建筑占地面积不超过十八平方米这一条不够实际。"

姚科长问："怎么不实际？"

梁兴正说："每人不超过十八平方米的建筑占地，三口之家只能建三间四米开间的小屋，一间做厨房兼库房，一间做堂屋，儿女大了还跟父母挤在一间房里吗？还有猪羊鸡舍算不算建筑占地？难道也在人均十八平方米之内吗？"

姚科长是一个刚从部队转业的城市户口军官，对农村情况并不了解，被梁兴正问得哑口无言，不禁恼羞成怒，面红耳赤地说："你这个问题我无法回答，我只知道从严使用土地，你坐下吧，回头我向县长汇报，看他支不支持你的意见。大家继续讨论其他问题。"

各公社选派的学员百分之九十以上是农村户口，大家都赞同梁兴正的意见，见姚科长如此回驳梁兴正，觉得说也白说，搞不好还要自讨无趣，于是全都选择不再吱声。姚科长无奈，只好夹起皮包怒气冲冲地离开会场。大家都向梁兴正投去敬佩而又为之担心的目光。

这天晚上，梁兴正晚饭吃得很少，夜里翻来覆去睡不着觉，他怎么想也想不通，不是说讨论吗，为什么又要打压别人呢？他觉得这种缺少调查研究的文件发下去，势必难以服众，还会增加政府与百姓间的矛盾。于是，他下定决心，一定要向县政府反映此事，不管姚科长高兴不高兴，也要实事求是。想通此事后，梁兴正心神一定，反倒呼呼入睡了。

第二天早晨，梁兴正正在饭堂里与大家一起吃早饭，姚科长笑嘻嘻地走过来，对梁兴正说："小梁啊！昨天我把你提的意见向县长汇报了，县长说你说得对，他说'合理利用土地重在合理'，还问我：'鳏寡孤独的一人户能只给十八平方米的一间房吗？三口之家能没有厨房吗？农民能没有存放粮食和农具的地方吗？这些问题都要考虑进去才是合理的政策，合理的政策才能得到老百姓的认可和支持。'他还要求我今天当面向你道个歉，说是只有这样，大家才敢说真话、说实话，才能畅所欲言。"

早饭后,大家再次回到小会堂里讨论村镇建设管理规定,姚科长首先对昨天的态度当众做了检讨,要求大家消除顾虑、畅所欲言,对《规定》文稿逐条梳理,即使说错了也不揪辫子。于是,大家个个踊跃发言,讨论进行得十分热烈,整整一天过去,终于将《规定》的所有章节和条文讨论完毕。姚科长很高兴,对大家所提的不同见解逐一做了记录,最后表态:不但要把大家提的不同意见做进一步梳理,还要深入基层进行调查,广泛征求农村基层干部和群众的意见。大家不约而同地鼓起掌来。

第三天上午,县基建局局长储林春陪同县政府分管负责人再次来到小会堂,参加村镇规划培训班总结表彰会议。二人分别在会上讲了话,充分肯定了这次村镇规划培训班的成绩,以及对今后全县规划工作的深远影响。会上,表彰了一批认真负责的辅导老师和学习认真、成绩突出的优秀学员。梁兴正也受到了表彰,并捧回了一张大红奖状。但梁兴正心里并不轻松,因为他将面临新环境的新考验,他深知他那"一根筋"的个性,不知道什么时候就会招来新的祸殃。但他不想改变也无法改变,因为那是他的天性,在他看来,求真务实是做人的本分。

02

梁兴正回到牛桥公社后,立即向公社负责人做了详细汇报。公社党委经过讨论很快成立了村镇规划领导组,梁兴正被列为领导组下设的工作组成员,具体负责牛桥庄集镇规划的编制和各大队村庄规划的业务指导。

村镇规划工作组由四人组成,其余三人一个是财政所的宋所长,一个是负责民调的张科长,还有一个是刚调来的闻秘书,宋所长为工作组的组长。宋所长是个很和善的人,他笑着对梁兴正说:"小梁啊,村镇规划工作组虽然由四人组成,但真正挑大梁的还是你,因为只有你参加过县里的村镇规划培训,懂得规划业务,我们三个都是门外汉。我呢,具体负责村镇规划所需资金的协调,要用小钱你找我;张科长具体负责村镇规划中的矛盾协调,有解决不了的矛盾你找他;闻秘书负责村镇规划工作中各种会议的组织协调,需要开会你找他。碰到我们都解决不了的大问题,你可以直接向公社党委和管委会负责人汇报。所以,你只需放心大胆地工作,无须有顾虑,有什么需要我们协助的,你随时可以提出来。"

听了这番话,梁兴正心里暖暖的,原来的担忧一扫而光,不觉信心百倍,于是他向大家仔细叙说了村镇规划的全过程,需要准备的图纸资料及办公用品,还要有一个比较宽阔的工作场所。宋所长首先表态,他去将牛桥中心小学的乒乓球室借来,让梁兴正用三个月,又同意梁兴正先向财政所借一笔资金,去县城购置规划工作所需的纸墨笔、钢板铁笔及颜料；张科长表态，愿陪同梁兴正去公社水利站借用各大队一比五千的水利工程底图和一比一万的公社总图，由梁兴正到县局复制后交还；闻秘书表示要通知各大队指定一名村庄规划受培人员。剩下最后一个大问题，就是没有一比一千的集镇现状图，要想从事集镇规划，没有此图就像裁缝做衣服手中无布一样无奈。四人谁也拿不定主意，最终商量决定：由梁兴正直接向分管规划建设工作的党委副书记申华永汇报。

　　申副书记听了汇报也很着急，马上召开领导组会议研究对策。会上，有人提议去县城请测绘队前来测绘，但马上遭到反对，因为牛桥公社乡办企业太少，财政资金十分紧缺，请测绘队前来测绘要按面积付费，还要管吃管住，这笔数额不小的资金从哪里来？又有人提出把镇区四个大队的用地范围从一比五千的图中划出来，按比例扩大成一比一千的图。但那样只能体现集镇建成区的总体框架，无法体现当下道路桥梁和建筑物的具体位置和形状，这样的图既无法进行建设规划，到时送审也过不了关。没有办法，梁兴正只好硬着头皮站起来说："这样吧，由我牵头来测绘一比一千的集镇建成区现状图吧！但需要购买小平板、瞄准规及三十米的皮卷尺，还要配两个助手帮我拿标尺拉皮尺。"话音刚落，大家一齐向梁兴正投来质疑的目光，心里说："你行吗？"梁兴正懂得大家的意思，接着说："各位领导放心，这次参加县里的村镇规划培训班，老师专门讲述了测绘知识，并组织进行了测绘实习，这次就算公社领导对我进行的一次培训成果检验吧。"于是，梁兴正自告奋勇的提议很快得到一致认同。

　　梁兴正去县城买回测绘工具，又请张科长一起去公社水利站借回水准仪和测量标尺，将一系列工具全部存放在小学乒乓球室里。次日，公社从社办厂借来的两个年轻小伙子前来向梁兴正报到，三人正式开启测绘工作。他们先用皮尺在牛桥街中心布点，三十米布一个点位，再用铅笔在图上标注起来，并逐一校正图中点位角度。通过半天努力，牛桥庄总长八百米街道的二十多个街中测量点全部布点完毕。

　　下午开始由北向南用水准仪配小平板测绘街道两侧的建筑物。公社从社办厂借来的两个小伙子具有较高的文化水平，人也非常聪明，测过几个测点后，很快就熟悉了业务。拿标尺的无须指点就知道下一步测哪里；报读数的不但学会了水准仪如何摆放，而且学会了调平调光螺丝的使用，读数也报得准确无误。于是测绘速度不断加快，仅用一天半的时间就将六百米街面建筑测绘完毕。

　　接下来的任务，就是将测点向巷道和支路延伸，隔河的就从桥上引点过河，在桥面上测绘河宽。碰到不通视的院落和单位，就走进院落和单位内部，用皮尺丈量建筑物间距和建筑物长宽，直接绘制上图。

　　经过十多天的努力奋斗，牛桥庄建成区及周边三百米之内的所有路道桥梁、建筑物和构筑物跃然纸上，接合点误差不超过零点五米。梁兴正悬着的一颗心终于落下了。

　　接下来，梁兴正抓紧用制图纸和制图笔将测绘好的建成区现状草图绘制成正图，又请张科长一起到公社水利站借来一比一万的公社区域全图底图，以及全公社十四个大队一比五千的水利工程底图。次日，梁兴正一大清早赶到县城，来到县局时，规划老师们刚好上班。梁兴正说明来意后，姚科长展开图纸看了一遍，问梁兴正牛桥庄集镇现状图哪儿来的，梁兴正如实汇报了测绘经过，姚科长听完竖起大拇指说："高！真有你的！"接着安排两个工作人员用晒图机帮梁兴正晒图，共晒出集镇用地蓝图三十张、公社区域全图和各大队地形图各十张，并将一百八十张蓝图连同底图一并打包好交给梁兴正。姚科长又发给梁兴正一整套县局统一印制的样表、样本，其中有集镇建设规划各种数据资料样表、村庄建设用地规划各种数据资料样表，还有集镇和村庄建设规划说明书编制的样本。梁兴正很高兴，因为有了这些样表和样本,他就可以少动很多脑筋,少牺牲很多脑细胞。谢过姚科长和老师们后,他抱起图纸资料走出门外,将图纸资料捆绑在自行车后座,正准备骑车回牛桥。这时,姚科长突然跑出门来,高声喊道:"喂,小梁,等一下!"

梁兴正回过头来问:"姚科长,还有什么指示?"姚科长笑道:"哪还有什么指示呀,是有人要找你。"说着,用手指了指身后的人。

那人走过来握住梁兴正的手说:"小梁你好!我姓徐,是局里的秘书。刚才储局长听说你来了,让我来找你,说你是他在建材厂时的老部下,想跟你聊上几句。"于是梁兴正再次向姚科长挥手告别,跟着徐秘书向局长办公室走去。

储林春当上局长后,依然是以前那个样子,办公桌上仍然放着那个铜质的小烟壶,见梁兴正到来,咧嘴笑道:"嘿嘿,这小鬼还是这么精神。"接着又对徐秘书说:"小徐,你去食堂帮小梁备好客饭,记我的账,骑几十里路车来到我这里,总不能饿着肚子走吧?弄好了,你就来领他去吃饭,好让他早点回去。"徐秘书答应一声,转身离去。

见梁兴正愣愣地站着,储林春用手指了指办公桌前的椅子说:"坐!"梁兴正坐下,储林春接着说:"你这个小鬼,来了也不来看我,是不是把我这个老头子忘了?"梁兴正笑着说:"哪能呢!我一辈子也忘不了您的关心。"

储林春点了点头,拿起水烟壶装上烟丝,划亮一根火柴说:"说说你回去后的情况吧。"梁兴正"嗯"了一声,将回去报到以及参加规划培训班的情况原原本本地说了一遍。储林春边抽烟边听,听完了放下水烟壶说:"我在村镇规划培训班学员名单里看到了你的名字,心里很高兴,听说村镇建设规划员将来可能是个长期的工作,如果你能成为公社的骨干,我也就放心了。不过,很少有人知道那是一份长期的工作,只以为是一项政治任务,将来知道了,也许想将你取而代之的还会大有人在,所以你要处处小心,不可大意,这是其一。其二,如果当上了规划员,也不要忘乎所以,因为规划员具有建房初审权,若你坚持原则、执行政策、维护规划,会有很多人拥护你,但也会有部分丧失利益的人恨你。所以你要记住,不管是威逼还是利诱,你都不能违法。只要你办事合理、合法,谁也撼动不了你;反之,如果你经不住威逼利诱,做出违法的事来,那谁也救不了你,懂吗?"梁兴正心悦诚服地点了点头。

储林春接着说:"还有你那不顾场合直言不讳的性格也要改一改,发现领导在公开场合说错话表错态,尽量不要公开顶撞,你让领导在公开场合下不了台,他会记恨你一辈子。你可以找机会私下向他提建议,讲清道理,他会很感激你,这样,才能起到事半功倍的效果。任何时候都要做到大事不糊涂、小事不计较,懂吗?我说的这些话,也是我多年来取得的经验教训,你要切记。"梁兴正听了储林春这番掏心掏肺的话,非常感激地说:"局长,你放心,你今天说的话,我一定永远铭刻在心里,落实到行动中。"

储林春还想再说点什么,见徐秘书来了便摆了摆手说:"去吧!小鬼,吃了饭赶紧回去,你还有几十里路要骑呢。只要你努力工作,做好事、不出事,我就比什么都高兴。"梁兴正只好依依不舍地向储林春告别,跟着徐秘书向食堂走去。

吃完饭,梁兴正在骑车回家的路上,反复回想储林春局长的知心话,内心激情澎湃,又充满迷茫……

03

次日,梁兴正首先把公社全图和各大队水利工程的底图交还给公社水利站,然后来到牛桥小学的临时工作室,放下从县局复制的一大捆蓝图,坐下来思考一番,梳理出六条工作计划:

①向公社领导写一个工作报告,汇报村镇建设规划前期准备工作进展情况,请求适时召开村镇建设规划工作动员会,批准举办村庄建设用地规划培训。

②起草村镇建设规划动员会上公社领导的讲话稿,交公社秘书审核修改后转交公社领导。

③准备好村庄建设用地规划培训班上的培训辅导讲义。

④将县局所发的各种统计数据样表分类,并重新刻制出来,油印若干份,分别在动员会和培训班上发给驻镇各单位和各大队回去统计填报。

⑤将村庄建设用地规划说明书样本刻制油印并装订出来,发给各大队规划材料员,参照编制。

⑥着手考虑集镇规划总体布局方案,提出建议意见。

几天后,公社用广播通知各大队支书、大队长和社直社办单位负责人,到公社参加村镇建设规划工作动员会。会议期间,梁兴正将村镇规划的统计表分门别类发放至各单位。时隔一天,公社又通知各大队村庄建设规划材料员,准时到牛桥小学乒乓球室,参加村庄建设规划知识培训。培训班上,梁兴正给每个学员发一张所在大队的现状用地蓝图、一册油印的村庄建设规划说明书样本、一副小三角尺和一支红芯铅笔。然后,根据所立辅导提纲,他系统讲述了村庄建设用地规划的重要意义、具体做法和要求,以及如何将讨论确定的规划建设用地范围按比例标注上图。梁兴正讲得很通俗、很仔细,各大队规划材料员听得很认真、很入神。

接下来,梁兴正坐在牛桥小学的临时工作室里,摊开牛桥庄建成区现状用地平面图,认真构思集镇总体布局和近期建设规划方案,形成了将未来集镇建成"目"字式交通骨架的设想。东竖路以拓宽改造现状街道为主,东竖南横路两侧重点建设行政生活区和商业服务区,规划原理是该区域位于集镇上风方向;新规划的西竖北横路两侧重点建设工业区,防止工业废气污染居民生活环境以及噪声扰民。但东竖路的现状南北街宽窄不一,最宽处达十二米,最窄处仅有三米,这条路的建筑间距到底放多宽,不是梁兴正在图上随便画画的事。于是,他立即把自己的规划设想和无法确定的问题仔细向分管负责人做了汇报。分管负责人申华永觉得这确实是一件大事,又向公社党委负责人汇报,建议召开党政联席会研究确定。

公社党政联席会上,大家一致同意梁兴正关于未来集镇建成"目"字式交通骨架的规划设想,采纳梁兴正关于未来集镇总体布局的规划建议。但在现状镇区街道拓宽改造的问题上产生了分歧。思想比较保守的公社党委书记,认为街道建筑间距最多拓宽为九米,以减少拆迁压力。而公社管委会主任认为街道建筑间距最起码要拓宽为十五米,便于未来车辆交会和给排水及通信线路的安排,以减少二次拆迁的风险。双方各持己见,互不相让,争得面红耳赤,党政联席会只好不欢而散。听到这个消息后,梁兴正暗暗庆幸自己没有擅自做主制图,不然不但多了一张废图,说不定还要遭受指责,他不禁深深感激储林春局长"大事不糊涂,小事不计较"的嘱咐。

集镇规划图只好暂停制作,梁兴正正好借此间隙走访,了解牛桥庄历史沿革,为编写集镇规划说明书做准备,同时了解各大队村庄建设用地规划进展情况。

又过了几天,县组织部下达了通知,调牛桥公社党委副书记、管委会主任到其他公社任党委书记,邻公社的柳和春调来接替职位。交接期间召开党委会时,再次谈到集镇街道拓宽问题,二位领导又各抒己见、争论不休。新来的柳主任站起来打圆场说:"二位领导,我提个建议,不知是否妥当,供二位参考。我认为牛桥街道应该将建筑间距拓宽为十二米,因街道两头的建筑间距已是十二米,无须打通,只要集中力量将中间四百米街道建筑间距加宽即可。这样一来,中间放七米车行道,两边各放二点五米人行道,电力通信线路和给排水管道也基本可以安排。至于交通问题,将来把西边的南北公路放宽点,这里的交通压力就减小了。大家看怎么样?"其他党委委员都觉得这个建议合理,纷纷点头赞同,于是最终通过了牛桥庄街道建筑间距拓宽为十二米的规划决议。

集镇规划方案基本确定,驻镇各单位的统计报表和规划建议也收齐了,各大队村庄建设用地规划的统计报表、规划草图和规划说明书也陆续报了上来,像一座座小山似的堆放在小学乒乓球桌上。接下来,梁兴正要将这些统计报表分门别类梳理出来,用于集镇规划说明书和全公社总体规划说明书的编写;要把各家的规划建议统看一遍,看一看有没有可选用的;要把各大队上报的内容对照校核一遍,看有没有错漏之处。还有一项最大的任务就是制图及编制集镇和全公社总体规划说明书,涵盖交通、给排水系统、电力系统、绿化、建设用地等多方面。他需要先制出一套彩图来,到召开审议大会时挂上墙,供参会人员观看。

无论是现状图还是规划图的上色,都有规定的色彩要求:河流为湖蓝色,农田为淡绿色,绿地为翠绿色,行政、文化用地为深红色,商业用地为朱红色,道路为钛白色,居住用地为柠檬黄色。上色的水彩必须用清水调配均匀,浓度适中,上色后必须能够通视现状蓝图上的线条,太淡了图色不鲜,太浓了影响对底图的通视。比如道路规划是钛白色,上色后必须能从钛白色中透视到原图线条,从中量得出占用哪一户多少建筑用地。这既是动员拆迁的依据,也是碰到拒不配合的钉子户时申请法庭强制执行的法律依据;同时,从规划图中可一目了然地看出,哪些户可以后移重建,哪些户必须全部迁出。

时间紧、任务重、要求高,又找不到合适的人帮助自己,梁兴正感到压力很大。但他深知,这是对他的又一次考验,他不能辜负老领导对他的期望,更不能辜负公社党委对他的信任,他必须不怕困难、努力奋斗。于是他再次发扬"一根筋"的精神,起早贪黑地干,聚精会神地画,经常一直工作到深夜,困了就用凉水冲一下头,乏了就哼几句小曲。有一次哼唱革命样板戏《智取威虎山》中杨子荣的唱段,唱到高潮处,情不自禁地用足力气大吼一声:"革命的智慧能胜天!"惊得夜间留校的老师们纷纷从铺上爬起来,走出门外四处张望,见只有乒乓球室里依然亮着灯光,便不约而同地围过来,敲开门,劝梁兴正早点回家休息。臊得梁兴正满脸通红,只好不停地道歉。

经过十多天的努力,集镇、全社及十四个大队的现状和规划彩图基本完成。梁兴正刚想提笔编写规划说明书,县局来人检查牛桥公社村镇规划工作开展情况,来的是县局建设规划科的测绘工程师武正明。

公社管委会的柳主任亲自接待武老师,将武老师领到小学乒乓球室,向武老师说明牛桥公社村镇规划工作进展情况和公社党委的重视程度。武老师仔细翻看梁兴正测绘的牛桥庄建成区现状图,以及各类现状和规划彩色图,竖起大拇指说:"不简单,不简单!短短三个月的培训就能学到这么多,做得这么好,真的不简单!怪不得我们储局长一提到小梁就竖大拇指,今日目睹,果然令人叹服!"

梁兴正红着脸说:"武老师过奖了,还不多亏了恩师们的悉心辅导嘛!"

武老师感叹道:"也不全是,这一趟走下来,有的学员实施能力差多了,有的公社甚至还要等我们去测绘呢,真是同锅染布有深浅啊!"

柳主任插话说:"谁不喜欢学习认真、不怕困难、不辞劳苦、勤奋工作、不计得失的人呢?我与小梁相处时间不长,但我已打心眼里喜欢他了。"

又闲叙片刻,到了吃饭时间,武老师拿出粮票请梁兴正帮他到公社食堂买饭菜。梁兴正笑着说:"不用了,您大老远骑自行车来,够辛苦的。今天我做东,请柳主任和您,咱们到牛桥庄小饭店喝点酒,略表心意。"

于是,三人来到牛桥庄小饭店,梁兴正从商店买来一瓶海陵粮酒,到饭店点了一盘猪头肉、一盘炒干丝、一盘炒鸡蛋、一盘花生米和一碗青菜豆腐汤,外加三碗米饭,三人边吃边聊,非常开心。吃完饭,武老师告辞,因为他要骑车回县城,途中还要到邻近公社看一下。柳主任也告辞回公社,梁兴正回到小学乒乓球室,开始编制全公社建设用地规划说明书和集镇总体规划说明书。

武老师回到县局,逢人便夸,说牛桥公社的小梁不但工作非常认真,待人也特别客气大方。是啊,梁兴正刚回到牛桥乡,月工资只有三十元,一下子拿出五元多招待一顿午饭,还真是大方了一回。

几天后,村镇规划审议会所需的图纸资料准备齐全,会议正式召开,各大队和社直各单位主要负责人讨论通过牛桥公社的村镇规划。参会人员认真地看了牛桥公社和集镇的近远期规划彩图,听取了规划说明书的解读,一致认为:本次规划布局合理,可行性强。

在此之前,牛桥公社从来没有搞过如此规范的建设规划,所以,许多人都认为是请专家搞的。在得知出自梁兴正之手后,大家都向他竖起了大拇指。梁兴正知道,如果不是参加县里三个月的培训,做成此事简直是天方夜谭,不过,如果学习不认真,也是枉然。

第四章 回归牛桥搞规划

规划终于通过了,公社党委和公社管委会的评审文件出来了,参评人员的名单也有了,全公社建设用地总体规划和集镇建设总体规划说明书终于可以印刷并装订成册了。接下来,梁兴正的艰巨任务,就是要批量按要求绘制出一式两份的规划彩图来报县审批。于是,梁兴正又进入了夜以继日的工作状态。

一个多月后,报县审批的全部图纸资料全面完成,梁兴正请公社秘书以公社管委会名义,向县政府写了一份"请求批准牛桥公社村镇建设规划方案"的报告,盖上公章,连同规划图纸资料一齐报到县基建局。至此,梁兴正总算松了一口气。

"七一"将近,公社建筑站党支部负责人通知梁兴正去建筑站参加支部会,讨论通过梁兴正党员转正问题。梁兴正在支部大会上如实叙述了去年党员延期转正的原因,又详细汇报了这一年来的工作情况。全体党员一致举手表决:"同意梁兴正按期转正为中国共产党正式党员!"梁兴正心里的又一块石头终于落地。

奋斗的年华

第五章
入职规划生枝节

01

"七一"之后,梁兴正迎来三件喜事:一是牛桥公社村镇建设规划方案获县审批通过;二是从公社组织科领到了公社党委批准他转为中共正式党员的批复;三是县政府《村镇建房管理规定》的文件发到了公社,文件中明确规定,村镇建房必须经过村镇建设规划员现场勘察同意后,方可移交公社分管负责人审批。梁兴正心里生出一股"山重水复疑无路,柳暗花明又一村"的欢喜。

就在梁兴正满怀期望时,牛桥公社部分有头有脸的人物也纷纷活动起来,为给子女谋求村镇规划员一职而奔走,差点把公社一把手晋书记的门槛踏扁,但晋书记坚定不移——回绝。可有一个人找上门来,却让晋书记十分为难。这个人是牛桥公社的信用社主任孟余志,他手握牛桥辖区信用股大权,公社财政一有困难就要找他解困,所以他与晋书记关系一直很铁。一天晚上,有几个公社干部正在晋书记办公室汇报工作,孟余志醉醺醺地跨进门来,不无埋怨地对晋书记嚷道:"书记啊书记,你害苦我了!当初要各公社派人去县里参加村镇规划培训,我来找你让你派我儿子去,你硬说只是一项政治任务,不是长期工作,现在文件下来了,事实证明还是我的判断对吧?事已至此,你总得给我一个交代吧?"

晋书记被呛得面红耳赤,沉默了许久才说:"老孟,你别急,坐下来慢慢说。"

孟余志说:"我不坐,我走了,等你消息!"说罢,气冲冲地走出了门。

在场的公社干部都看不惯孟余志这种目空一切、盛气凌人的样子,第二天下午,就有人把这事偷偷告诉了梁兴正。梁兴正听后心中一惊,再也无心工作,好不容易等到下班时间,垂头丧气地骑车回了家。

这阵子,梁兴正父亲因病从苏南厂里提前退休回到家中,闲来无事,天天找人喝酒打牌。梁兴正回家时,父亲正在家喝酒,喝完一杯后说:"兴正啊,你今天回来怎么不像往日那样高兴,出什么事了?"梁兴正把听来的话如实告诉了父亲。父亲一听怒从心头起,骂道:"这家伙平时人模狗样,跟我一起打牌喝酒、称兄道弟,怎么做出这等损人利己的事来?我明天非要去找他理论理论不可!"

梁兴正没有吱声,捧起酒杯将酒一口吞下,拿起酒瓶倒满又一口吞下,如此连续喝了数杯。妻子韩扣子见状,连忙过来夺酒瓶,埋怨公爹说:"爸!你怎么让他喝这么多酒?"父亲没吱声,梁兴正也不吱声,站起身踉踉跄跄地向门外走去。

天已经黑了,韩扣子快步追出去,大喊一声:"梁兴正!你去哪里?"梁兴正不回答,一直向前走。韩扣子怕惊动邻居,不再喊叫,只好默默尾随。

孟余志与梁兴正是同大队的人,两家离得不远,很快就到了。孟余志正在家跟牌友们喝酒,梁兴正怒气冲冲一脚跨进门来,一桌人都吃了一惊。孟余志愣了愣,抬起头睁开布满血丝的醉眼问:"兴正,你有事吗?"

梁兴正说:"有!"

孟余志道:"有什么事,你就说吧!"

梁兴正压了压火气问:"孟主任,我想问你,为什么要夺我的饭碗?"

孟余志一惊,随后狂笑一声说:"这话从何说起呀?我孟余志是堂堂的信用社主任,要谋夺你的饭碗?真是笑话年年有,没有今年多,大家说是不是?"在座的跟孟梁都是熟人,一个个都不吱声。

梁兴正怒道:"你别狗头长角——装羊!你昨晚为替你儿子谋取规划员一职,在晋书记那儿发酒疯,以为我不知道吗?"孟余志的脸一下子涨得通红,无言以对。

此时,韩扣子也一脚跨进门来,不无讽刺地说:"孟叔叔呀,你在我家喝酒打牌的时候,见到梁兴正总是左一个贤侄右一个贤侄的,原来你就这样关心贤侄呀?"说罢,一把拉住梁兴正说:"走!跟这种人啰唆什么呀!"硬把梁兴正拽出门外。屋里传出掀翻桌子打碎杯盘的声音。

韩扣子拉着梁兴正踉踉跄跄地朝家里走去,凉风习习吹来,送来阵阵禾苗的清香。梁兴正渐渐清醒过来,轻声问韩扣子:"哎,好像听见他把桌子掀翻了。"韩扣子说:"管他呢,又不是你掀的。"沉默片刻,梁兴正突然想起老局长储林春那句"要克服'一根筋'习性"的话来,不禁有点后悔,他问韩扣子:"你说我今天是不是闯祸了?"韩扣子答道:"也许吧,可后悔又有什么用呢?不过,说他几句也不为过,谁让他损人利己呢!"

幼儿小龙站在门前,双手捧着手电筒向回家的路上照着,见梁兴正和韩扣子归来,高兴得大喊大叫:"爷爷奶奶,爸爸妈妈回来了!"听见小龙的喊叫,梁兴正的父母双双应声走出门外,见儿子衣着无损,明显未动干戈,悬着的一颗心也就放下了。

回到屋里,梁兴正将去孟家的情况细述了一遍,就洗漱回房休息了。韩扣子拉住小龙耳语道:"小龙乖,爸爸今天心情不好,你到爷爷奶奶房里睡,好不好?"小龙答应一声,一蹦一跳地钻进了爷爷奶奶的房里。这一夜,韩扣子把梁兴正紧紧搂在怀里,尽量用温暖化解丈夫的心结。

第二天,天刚蒙蒙亮,孟余志就来到公社,敲开公社党委晋书记的门,狠狠告了梁兴正一状。他临走时交代说:"我孟某人从来不跟小人斗,既然事件公开了,你就算把规划员职务送给我儿子,我也不要,省得有人说我夺人饭碗。不过我提醒你一句,这种小肚鸡肠的人不能用!"

孟余志走后,晋书记再也坐不住了,来到公社经委主任柳和春的宿舍,把事情的经过一五一十地告诉了柳和春,最后问他有什么看法。

柳和春想了想,慢条斯理地说:"依我看,小梁到孟主任家兴师问罪是有点过分,但事出有因,谁听说有人要夺自己的饭碗不急呢?况且这大半年来,梁兴正在县村镇规划培训班上勤勤恳恳地学习,回来后没日没夜不辞辛劳地工作,独当一面地完成了规划图纸和资料,得到县、公社和大队的一致好评。现在桃子熟了,却要把桃子摘给别人,摘给谁呢?摘给张三,李四不服,摘给王二麻子,张三李四都不服,麻烦永无休止,不但对梁兴正不好交代,对整个社会也不好交代。

依我看,还是早点把规划员登记表让梁兴正填了送到县里去,省得越拖事越多,搞得我俩都不得安宁。"

晋书记认为柳主任的话句句在理,同时他对梁兴正的业务水平、工作能力和敬业精神也确有好感,这一闹,反倒化解了他对孟余志的愧疚,也就点头同意了。于是,村镇规划员的登记表很快就发到了梁兴正手里,一场风波就此而止。

不久,县基建局通知召开全县村镇规划员会议,发给每人一份《临海县村镇建房管理规定》的文件。会上县基建局规划建设科姚科长对文件进行了认真的解读,对人均建筑占地二十二平方米,以及光照间距一比一点三至一比一点五的执行要求进行了反复强调,还分享了半年来自己对农村工作的调研成果和对农村风土人情的了解。

会后,各公社村镇建设规划员又从局里领回一大捆村镇建房审批表。接过这些沉甸甸的空白审批表,梁兴正心里既兴奋又沉重。他知道,按规划审批建房在农村是一个新课题,每一份建房报告都是一份考试的答卷,每一份建房报告的审批都是一份责任。

02

　　梁兴正从县里开会回来的第二天,再次来到小学乒乓球室,根据县局会议要求,着手编写《牛桥公社村镇建房管理实施细则》。他刚摊开《临海县村镇建房管理规定》,小学的江校长前来敲门,梁兴正连忙起身开门,将江校长迎进室内。

　　江校长背着双手绕桌走了一圈,看着满桌的资料,欲言又止。梁兴正看出江校长有话要说又难以启齿,笑着问:"江校长光临寒室有何指教?"

　　江校长笑着反问:"梁规划已定职,还在我们小学的乒乓球室办公,方便吗?"

　　梁兴正敲了敲脑袋笑着说:"哎哟,你看我这个马大哈呀,借房期限早已超过,只顾工作倒把这事忘了。等写完这篇实施细则,我马上向公社领导汇报,还请再宽限几天交还钥匙行吗?"

　　江校长笑道:"行啊,怎么不行呢?只要你不觉屈尊,想住多久就住多久。"二人又闲聊一会儿,江校长起身告辞,梁兴正继续编写《细则》。

　　《细则》编写完毕,梁兴正找公社管委会柳主任审阅签字,柳主任仔细审阅后,在文稿末尾空白处签了"同意发文,请办公室编号"的字样,把文稿交还梁兴正。梁兴正又把小学江校长催要乒乓球室的事向柳主任做了汇报。柳主任沉思片刻说:"是该把乒乓球室还给人家了。不过公社房子比较紧张,到底怎么安排还得跟晋书记商量,你最好也找晋书记汇报一下。"梁兴正点了点头,谢过柳主任,向公社秘书办公室走去。

公社秘书见梁兴正到来,笑道:"小梁你来得正好,正准备打电话找你。刚才接到你的老上级储林春打来的电话,说他已退居二线,明天要到你家来,让你明天上午九点到公社砖瓦厂接他。"梁兴正一听很高兴,请秘书在文稿上编了号,又向柳主任办公室走去。

梁兴正请柳主任明天中午陪储林春吃饭,柳主任笑着摇了摇头说:"很抱歉,我明天要去县里开会。这样吧,晋书记和申副书记明天没有会,你请他们二位作陪怎么样?"梁兴正心里很是失望,柳和春望着梁兴正怅然若失的脸笑着说:"你这孩子,愣着干什么?我对你的心你还不知道吗?我又不是借故不去。去吧!去请他们作陪。"

梁兴正离开柳主任办公室,分别找到晋书记和申副书记说明来意,二人都很高兴,因为他们跟储林春都是老交情,能有机会一聚当然高兴。

梁兴正让父亲上街买菜,母亲和妻子帮着烧火做饭,自己则骑自行车到砖瓦厂门前等候迎接储林春。公社砖瓦厂厂长听说储林春要来,也很高兴,陪梁兴正一起在厂门口等候。将近九点,远远望见储林春骑着自行车来了,二人急忙迎上前去,彼此握手寒暄后,砖瓦厂长邀储林春进厂坐坐,储林春摆了摆手说:"不了!我这就到小梁家去。"

梁兴正邀请砖瓦厂厂长一起到家里做客,厂长摇摇头说:"不行啊,我今天约了客户。听说储局今天来,我心里很高兴,本想两场小麦并着一场打,不想被你占了先机。"他回头对储林春说:"这样吧储老,既然来了就多玩两天,明天我专门请你怎么样?"

储林春嘴角含笑说:"这又何必呢?"厂长说:"储老啊,你这话就见外了,我们可忘不了建厂时,你在技术上对我们的大力支持,没有你哪有我们呀!"储林春这才哈哈笑道:"好吧!"

砖瓦厂厂长又邀梁兴正明天一起来作陪,梁兴正摇了摇头说:"不了,我还有许多事要做。"储林春瞪了梁兴正一眼说:"咦?怎么不来?一定要来!一起来狠狠宰他一顿!"说罢,前仰后合地大笑起来。

从公社砖瓦厂回家的路上,梁兴正向储林春汇报了最近的工作情况,当说到村镇规划员的工作已经落实时,储林春非常高兴,鼓励梁兴正一定要好好工作,并问他还有什么困难。梁兴正回答仅剩工作场所没有安排,同时告诉了他今天请来公社晋书记和申副书记作陪的事。储林春很高兴,说这两个人都是自己的故交,都曾找他帮过忙,于是对梁兴正说:"此事你别吱声,等他们来了,由我来说。"

到家了,梁兴正的父亲、母亲还有妻子从家中迎了出来。二人放好自行车,梁兴正父亲递上一根纸烟,储林春笑道:"我不抽这玩意儿。"说罢,从自行车挂包里取出他那心爱的铜质水烟壶和烟丝袋,跟着梁兴正走进堂屋,挥了挥手说:"你们忙你们的,有小梁陪我就行了。"大家散去各忙各的。

储林春在桌边坐下,装上一锅烟丝正要抽烟,幼儿小龙一蹦一跳地从门外跑进来,见桌边坐着一个陌生人,一下子愣住了。梁兴正忙拉过小龙说:"小龙乖,快叫爷爷好。"小龙乖乖地走过去,轻轻叫了一声:"爷爷好!"储林春笑道:"小乖乖好!来,让爷爷抱一下。"说罢,弯腰抱起小龙,在他的小脸蛋上亲了一口。小龙挣脱储林春的手,一蹦一跳地跑出了门。

储林春边抽烟边与梁兴正闲聊,过了一个多小时,小龙又在门外大叫:"爸爸!爸爸!又来人了!"梁兴正到门口看了一眼,回头对储林春说:"储局,他们来了。"于是,储林春也站起身向门外迎去。彼此握手寒暄过后,一同走进堂屋坐下聊天。他们从县里聊到公社,又从公社聊到大队,不时发出阵阵笑声。梁兴正坐在一旁插不上话,只好赔着笑。

大约又过了一个小时,韩扣子拿着抹布,笑嘻嘻地走过来抹桌子,抹完桌子后,又在桌上摆上冷菜盘子。梁兴正父亲走过来招呼说:"各位领导先就着冷菜吃起来,我这就去炒热菜,等炒完热菜再来陪大家。"说完转身离去。于是,梁兴正打开酒瓶给大家添满酒,不一会儿,韩扣子又把一盘热菜端上了桌。申副书记端起酒杯站起来说:"来!大家共同喝一杯酒,欢迎储老局长的到来!"大家一齐站起来,将杯中酒干了,气氛十分和谐。

厨房里,梁兴正妈烧火,梁兴正爸不停地炒菜,韩扣子不停地向桌上送菜,一会儿就摆满了一桌子菜。兴正爸炒完菜也来喝酒,边解围裙边问:"兴正,怎么没听见你敬领导们酒呢?"

梁兴正"嗯"了一声,捧起酒杯站起来说:"谢谢领导们对我的关心,我敬大家一杯。"申副书记是个爱热闹的人,摇着头说:"不行,不行,刚才我们互相敬酒,已比你多喝了好几杯,所以你现在必须一个一个地敬才显诚心。"

申副书记是梁兴正规划工作的分管负责人,他的话不能不听,于是梁兴正把酒杯举向晋书记说:"晋书记,谢谢您对我的关心,我先敬您一杯。"说完,将杯中酒喝干。晋书记捧起酒杯只喝半杯就放下了。

梁兴正又倒满一杯酒举向储林春说:"储局,谢谢您一直以来对我的关心,我敬您一杯。"说罢,又将一杯酒一口喝干。储林春坐着没动,佯作生气地说:"你这个小鬼喜新厌旧,不先敬我倒先敬晋书记,他有我关心你吗?你刚到建材厂时,没等你问,我就让人把你的宿舍兼办公室安排好了,他有吗?听说你至今还在借办公室吧?"

晋书记插话说:"也快了,昨天与柳主任商量好了,叫公社广播站让出一间房来,给小梁做办公室兼宿舍,最迟两三天就能到位。"

储林春忽然站起来笑得前仰后合,举起酒杯对晋书记说:"晋书记,我跟小梁开玩笑的。来!我陪你把刚才那半杯酒喝了。"晋书记站起身来与储林春碰杯,二人含笑将杯中酒喝干。

接着,梁兴正又向申副书记敬酒,申副书记是个爽快人,站起来碰杯后一口喝干。梁兴正放下酒杯,拿起酒瓶将桌上的空杯按序倒满,然后才坐下吃菜。

这时,梁兴正父亲站起来说:"承蒙各位领导厚爱我家犬子,我代表全家敬各位一杯!"说罢举起酒杯。众人皆站起身,四只酒杯"当"的一声碰在一起。梁兴正再为大家添满酒。

申副书记举起酒杯对梁兴正父亲说:"老人家,你为我们忙了大半天,辛苦了!我敬你一杯。"接着,晋书记和储林春也分别敬了梁兴正父亲,再添酒时,大家摇手,说已喝足。大家吃罢饭,韩扣子又来收拾桌子,抹干桌子摆上茶。

大家喝着茶又闲聊一会儿,晋书记和申副书记起身告辞,储林春和梁家父子将二人送到门外。申副书记拉着梁兴正的手说:"储老难得来,我批你两天假,好好陪储老玩两天。"梁兴正本想开口请假,见申副书记主动提出,心里十分感激。

二人走后,储林春闲来无事,围着梁兴正家的房子转了一圈,问道:"你这房子刚建不久?"梁兴正笑答:"去年上半年建的,用的是你一九七九年批给我的砖瓦。"

储林春摇摇头说:"你这小鬼太没远见,现在建房还建这么矮。"梁兴正苦笑一声说:"我又何尝不知道呢?本来比这高多了,可后边隔一户的铁匠眼红我家清一色的红砖红瓦,找碴儿闹事,全家出动阻挡施工,硬说我家房子比他家高,影响他家风水,致使瓦木工停工十多天。那时我还在厂里,父亲找到公社,公社让找大队,大队支书是铁匠的亲叔叔,不便出面解决,其他人也不便出来解决,我们只好忍气吞声把中柱和门框锯得跟他家一般高,方才了事。"

储林春叹息一声道:"这红眼病着实害人。小鬼啊,现在改革开放了,将来的经济发展形势不可估量,也许不久后想建楼房的大有人在。作为规划员,你一定要用发展的眼光看问题,碰到这种事,千万不能置之不理呀！不然，人家会恨你一辈子的。"梁兴正坚定地点了点头。

转了一圈后又回到屋里，储林春坐下来捧着水烟壶不停地抽烟。梁兴正知道他闲得慌，忽然想到储老爱下棋，父亲也爱下棋，提议道："储局，让我父亲陪你下盘棋怎么样？"

储林春惊喜道："怎么，你父亲也爱下棋？太好了！"于是，梁兴正请来父亲，摆下棋局。不一会儿，二人就在象棋盘上杀得难分难解，不知不觉间天就黑了。

此时，韩扣子婆媳俩已做好晚饭，二人喝了点酒，吃了几口饭，又杀了几局方才休息。韩扣子早已领着小龙外出借宿，将床铺留给梁兴正和储林春。晚上，储林春兴趣盎然，给梁兴正讲他在部队时的战斗故事，讲他转业到地方工作中的种种挫折和经验教训，又反复叮咛梁兴正要小事不计较、大事不含糊，直到下半夜才呼呼入睡。梁兴正非常感动，因为在他心里，储林春一直是一个耿直威严的人，想不到他也会如此细心。

二人一直睡到早晨八点方才醒来，起床洗漱后吃了早饭，骑车前往公社砖瓦厂赴约。

到了公社砖瓦厂，厂长领着储梁二人参观了厂区，从制砖车间到制瓦车间，从轮窑到卸货码头，一一介绍目前的生产能力和当年县建材厂提供了哪些技术支持。储林春笑着说："这些小事你们老记着干吗呀！"厂长说："哪能忘呢？没有你们的支持，我们要多走多少弯路啊！"

储林春听后，又笑得前仰后合，对梁兴正说："小鬼你听，为人处世需广结善缘。你帮人家解了难，人家一辈子也忘不了你；你见难不帮，人家也一辈子忘不了你。"

参观完毕，厂长领储梁二人走进砖瓦厂小餐厅，桌上冷盘和杯筷已准备齐全，请来陪客的人员也已到齐。大家轮流敬酒，储林春不肯多喝,说下午要回县城。厂长和梁兴正劝他再玩两天,均被婉言谢绝,梁兴正知道他是个说一不二的人,也就不再多劝。饭后,储林春骑车回了县城。梁兴正回到小学乒乓球室拿出蜡纸,用钢板铁笔刻写《细则》,直至完成方才回家。

回到家中,父母早已熄灯歇息,只有自己房中还亮着灯。梁兴正生怕惊动他们,悄悄地走进厨房喝了一大碗冷粥,洗漱一番回房休息。妻子韩扣子正在灯下做针线活,见梁兴正进来,抬起头问:"听说储老下午回县城了?"

梁兴正答:"嗯。"

韩扣子又问:"那你怎么这么晚才回来?"

梁兴正说:"我把《村镇建房管理实施细则》用蜡纸刻制好了,准备明天印出来。"

韩扣子板着脸说:"你呀,就是个'一根筋'!既然申副书记已经准了你两天假,那个《细则》就在乎这半天吗?"

梁兴正说:"不对,不对,毛主席他老人家说,一万年太久,只争朝夕嘛!"

韩扣子扔下手中的针线活,生气地说:"你就知道工作上只争朝夕,可你想过我吗?下午听砖瓦厂的人说,储老饭后已经回县城了,我还以为你要回来帮我干活。结果呢,左等右等不回来,你就安心把联产承包的责任田和生活田全丢给我一个人,你心里还有我吗?"

梁兴正想到自己原来在建材厂,回家轮休时还帮韩扣子干几天活,可自从回公社工作这大半年来,一直忙于参加培训和规划编制,连星期日也很少休息,一直没有下田干活。他深感内疚,只好嬉皮笑脸地说:"娘子辛苦了,小生这厢有礼了!"说罢,弯腰深施一礼。韩扣子忍不住笑了,问道:"那你怎么奖励我?"梁兴正见小龙不在床上,准是睡到父母房里去了,就将妻子一把抱起来按到床上说:"就这么奖励你!"

第六章
从事规划初涉难

01

储林春老局长离开牛桥公社的第二天,梁兴正将《牛桥公社村镇建房管理实施细则》油印出来、装订成册,又请公社秘书在每份细则上加盖了公章,准备在隔日的干部大会上发放。刚想锁门回家,他突然想起必须先送一份文件给公社广播站,请他们向全公社进行广播宣传,于是又抽出一份文件向公社广播站赶去。

梁兴正赶到时,广播站长正在机房值班,见梁兴正到来,赶忙迎出来握住梁兴正的手说:"梁规划你来了,我们正想找你呢。"

梁兴正知道广播站长爱开玩笑,于是也玩笑道:"小梁我小人物一个,大站长能有何事找我呀?我倒真有事麻烦你来了。"

广播站长笑道:"我找你呀,是想告诉你,你的办公室兼宿舍我们已经收拾出来了,你明天就可以从小学搬过来住了。"

梁兴正一听非常高兴,连忙说:"谢谢,谢谢!给你们添麻烦了。"

广播站长摇着手说:"柳主任前天就下了指令,我们岂敢怠慢?"说罢,将梁兴正领到门朝东的一排房子前,打开一间屋的门说:"这是在下的宿舍兼办公室,你的就在隔壁,从此,我们就是邻居了。"又从办公桌上拿起一串钥匙说:"走,去你办公室看看!"

梁兴正进屋一看,屋子已经收拾得干干净净,心里既高兴又犯愁,高兴的是办公地点终于有了着落,犯愁的是房间里什么都没有,总不能站着办公,规划资料也不能放在地上。广播站长知道梁兴正犯什么愁,出点子叫他明天去找财政所长。站长说:"公社不可能置办新用具,但公社废品库里有公社负责人调离时移交的旧用具,只能将就用了。"梁兴正谢过站长,并将文件交给站长,请他进行广播宣传,然后关好门回家了。

次日上班,梁兴正把韩扣子带来,找到财政所长,所长果然说:"置办新用具不可能,旧用具倒有一些,在废品库里,你可以选几件去用。"说罢,领着梁兴正打开废品库的门。梁兴正从废品库里选出一张旧办公桌、两把旧椅子、一张旧方桌、一副旧床架和一副旧门板,与韩扣子一起擦干净后搬进宿舍。他将旧办公桌安放在门后靠窗的地方,两边各放一把椅子,里面的自己坐着办公,外面的给来客坐。他在西北角摆好旧床架,放上门板安好了床,将方桌放在西南墙角。又从附近厂里借来一辆板车,到小学将全部文件资料拉回,分门别类堆放在方桌上,然后交还板车和小学乒乓球室的钥匙。

下午,韩扣子从家中拿来被褥席子等一系列床上用品,帮梁兴正铺好床铺,找来竹竿支好蚊帐,又从供销社买来一丈六尺蓝色花布,请人裁做成床帘,用铁丝穿好将两头固定在南北两边墙上,这样一来,办公室和宿舍间就能隔开了。房间里井井有条,焕然一新。环视着自己的杰作,韩扣子特别有成就感。由于刚入住,梁兴正还没被排入值班的班次,依然随韩扣子回家过夜。

次日早晨,梁兴正早早地来到公社,从宿舍拿出文件赶到干部大会的会场,逐个将《细则》发放到大队和社直单位的主要负责人手中。干部大会上,公社主要负责人将县政府《村镇建房管理规定》进行了认真解读,并反复强调了执行纪律。公社广播站也在广播里对《细则》进行了为期一周的宣传,基本做到了家喻户晓、人人皆知。

会后,梁兴正正式开始了村镇建房的踏勘初审工作,各大队的公社干部纷纷邀请梁兴正到自己分工的大队去,为农户建房进行规划踏勘初审。中午大队派客饭,安排在没有纠纷的建房农户家吃饭,梁兴正每次都掏出粮票和钱给农户。想不到,分工干部们却对梁兴正渐渐疏远起来,梁兴正百思不得其解。不久,他跟柳主任一起到大队去,饭后依然给钱,柳主任笑了笑,当时没说什么。

在回公社的路上,柳主任对梁兴正说:"小梁啊,我向你提个意见好吗?"梁兴正心里一惊,不知自己哪里做错了,笑着说:"柳主任,您是前辈,小梁哪里做错了,您尽管批评就是。"

柳主任慢条斯理地说:"谈不上批评,因为从原则上讲你并没有错。但你有没有发现,有些公社干部渐渐疏远你了?"

"是啊!"梁兴正问,"我正百思不得其解呢,究竟是为什么呢?"

柳主任接着说:"公社干部到基层工作不可能把锅灶背出去,所以中午大队不得不安排一顿饭。过去生产队分粮,劳力又出不去,农户手头不活,口粮紧张,公社干部吃完饭给点钱和粮票,农户也不推辞。自从实行联产承包后,劳力解放了,农户家庭口粮不紧了,手头也宽裕了,吃了饭给钱给粮票,人家就不要了,还说我们小气,因此大家也就渐渐习惯不给了。而你吃了饭非要塞给人家钱和粮票,让同来的人心里很别扭,你说谁还愿意跟你一起出去呢?你再这样下去,也许连大队干部也不待见你了。这就叫水至清则无鱼,人太清则无友啊!"听了柳主任的一番真心话,梁兴正心里很感激,忽然又想起储林春"小事不计较,大事不含糊"的嘱咐来,于是从此也就不"一根筋"了。渐渐地,那些疏远梁兴正的公社干部与梁兴正又热络起来。

然而,梁兴正又发现一个异常现象:那些吃了便饭,强给了钱和粮票的农户,见到自己不冷不热的,就像从未谋面似的。而那些吃了便饭,没有强行给钱的农户,见到自己反而老远就打招呼。带着这个疑问,他又去请教柳主任。

柳主任笑着说:"人世间有两种人,有一种人天生好客大方,有施而心安;有一种人天生小气吝啬,又怎能心安?天生好客大方的人,你吃他一顿便饭,给钱给粮票,他认为你瞧不起他,不愿与他为友,反而生气。而天生小气吝啬的人,你吃他一根胡萝卜不给钱,他也生气。大队安排客饭怎么会派到吝啬的人家去呢?所以,生活与工作是两回事,廉洁与随和也是两回事。生活上随和一点,会让人感到亲切。而涉及工作就要谨慎了,如果把生活与工作混为一谈,认为不请客不送礼就办不成事,那就要犯大错了。"听了柳主任的话,梁兴正心中的疙瘩终于解开了。

1970年至1980年,各公社挑河挖沟,大兴水利工程,实施农田方整化,农村泥墙草盖的房子基本沿河"一字式"或"非字式"排列,仅剩少数大队的房屋还比较散乱。而本次村庄建设规划依然以沿河"一字式"或"非字式"为主,拆迁量并不是很大。因此,梁兴正从事村镇建设规划两个多月来,所踏勘初审的建房报告,多数也只是推倒泥墙换砖墙,掀掉草盖换瓦盖而已。当然也有部分人家老人在家种田,儿女外出打工,赚了钱,申请拆了小房建大房的。然而,在踏勘初审的过程中,梁兴正只注重了政策法规的实施,却忽略了邻里纠纷的存在。

梁兴正为自己从事规划工作两个多月来，除了人际关系上出了一点小差错外，在建房踏勘初审上一直顺风顺水而高兴。可他不懂得社会每前进一步，都要经历新旧思想的斗争，那一小部分新款建房的审批并不等于新款建房的落成，他一直忽略的问题即将出现，等待他去解决。

第六章 从事规划初涉难

02

转眼间到了1983年底,上级要求撤销人民公社编制,组建乡镇人民政府,牛桥公社更名为牛桥乡人民政府。随着人民公社变更为乡人民政府,大队也随之变更为村,生产队也随之更名为村民小组。原公社的晋书记和柳主任调离牛桥,印军调任牛桥乡党委书记,黄上游调来担任牛桥乡乡长,申华永调职为副乡长,仍然分管村镇规划工作,梁兴正也就自然而然地成了牛桥乡人民政府的村镇建设规划员。

其实早在联产承包分田到户起,生产队这个名词就已名存实亡,生产队长已不承担扯旗吹哨、督促上工的责任,也不拥有指派谁干什么农活的权力,社员们何时上工、何时休息、何时吃饭他都无权干涉,只剩下上传下达和组织路渠整修及催缴公粮的义务,而这些义务就是未来村民小组长的义务。生产队会计也不再承担记录谁迟到、谁早退、给谁打多少工分和核算谁得多少钱、谁找补生产队多少钱的工作。大队挑选几个年轻力壮的人担任大队专业会计,负责三四个村民小组的财务和账目。

不久,信用社主任孟余志找到申华永,说想在信用社宿舍临街部位建一个临时营业用房。申副乡长说:"这事你得先找梁兴正,具体政策由他掌握,他同意了我照批,他不同意我也没办法。"

孟余志愣了一下说:"可我跟他……"

申华永笑道:"放心吧,梁规划不是你所想的那种小气人。"

孟余志说:"那就请你跟我一起去找他。"

申华永说:"行!"

梁兴正刚回宿舍,见申副乡长领着孟余志到来,急忙起身相迎。等孟余志说明来意,梁兴正沉思片刻说:"这里面有两个问题,一是不能突破街道十二米建筑红线;二是要理清建房用地的土地权属关系。目前,信用社的用地属乡镇集体所有,在乡镇集体所有的土地上建造私人房屋有违法理。所以我建议你以信用社集体的名义打报告,用信用社集体的材料建房,这样一来,你进可租退可还,没有任何经济损失,又免了信用社内部人的口舌,我与申乡长也无须承担相关法律责任,岂不皆大欢喜?"

申副乡长一拍大腿说:"这主意好!我还真没想到这么多。"

自从梁兴正酒后到孟余志家兴师问罪后,孟余志一直以为梁兴正是个没有头脑的大老粗,今天见梁兴正说话有条有理、有根有据,充满智慧,心里也不由得佩服起来。其实他自己心里也充满矛盾,他又何尝不想在自己当主任期间,借信用社地皮建一个属于自己的临街房呢?可他也知道那样做不合法理,只要有人举报就得不偿失,心中举棋不定,十分纠结。听了梁兴正的一番话后,他反倒定下心来,觉得还是梁兴正所说的这条路才是正确之路。于是他说:"兴正啊,你说的与我想的完全一致,只是不知二位何时才能抽空帮我踏勘一番呢?"

梁兴正对申华永说:"申乡长,不如现在就去。明天乡里放假,好不容易才有机会帮老婆干一天活,我得早点回去。"申华永点头同意。于是梁兴正发给孟余志一张集体单位的建房申报表,随后又拿出集镇规划图,指着图说:"二位请看,街道建筑红线正好在信用社两排主体建筑的东墙位上,所以,现在要建临街房,只有沿东墙向西延伸了。"二人点头会意。最后商定:临时用房南北长八米、东西宽四米。商定完毕,梁兴正要走,被孟余志一把拉住,说:"麻烦帮我把建房报告填一下好吗?"申副乡长也说:"兴正,你就帮他填一下吧,孟主任又不是外人。"梁兴正不好强走,只好随申副乡长来到孟余志宿舍。

二人坐定,孟余志拿出一个三角尺和一支笔交给梁兴正说:"麻烦你了,空白表我看过了,那个建房位置图我哪会画呀,所以才麻烦你嘛。"梁兴正拿过笔,按照刚才丈量的尺寸,坐下来专心填表制图,孟余志悄悄走出门外。

梁兴正填好表,画好建房位置简图,在规划勘审栏内签了自己的意见后,拿给申副乡长看,申副乡长也在政府批准栏内签了意见。忙完这些,孟余志刚好提着一个油纸袋笑着走进门来,申副乡长推过报告说:"表已填好,字也签了,你明天找秘书盖个公章,交一份给梁规划存档就行。"孟余志道一声谢,含笑把报告收起来,接着从包里取出几样油纸包着的凉菜说:"刚从饭店买来几个凉菜,大家一起喝点酒,饭也没有,别见笑。"说罢,又从床头柜里拿出一瓶酒、三双筷子和三只小酒杯,用茶水将筷子和酒杯冲洗一下,放到各人面前,然后打开酒瓶倒满酒后说:"来,先吃菜、吃菜。"

吃了几口菜,孟余志捧起酒杯对梁兴正说:"兴正啊,这第一杯酒我不先敬申乡长,先敬你。我原本以为你是个小肚鸡肠的人,想不到你如此通达大度。"说罢,将杯中酒一口喝干。

梁兴正笑答:"孟叔言重了,父为子谋,人之常情,倒是我情急失智,要请你原谅才是。"说罢也将杯中酒一口喝干。申副乡长在一旁拍手笑道:"好哇,好哇!不枉我一番苦心。"

于是,二人又分别敬申副乡长的酒,感谢他费心说和。三人边吃边聊,直至将一瓶酒全部喝干方才散去。

乡里放假,梁兴正在家帮妻子挑粪,他用两对粪桶轮流往田里挑粪,妻子韩扣子在田里浇粪。刚挑不到一个小时,田埂上走来一位六十来岁的老翁,一句话没说,面向梁兴正扑通一声跪下了。梁兴正吓了一跳,连忙放下肩上的粪担,走上前去扶住老人问:"老人家,你有什么事?为什么要下跪?快起来!这样被人看到好像我欺负你了。"

老者含泪站起来说:"梁主任啊,小老儿我姓赵,家住西高八组,我有急事找你帮忙。"此时,韩扣子不放心,挑着两个桶来到田埂上。

梁兴正接着问:"老人家,到底有什么事?你说吧。"

老者抹了一把眼泪说:"我家房子已经拆掉十来天了,有人阻止施工,动不了工啊!眼看着天寒地冻的,日子没法过呀!"

梁兴正又问:"你找过村干部吗?"

老者说:"村干部来过好几次了,好说歹说他们不听,这才指点我来找你呀。"

韩扣子插话说:"大概是你建的房子比他好,红眼病吧?"

老者连连点头道:"是啊,是啊,你说得一点不错,就是啊!"

韩扣子转身对梁兴正说:"兴正,你就去一下吧,不要像咱家建房一样,找张三推李四的,谁都怕得罪刺儿头,气得咱爸寻死的心都有了。"老者向韩扣子连连作揖道:"谢谢!谢谢!你真是个女菩萨。"

梁兴正说:"那这粪咋办?"韩扣子说:"我挑呀,你都一年多没帮我干过活了,我不也熬过来了吗?"说罢,挑起两桶粪向田里走去。

梁兴正望着韩扣子的背影,深深叹了一口气,回头对老者说:"你先回去吧,回去把村主任找来,我回家洗一下脸和手,换件衣服马上就到!"老者答应一声离去。

03

梁兴正挑着一对空粪桶回到家中,洗漱一番后,换上干净的衣服,骑着自行车来到赵家宅前。村主任和村民组长已到场等候,并向梁兴正说明了大致情况。

接着,梁兴正向赵老伯要来建房报告,又现场踏勘一番,该户一家五口,有独子一人,按县政府文件规定可批一百三十二平方米,申请和批准了一百三十平方米,在政策规定的许可范围内。该户翻建住房的地点在沿河"一字式"的规划区内,地点符合规划。该住宅规划区前面是一条东西机耕路,后边是一条东西走向的河,东邻是刚建不久的三间瓦房,西邻仍然是草房。

正踏勘时,从西边草房内走出一个四十多岁的中年男人,过来握住梁兴正的手说:"你好!请问你就是乡政府的梁规划吗?"梁兴正点了点头。那人自我介绍说:"本人姓江,是承建这家房子的瓦匠,也是这家的邻居,西边的草房就是我家。老赵要建房,左邻右舍的怎能不帮忙呢?想不到碰到这档子事,同样也是邻居,你钉桩他拔桩,你放线他摘线,你挖夯槽他抢锹,不但建房户伤心落泪,连我们匠人的损失也不小啊!我就不懂,乡里乡亲的何必呢?现在你来了就好了,开工有指望了。"

此时,东边瓦房里走出一个五十多岁的老头,身后跟着一高一矮两个满脸横肉的年轻人。老头手捧水烟壶,阴阳怪气地说:"嘿嘿,开工好啊,把话说清楚不就开了吗?要是说不清楚,想开工就没门儿了。"后面两个壮小伙横眉竖眼地附和道："对！没门儿！天王老子来也不行！"

见这架势，梁兴正心里一惊，但马上就冷静下来。他知道老头是个老阴阳，似乎也看透了老头身后那两个帮手是何等人物，灵机一动有了主意。于是他含笑走过去问："请问这位老叔，您贵姓？"

老头见梁兴正很有礼貌，不好不答："小老儿姓钱，是建房户的东邻，三间空斗砖墙盖大瓦的房子就是小老儿的家。请问你尊姓？"梁兴正笑答："不敢，我姓梁，是乡政府的村镇建设规划员。"

钱老头微微一笑道："呵，你就是梁规划？早闻其名，早闻其名啊！"双眼满含轻视。梁兴正看在眼里，也不往心里去。

大家以为，接下来梁兴正就要问，你为什么要阻止赵家施工建房。可是梁兴正没问，因为他知道对于老阴阳不能单刀直入，而是用手指着老头背后的两个人问："请问钱老叔，这二位是谁呀？"

钱老头一愣，随后答道："呵，忘了介绍，这二位是我儿子从县城请来的朋友。"

梁兴正紧接着问："那你儿子呢？怎么没看见？"

钱老头支吾道："他在县机械厂当车间主任，忙着呢。"

梁兴正突然哈哈大笑起来，笑罢又问："那我想跟你儿子的朋友交个朋友，你不会反对吧？"钱老头丈二和尚摸不着头脑，只好连声说："当然，当然。"

梁兴正拉过村主任耳语几句，然后对江瓦匠说："江师傅，我想借你家坐一坐，跟这二位朋友聊聊天行不行？"江瓦匠道："欢迎！欢迎！只要你们不嫌草棚小。"说罢，领着梁兴正向家中走去。

村主任和村民组长走到一高一矮两个小伙面前说："二位，梁规划想跟二位交个朋友，你们不会不愿意吧？他请二位到西边草屋里喝茶聊天呢，请吧！"

矮个儿有点迟疑，高个儿说："去就去，怕什么？他又不吃人，不去反倒像怕了。"于是，二人随村主任和村民组长走进江师傅的草屋里。

梁兴正见二位壮小伙到来，站起身说："欢迎二位朋友，请坐！"二人知道梁兴正是政府工作人员，有所忌惮，也不敢过于放肆，规规矩矩地坐下。

梁兴正清了清嗓子说："把二位请来是想交个朋友。交朋友嘛，就该心平气和、推心置腹，如果以势压人、强词夺理，就不像朋友了，二位说是吗？"二人点头称是。

梁兴正接着说："今天我们心平气和地探讨三个问题，请二位摸着良心回答问题好不好？"

高个儿说："行，你问吧！"

梁兴正问："你们从内心出发，是觉得社会向前发展好呢，还是希望社会停止不前进好呢？"

高个儿道："废话，当然是向前发展好哇！"

梁兴正又问："过去农村家家是泥巴墙盖草房，前两年出现了砖砌空斗墙盖瓦房，现在又出现了实心墙带走廊，将来还会有人建楼房，这是不是说明咱的日子越过越好了啊？"

矮个儿道："当然是啊！"

梁兴正接着问："那你们认为人生在世，是不是应该积德行善呢？"

高个儿答："当然是多做好事啊！"

梁兴正扬了扬手中赵家的建房报告问："那么赵家通过政府合法审批，用自己的钱建自己的房，没招谁没惹谁，钱家偏要无理取闹，阻止施工，谁不正义呢？"

二人无语。

梁兴正竖起大拇指说："你们二位真够朋友呀！明知阻碍合法建房施工、侵涉他人合法权益属于违法行为，还要两肋插刀奋勇助阵，这还不够朋友吗？要知道，政府不可能让一个守法公民永远在露天下生活。这事我处理不了，有乡长来；乡长再处理不了，有法庭来。你们竟然愿意承担经济赔偿责任，这样的朋友真是难得。"

二人急了，齐声问："怎么？还要我们赔偿经济损失？"

村主任插话说："当然啦！本来钱老头在我们的劝说下态度已经软了下来，你们一来，他才又强硬起来，将来打官司，你们当然难逃干系呀！"

高个儿脸绿了，语无伦次地说："不不不，我们是他儿子花钱请来的，要赔损失可不干，我们走还不行吗？"

梁兴正说："行！现在走可以既往不咎。"

二人急匆匆走到钱家瓦房前，高声喊叫："钱老头，你给我出来！"钱老头急忙迎出门来问："二位有什么事？"

高个儿恶狠狠地说："快拿一百块钱来，你家的破事我们不管了！"

钱老头急巴巴地问："你们，你们怎么向我要钱？"

矮个儿说："你不知道呀？你儿子给了我们一百元，说是一天的误工费，你又留我们多待了一天，这不还差一百吗？"

钱老头骂道："这个杀千刀的呀，每月工资才拿五十元，竟出这么高的佣金，真是气死我了！"没办法，只好回家叫老婆打开箱子拿出十张十元的钞票交给二人。二人二话不说，骑上自行车扬长而去。

梁兴正见两个邪头走了，对村主任和村民组长说："现在我们该到钱家去了。"江瓦匠拦住说："别忙，别忙，已到饭时，不能饿着肚子办事，我已叫老婆准备了午饭，没啥好吃的，萝卜饭炒鸡蛋，另加青菜汤，管饱。"说着，江嫂子已端上饭。梁兴正、村主任、村民组长以及江瓦匠每人吃了一大碗萝卜饭，总算填饱了肚子。梁兴正说："可以走了。"

江瓦匠问："要不要我一起去？"

梁兴正说:"当然欢迎,只是你该说话时再说话,不该说时别插话。"

江瓦匠说:"一定,一定。"

一行四人来到钱家,钱老头见四位到来,连忙让座。劝走了两个帮手,也治好了他一半的阴阳怪气,比初见时老实了许多。四人落座后,梁兴正向屋内环视一番,问:"钱老叔这房子也是刚建不久吧?"

钱老头欠身道:"是啊,是啊,前两年刚建,那时还算领先。现在落伍了哇!"

梁兴正劝道:"老叔呀!随着时代的发展,也许不久农村建楼房的也大有人在,既然你自知此房落伍,为什么又要阻止别人建带走廊的大跨间呢?"

钱老头说:"梁规划你不知道,当时我拆了草房建瓦房时,他说我家做的中柱和门框比他家高了,阻止我施工,误了我两天工,多亏江瓦匠从中说和才算了事。现在他建大跨间带走廊我不反对,但必须答应我两个条件:一是走廊与前墙平齐;二是不准占用我搭界的巷道。只要他答应了这两条,我绝不再多嘴,但若想抢我风水,没门!"

梁兴正笑道:"老叔呀,这可不行。当初分工干部还有大队长领我来勘察时丈量过,你们这排住宅区的后墙离河刚好达到安全距离,如果走廊与你平齐,后墙向后迁移近两米,就达不到安全距离了。"

村主任插话说:"是啊!我们怎能迎合你无理的要求呢?"

江瓦匠也插话说:"钱叔呀,咱们乡里乡亲的,我说句话你别不爱听。常言道,为难别人等于为难自己,你现在硬要把他家的后墙逼到离河过近的地方去,我将来翻建房子是不是也要这样?你敢担保你家永远不再翻建房子吗?"

钱老头想了想说:"好吧,这事我不害你也不害大家,看你面子不再强求。可占用巷道,我不答应。"

梁兴正说:"据了解,你们这个住宅区,家家宅地都是前三米后两米、东西墙外各两米。我当时与村里的协商意见是：按建大跨房或建楼房的长度要求，规划东西两墙各向巷道伸一米，中间留两米巷道搭脚手架和去下河码头，我认为这个规划还是相对合理的。"

江瓦匠又插话说："你不准占用四米巷道好说，我可以与赵家签下协议，他建房占他的两米，将来我建房占我的两米，我们两家墙靠墙。可你呢？你的东邻愿意与你墙靠墙吗？"

钱老头说："我的东邻是我亲弟弟，我就不信他不同意墙靠墙。我要让他帮我出了这口气！"说罢，抬脚向东邻走去。不一会儿，东邻传来钱老头弟媳的叫骂声："你这个弯弯绕的老阴阳，狠心误了赵家十多天，谁敢与你墙靠墙呀！没门儿！"

钱老头垂头丧气地走回来，有气无力地说："好吧，梁规划，你就帮我们三家写个协议吧，省得到我家翻建时赵家又闹事。"

村民组长过去把赵老头找来，梁兴正待他坐下后说："赵老伯呀，想不到先得红眼病的人是你呀！你不先找人家麻烦，人家怎么会找你麻烦呢？不过事有轻重，这多误的七八天，你们双方说怎么办吧。"

赵老头自己打着自己的嘴巴说："都怨我，都怨我呀！当初看到人家拆了草房建瓦房时，心里不是滋味，早知形势发展这么快，打死我也不干呀！只要钱老弟原谅我，我们就算扯平了，今后他怎么翻建，我绝不干涉。"

三家协商好后，梁兴正从包里取出纸笔和复写纸，写了一式四份的建房协议，江瓦匠、赵老头分别在协议上签了字，可钱老头仍然嘿嘿干笑着不签字。大家耐心地等待着，约莫等了半个小时，眼看天已近黑，村主任按捺不住地问："钱大叔呀，你既然已经同意了，为什么不签字呢？"

钱老头说："我虽然同意了，还不知道我儿子啥意思呢。"

梁兴正再也忍不住了，站起来说："你儿子半年不回来，人家就半年不施工是吗？那就这样吧，明天我到政府写个公文寄到县机械厂去,要求你儿子火速回来处理问题。不过,从现在起,赵家的一切误工损失得由你家承担!"说罢,就要收起桌上的协议。

钱老头急了,站起来拦住梁兴正的手说:"别别别,我签,我签!这不是让我儿丢脸吗?"说罢,认认真真地在协议上签了字。村主任、村民组长和梁兴正也分别在见证方签了字。这才分给三家一人一份,还有一份梁兴正带回乡里存档。

梁兴正收起东西辞别众人准备回家,可来到自行车边,却见自行车上了锁,钥匙不翼而飞。正着急时,赵老头笑呵呵地走过来说:"别急,别急,我已叫家人备好晚饭,想留你吃了饭再走,又怕你不允,这才出此下策。"

这时,村主任、村民组长和江瓦匠也过来劝说。梁兴正见大家诚心,就对赵老头说:"留我吃饭可以,但你要把邻居钱老头请来一起吃,不然你把钥匙还我,我这就走。"赵老头连说:"使得,使得,我这就去请。"说完向钱老头家走去。

不一会儿,钱老头果然跟着赵老头来到梁兴正面前。钱老头拱手说:"想不到梁规划还要陪我吃饭,谢谢,谢谢,请吧!"一行人来到赵家的临时棚中,围着桌子坐下,桌上酒菜都已准备妥当。吃了几口菜后,赵老头站起来向梁兴正敬酒,梁兴正摇着头说:"赵老伯你错了,只因今天吃的是一顿'合欢'饭我才留下,你应先敬钱老叔,我希望看到二老手握手喝了杯中酒,邻居友好到永久。"

于是,赵老头走过去握住钱老头的手说:"来,钱老弟,我们一起喝了这杯酒,从此友好到永久!"二人含笑将杯中酒一口喝干。众人皆鼓掌称贺。村主任站起来说:"吃这顿饭啊,比参加蟠桃会还要舒心高兴!来,我们一起敬梁规划一杯酒,感谢他的苦口婆心,促成赵钱两家的友好关系。"一桌人全站起来将一杯酒喝干。

吃罢饭,赵老头拿钥匙打开梁兴正的自行车,赵钱二老将梁兴正送出好远方才回家。

回到家中,韩扣子已将儿子小龙哄睡,见梁兴正回来,说地里的活已干完。梁兴正愧疚地说:"真不好意思,让你受累了。"接着又把事情的处理经过向韩扣子诉说了一遍,韩扣子高兴地说:"你也辛苦了,快休息吧!你帮人家把纠纷解决了,我多受点累也值了。"

由于太累,韩扣子很快呼呼入睡。但梁兴正久久难以入睡,他为第一次成功处理建房纠纷而兴奋,也为今后的工作压力而担忧,他深知:随着社会不断向前发展,人们对居住条件的要求将越来越高,新旧思想的斗争也会越来越激烈。

第七章
建楼纠纷新一关

01

转眼到了1984年元旦,乡政府对机关工作人员的分工进行了重新调整,安排了梁兴正的宿乡值班任务,同时安排梁兴正与新任乡长黄上游一起,负责边远村西桥村的中心工作。由于到了冬季,申请建房和施工建房的农户很少,梁兴正全身心投入到西桥村上缴扫尾工作和烈士军属、困难户的生活安排工作,每天早出晚归。

春节前,下了一场大雪,房子上白了,树上白了,田野成了白色的海洋,分不清边岸,寒风像飞针一样戏谑着路上的行人。梁兴正跟着乡长黄上游踏着深深的积雪,沿着乡村土路向西桥村赶去,此刻,他们特别关心那些依然住着低矮破旧草房的村民。

黄上游是从村干部中选拔出来的年轻干部,他生得高大魁梧、体格健壮,待人和善、性格开朗,他与梁兴正同岁,也有认准的事就"一根筋"走下去的脾性,所以二人很合得来。在党委会上讨论分工的时候,他第一个提出要梁兴正跟他一起负责最边远的村,他对梁兴正说:"你知道我为什么一定要选你跟我一起吗?因为你为人正直、不畏强暴、不惧得失,我当乡长的会多事多,有你在分工村挡着,我才放心。"

黄梁二人迎着刺骨的寒风,深一脚浅一脚地向前走着,贴身衣服早已被汗水浸湿。黄上游喘着粗气对梁兴正说:"兴正,听说你看过许多书,会讲很多故事,你就讲个故事解解闷吧。"于是,梁兴正喘着气给黄上游讲《大林和小林》的故事,讲两个小兄弟在森林里碰到妖怪,逃向相反的两个方向以后所经历的不同遭遇和不同结局,讲到好笑处,二人不约而同地哈哈大笑,疲劳也随之一扫而光。

故事讲完了,他们也到了西桥村,村支书、主任及村委会干部正在村部议事,见两位干部踏雪而来,既高兴又感动,纷纷起身相迎。黄上游乡长摆了摆手,让他们坐下,要求村干部分别汇报各自分工组的受灾情况,二人拿出日记本,边听边记。接着黄乡长和梁兴正在村干部的带领下慰问了几家重灾户,在村主任家吃过便饭又继续走访,直至傍晚才将全村走访结束。

二人告别村干部回乡,在路上,黄上游乡长感叹道:"我们这些五零后啊,虽然没有经历枪林弹雨的考验,却注定要经历从一穷二白走向繁荣富强的奋斗历程。也许奋斗到楼上楼下、电灯电话、组组通汽车时,我们也白发苍苍了。就拿你来说吧,初涉规划手持小权,本该乐不可支,却偏偏遇到许多建房纠纷,搞得心神不宁。"

梁兴正笑道:"这有什么呢?发展与斗争是并存的,没有形形色色的人，社会就不精彩了。"

黄上游说："听说你入职规划几个月来，成功处理了许多起建房纠纷，能选一两件说给我听听吗？"

于是梁兴正就把西高八组赵钱两家那个比较突出的建房纠纷叙说了一遍。听罢处理过程后，黄上游赞道："真是好智慧！难怪有人夸你是才子，如果碰到我这个直呆吼呀，也许早跟那两个邪头干起来了。"

梁兴正笑道："乡长，你过谦了，也不至于吧？有我们在，怎会让你当炮灰呢？"

黄上游也笑道："这倒也是，不然要你们这些下属干什么呢？不过，将士不行还得主帅上呀！"

梁兴正接道："那是当然，如果将士什么都行，还要主帅干什么呀？"

黄上游收住笑，正色道："你别说，明年春天还真有大事要干。听说春节后，县政府要召开全县城乡建设誓师动员大会，要求各乡镇按规划实施建设，争取两年内彻底改变乡镇所在地的面貌。我们牛桥庄街道两侧按照规划要求，该拆的要拆，该移的要移，让出十二米建筑红线铺设街道。你作为村镇建设规划员，懂政策、懂法律、懂规划，要勇挑重担。我们初步商定，由财政所的总预算会计担任拆迁损失评估组的组长，由你担任集镇建设矛盾纠纷协调组的组长。"

梁兴正振奋地说："好哇！我还以为村镇规划只是手上画画、墙上挂挂呢，想不到这么快就要真枪实弹地做了。只是这街道两侧的居民，多数为小商世家，个个精明善辩，且与政府官员的关系盘根错节，我怕胜任不了哇！"

黄上游笑道："怕什么？有党委政府给你撑腰，再不行还有法庭。"

梁兴正不再言语，心里既振奋又担忧。

春节长假很快结束,梁兴正与乡长、书记以及其他相关人员,一起去县里参加了城乡建设誓师动员大会。随后,乡政府也组织召开了驻镇各单位的负责人会议,以及集镇规划区所涉村的村组干部会议。接着,拆迁评估组就开始逐户评估拆迁补偿费用。

家住牛桥庄西侧的商店崔经理,带头签了拆迁西移的补偿协议,向政府申请按规划建两间朝街楼房,再在临街楼两边建两间朝南楼房。梁兴正拿出集镇现状图,用三角尺对此段九户进行反复丈量计算,得出结论:此段九户建两层檐高六米的楼房,执行一比一点三的最小光照间距绰绰有余,家家建楼后墙均可原位不动,无须前移,更无须抽户迁离。但梁兴正又怕图纸与现场有出入,于是把牛桥村村主任请来,一起到现场复查。

崔经理家的后邻住的是乡医院的戴医生,是个不近情理的人,当梁兴正与村主任一起走进戴医生家的天井,拉开皮卷尺丈量天井宽度时,戴医生走出来一把拉住皮尺吼道:"不准量!他建楼房,你量我家天井干什么?"

梁兴正笑问:"戴医生,你吃枪药了吗?怎么无缘无故发火呢?"

戴医生喘着粗气说:"梁规划,你怎能说我无缘无故呢?他要在我门前建楼房遮我阳光,能说与我无关吗?"

梁兴正笑道:"对呀!正因为有光照比问题,我们才要量你前墙到他后墙的间距呀!"

戴医生蛮横地说:"我不管什么光照比不光照比,反正他建楼房后墙必须向前多移一米,只要他答应,我绝不再放一个屁!"

梁兴正刚想向戴医生宣传建楼房的光照比政策,崔经理走进院子插话道:"戴医生啊!咱们两家做邻居五六年了,从来没有红过脸,人生在世说话要讲良心。我这门前是崔家巷,从崔家巷到北边郜家巷临街住着九户人家,当初分宅时,家家后墙到后墙都是十三点五米,三间正屋后墙到前墙都是四点五米,天井宽度都是九米。虽然我的后墙到玻璃厂后墙是十四米,可中间减去二点五米的巷道路,我们前天井使用宽度比哪一家都少两米,还要我再让一米,你怎么说得出口的呀!难道你家永远不建楼房吗?"

戴医生说:"建楼房那是当然,不过那是我跟后邻的事,与你无关。但你建楼遮的是我家的光,我就要你向前移一米!"

崔经理骂道:"你放屁!"

戴医生急了,跨前一步逼近问:"姓崔的,你骂谁?"

崔经理回道:"就骂你这个胡搅蛮缠的臭东西!"

眼看二人就要动起手来,村主任急忙站到二人中间劝解:"别吵,别吵,有政府、有政策、有法律,又不是谁骂赢了就按谁的办,还是听梁规划的吧。"

梁兴正说:"是啊!村主任说得对,现在是共产党领导下的新中国,凡事一视同仁,凭政策法律说话。县政府文件规定:镇居民建房光照间距比限在一比一点三至一比一点五,你们这临街九户,户户后墙到后墙十三点五米。我们初步规划:今后建两层楼房檐高限六米,楼宽(包墙)限五点五米,光照天井还有八米,按檐高乘以一点三计,应为七点八米,符合光照规定。这样,家家建楼后墙都无须移动,也无须迁房疏间,减少了很多矛盾,多好!"

戴医生说:"我不服!为什么要执行一比一点三,不执行一比一点五呢?"

梁兴正笑道:"地形所限呀!不然谁愿迁离呢?你吗?"

村主任附和道:"对!戴医生,你愿意迁离街口吗?"

戴医生无语,但仍心有不甘,赌气说:"姓梁的,你等着,我到县里告你去!"

梁兴正哈哈笑道:"我按政策办事,一手托九家,你一定要告,我也挡不住你。"说罢,领着村主任离开现场。

第二天,崔经理急急忙忙来找梁兴正,说是戴医生真的去县城告状去了,并说他有亲戚在县政府工作。

梁兴正沉默片刻说:"感谢你来告诉我,但我为人不做亏心事,半夜不怕鬼敲门。让他去碰碰南墙也好,这种人是不撞南墙不回头的。"

崔经理叹了口气问:"如果报告批下去了,我房子也拆了,开工放线时他还来闹事,阻止施工怎么办?"

梁兴正答:"放心吧!我们会组织人做工作的,实在不行,还可以申请法庭强制执行嘛!"

沉默片刻,崔经理又说:"我夜里睡不着觉,反复思索,觉得让一米肯定不可能,后墙一点不动他又不服气,你们做工作也难,所以我决定翻建楼房时后墙向前移五十厘米,也叫让一墙吧,既然宰相家建房都能让一墙,我让一墙又何妨呢?不就是天井使用面积小了吗?这样一来,他再闹事就要遭千人唾骂了。我心已定,你就这样执行吧!"

梁兴正又拿出集镇现状图,反复复核,准确无误后,拿出一份空白报告交给崔经理说:"既然你有如此高尚的品格,我也无话可说,你就按此方案请村主任将建房报告填报上来吧。"崔经理拿着建房报告找村主任去了。

傍晚,戴医生从县城回来,垂头丧气地来找梁兴正,梁兴正笑着问:"从县里告状回来了?告中没有?"

戴医生苦笑着说:"告谁的状啊,倒像是告自己的状了!我那在县政府工作的亲戚听完我的叙述后,批评我说:'你胡闹啊!这种区位,这种地形,执行一比一点三光照间距一点没错,再闹下去,影响人家施工是要赔偿损失的。'他要我回来向你道歉,还要我主动配合乡镇拆迁工作。"

梁兴正说:"向我道歉倒也不必。但你应该向崔经理道歉,他为了让你咽下这口气,已经主动提出将后墙向前多移五十厘米了。"

第七章 建楼纠纷新一关

戴医生一听,面露喜色道:"这是真的吗?太好了!太好了!"

梁兴正冷冷地说:"戴医生呀!你别高兴得太早,据我估计,崔经理主动提出让的五十厘米轮不到你得,不信,你回去跟后边邻居协商一下试试。"

戴医生离开后,去与后边邻居协商,后邻程会计说:"戴医生啊,你建楼房我欢迎,我姓程的不说蛮话。不过,咱们天井得一样大,崔经理后墙不动你也不动,他让多少你也让多少,我将来建楼房也是这样。"

又过了几天,戴医生也来找梁兴正办理建房审批手续,梁兴正问:"戴医生呀,你跟后边邻居协商了吗?他怎么说?"

戴医生叹了一口气:"梁规划呀!还是你猜得准,后边程会计说,崔经理怎么让,我也怎么让就行。唉,合着我折腾一番是替他折腾的。"

梁兴正笑了笑说:"岂止如此,是为最后一户折腾的。你想啊,按集镇规划要求,临街户家家都要建两层朝街楼,况且拆让街道后家家用地面积缩小,里面朝南的房屋不建楼房不够住,如此一来,谁不要求前户建楼时将后墙前移五十厘米呢?你呀,这叫损人不利己啊!"

戴医生十分后悔地说:"当初听你的就好了,也不至于跟崔经理闹得这么僵,我还以为我那在县里工作的亲戚会帮忙呢!谁知他是包公一个,铁面无私,还将我批评了一顿。梁规划呀!当初我对你出言不逊,你不会计较吧?"

梁兴正笑道:"怎么能呢?计较你计较他就别工作了,哪怕你昨天刚骂过我,今天我还得热忱为你服务,这就是我们基层干部应有的品质。"

戴医生竖起拇指赞道:"大家都说梁规划人好,确实好!"

梁兴正拿出一份空白建房报告交给戴医生说:"别奉承了,回去找村主任按后墙前移五十厘米的方案,把建房报告填报过来吧,祝你新楼早日落成。"

　　崔戴两户建房报告批下去了,梁兴正轻轻舒了一口气。

　　因为他知道,崔戴两家的建楼方案尽管费了一番口舌,却给此段临街九户建楼留下了良好的先例。虽然其余七户因财力问题不可能按序建楼,但即便哪户先前移五十厘米,因前户仍是单层房屋,也无光照问题可言。梁兴正从内心深深感激戴医生在县政府工作的亲戚,感激他的大公无私。

　　然而,解决了这九户的问题,也才是集镇改造的冰山一角,还有许多未知的建楼纠纷等着他去处理。梁兴正心里并没有感到轻松。

02

  1984年至1985年,对于梁兴正和整个集镇拆迁整治工作组全体人员而言,是非凡的两年。乡党委和乡政府提出的口号是:努力奋斗两周年,集镇容颜大改变。在拆迁动员工作小组和拆迁评估工作小组的努力下,接受临街楼房拆迁后移的居民连续不断,但家家的要求都是楼不离街,甚至有些让出建筑红线后仅剩六米宽度的居民,宁可朝街建一座仅四米宽的楼房,也不愿迁离街道。而住在临街楼后面的居民,巴不得他们迁离,好得渔翁之利,于是千方百计找借口阻挠方案落实和街道施工,所以矛盾纠纷层出不穷。可以说,牛桥街上原地翻建楼房的没有几家没有口舌之争。加之农村建房的勘察初审和纠纷处理,还有西桥村的相关事务,梁兴正忙得不可开交,经常上午在镇下午回村,起早贪黑,星期天也休息不了,人明显瘦了。

  这天,梁兴正没有宿乡值班任务,也不需要熬夜处理纠纷,下班后骑车回了家。晚饭后,夫妻二人回到房中,韩扣子借着灯光仔细凝视梁兴正的脸,发现他比以前瘦了许多,眼里不由得涌出了泪花,埋怨道:"你这人心眼太实,为了人家的事,丢开自家事不管也就算了,成天日走夜奔的,难道连自己的身体也不顾了吗?"

  梁兴正叹了一口气说:"有什么办法呢?每当我想到咱家建房受到阻挠时有多痛苦,就想到别人有多痛苦,也就情不自禁要千方百计帮人家理平纠纷,见难不管不是我的性格呀!"

  韩扣子不无担忧地说:"可长期这么下去,累出病来怎么办呢?"

说罢,泪水像断线的珠子般滚落下来。梁兴正一把将妻子拥进怀里,安抚道:"放心吧!我好着呢。每当处理完一起纠纷,我心里就像吃了蜜一样的甜。"说是这样说,可他心里也有想法:是啊!人们只看到乡镇干部走村串企的风光,却看不到他们任务繁重时的压抑,不知道他们碰到棘手问题和久调不解的纠纷时,几乎夜不能眠的无奈。而那些身居闲职、无所事事的人,还要眼红忙人的"吃香"。其实,乡镇工作人员每人都有分工单位,你在分工单位多管一点闲事,你不就也成忙人了吗?想是这样想,可谁又能改变能者多劳的现状呢?

第二天上午晨会,乡里的副业办主任罗丽凤眼圈红肿,声音嘶哑,还不停地掉泪。印军书记问:"罗丽凤呀!你不是请假回家建房了吗?怎么才几天就来了呢?还有,看你眼睛哭得红红的,是和爱人吵架了吗?"

罗丽凤苦笑道:"哪里呀,是跟后边邻居吵的。我家房子已经拆掉好几天,后边人家过来闹事,拔桩断线,平夯槽,施不了工啊!"说罢,忍不住放声哭泣起来。

印军书记对梁兴正说:"梁规划呀,看来这事非得你出面不可了,你在处理建房纠纷上有经验,能者多劳吧!"

梁兴正笑道:"书记发话,敢不从命?只是今天上午集镇有一户拆迁后移开工,等着我去放线定位呢,只能下午去了。"

罗丽凤擦了擦眼泪说:"好吧!那中午我等你过来吃饭。"

梁兴正笑着摇了摇头道:"不了,不了,帮你处理问题本就有偏袒之嫌,到你家吃了饭再处理问题,闲话就更多了,我在食堂吃点饭就行。倒是你要先回去把村干部约好,下午到你家集合才是。"

罗丽凤咧开嘴笑了,说道:"好吧!一言为定,我这就回去约村干部。"说罢,向书记及众人告辞离去。因为怕放线时又有口舌之争,梁兴正也向书记请假,离开会场,赶去放线施工现场。

今天放线定位的这一家位于街东侧。由于梁兴正与村干部此前

第七章 建楼纠纷新一关

已与这家东邻们做了大量的协调工作,放线定位时倒也太平,未见有人闹事。但梁兴正与村干部们仍不放心,一直等到挖好夯槽,倒进碎砖,开始打夯方才放心离开。

梁兴正回到乡政府已是十二点多,在食堂草草地吃了饭,急忙骑车向罗丽凤所在的东桥村赶去。东桥村村主任、村支书及民调主任已在现场等候,见梁兴正到来,分别握手表示欢迎。梁兴正先向村干部了解了该村民小组的总体居住分布情况,以及此前他们前来调解的经过,然后到罗丽凤后邻的房前屋后转了一圈,又向罗丽凤要来建房报告细看一遍,这才招呼村干部们一起走进罗丽凤后邻的家。

罗丽凤公婆家姓郑,村里人称罗丽凤的公爹为郑大,后邻住着的是郑二。郑大为人忠厚老实,郑二却为人精明,郑大、郑二之间隔着两个姑娘,所以郑大已六十多岁,郑二才五十出头。罗丽凤丈夫在乡办厂工作,收入一般,之所以有钱建楼房,全是罗丽凤一人之功。罗丽凤毕业于省农大,因毕业前犯了一点小错,被学校扣发了毕业证书,只好回生产队参加劳动,经人介绍嫁到了郑家。后来两位哥哥将其安排到牛桥公社副业办工作,不久老主任退休,罗丽凤因专业知识扎实,工作能力强,继任了副业办主任。正好她在外省工作的几位同学为当地扩桑向罗丽凤订购桑苗,她征得政府负责人同意后,在几个村动员村民利用边隙地种桑,又利用节假日给村民们指导嫁接技术。两年后,村民们得到了丰厚的蚕桑苗销售收入,乡政府和村得到了不菲的组织费,她也净赚三千余元,皆大欢喜,人人称贺。她跟丈夫商量,准备建造东桥村第一幢三上三下的楼房,算算资金仍然不足,她又向两位哥哥各借了一千元。

郑大家要建楼房的消息不胫而走,传遍了整个东桥村,人人称赞郑家娶了一个好儿媳,水平高、人漂亮、能力强。这些话传到了郑二耳朵里,心里像打翻了醋坛子。他一直瞧不起老实巴交的大哥,认为自己比大哥强,可现在大哥家却是村里第一个建楼房的,他心里的这

|101|

股气马上化成了无法按捺的怒火。于是当郑大家房子拆除重新开工时,他千方百计出面阻挠,动手拔桩、断线、平夯槽,致使郑大家好几天开不了工。这才出现了罗丽凤在乡政府晨会上哭诉求助的一幕。

郑二虎着脸,正在家里生闷气,见村干部领着梁兴正进门,没好气地指着梁兴正问:"你是谁?"梁兴正笑着回道:"大叔,我姓梁,是乡政府的村镇建设规划员。"

"你来干什么?"郑二明知故问。

梁兴正也不生气,心平气和地说:"来调解建房纠纷的。"

郑二点了点头,阴阳怪气道:"噢——我懂了,你跟村干部一样,也是罗丽凤唤来的狗呀!"

村干部们心里一阵紧张,因为他们每次来都是受不了这句话的刺激,争吵一番走的,所以几个人的眼睛齐刷刷地望向了梁兴正。只见梁兴正脸上稍露怒容后,随即恢复了常态,而后哈哈大笑道:"不错,郑二叔你说得一点没错,我正是罗丽凤家唤来的狗。我不单是你大哥家唤来的狗,还是全乡人民的狗,谁家有困难唤我我都得去,包括你郑二叔家将来建房遇到矛盾,唤我我也得来。不过,你用词不当了,那叫作为人民服务,懂吗?请问,你能与狗对话,那你又是什么呢?"

郑二见常胜的板斧失效,如同遭了当头一棒,满脸通红不再吱声。梁兴正接着问:"请问郑二叔,听说你跟郑大是一母所生的亲兄弟,有这事吗?"

郑二道:"有这事。"

梁兴正笑道:"好!二叔很有人情味。那么,既然郑大是你一母所生的亲兄弟,他的儿子儿媳带头搞经营致富,率先在全村建第一幢楼房,你怎么好像不高兴呢?他们可是你的亲侄儿亲侄媳呀!"

郑二叹一口气说:"高兴呀,高兴得很呢,谁说我不高兴了?"

梁兴正又问:"既然高兴,那你为什么又要连续几天阻挠施工呢?

红眼病吗？"

郑二悠悠地说："红眼病倒是没有，人家有知识，有能力，有人脉，眼红有什么用？倒是他在我家前面建楼房，遮我阳光、挡我风水，我心有不服。"

梁兴正道："这又何必呢？将来农村家家建楼房，这是社会发展的必然趋势。鼓励建楼房的目的，一是改变农村风貌，二是在不浪费土地的前提下增加使用面积，为了让村民住得宽敞舒适。"接着梁兴正拿出县政府文件仔细解读了一遍，然后说："你大哥家建两层楼房，我们批的是限檐高六米，光照间距规定是一比一点三至一比一点五，按最大光照间距一比一点五计算，他建楼房的后墙距你家前墙应该是九米，可实际上他原位放线的后墙距你前墙是十一米，远远超过最大光照间距。此前闹事，可算是你没有听到广播宣传，现如今我向你专门解读文件后，若你再闹事延误工期，就要承担经济损失了，懂吗？"

郑二的脸一阵白一阵红，好半天才有气无力地说："好吧！我不闹了，再闹就自讨苦吃了。不过，他家檐高也不可以超过批准高度，不然就怪不得我了。"

梁兴正道："那是当然。"于是他请村主任去把罗丽凤夫妇找来，又当面锣对面鼓地交代一番。罗丽凤夫妇表示坚决不超过批准高度，郑二也对此前不懂政策的无知行为向罗丽凤道歉，这才皆大欢喜。

罗丽凤见事态平息，心里高兴，让丈夫骑车去把瓦工师傅请来，并请梁兴正和村干部一起见证放线。瓦工师傅先在后墙外皮处描直线，在东西两头钉好挂线的木桩，然后钉好其余六根挂线桩，全部挂好线，又找来干石灰粉画好夯槽开挖的边界线，一切准备就绪，就等明天开工。

眼看天色已晚，梁兴正向村干部及罗丽凤夫妇告辞，准备骑车回乡政府。罗丽凤夫妇拉住梁兴正，一定要留他与村干部及瓦工师傅一起吃晚饭，村干部也过来挽留。梁兴正无奈只好留下，但向罗丽凤夫妇提出一个要求，要他们把郑二叔请来一起吃饭。罗丽凤夫妇满口答应。

吃罢晚饭，天已漆黑，村干部及瓦工师傅们告辞走了，梁兴正也准备告辞回乡。可罗丽凤夫妇说什么也不准，说是天太黑路太远，一个人骑车回乡他们不放心，又说已与家住同组的村主任说好，到村主任家借住一宿。梁兴正无奈，只好应允。

罗丽凤叫丈夫收拾残席，收好后过来接她，她先送梁兴正去村主任家休息。

罗丽凤家住在北河边，村主任家住在同组的南河边，他们抄近路从秧田中间的小路去村主任家。他俩边走边谈，罗丽凤夸梁兴正说话有水平，处事果断有智慧；梁兴正夸罗丽凤有经营头脑，不愧是大学生。二人走着谈着，梁兴正一不小心差点滑进路旁的水田，罗丽凤手疾眼快，上前一把拉住梁兴正。梁兴正的心就像被电触了一下，怦怦直跳。他情不自禁地打了一个冷战，心立即平静下来，轻轻地拉开罗丽凤的手说："谢谢你扶我，不然我真的要滑进水田了。"罗丽凤咯咯地笑道："看你这熊样，手都抖了，我又不吃人，这还用得着谢吗？"二人不再言语，默默走到村主任家。

因为提前打过招呼，村主任家的门虚掩着，二人推门进去，村主任一见，连忙上前握住梁兴正的手说："欢迎啊！欢迎你宿到我家来！"三人坐下闲聊一会儿，罗丽凤老公来了，二人告辞离去。

梁兴正在村主任家住了一宿，第二天在村主任家吃了早饭，到罗丽凤家骑自行车回了乡。

第八章 新法新人新分工

01

　　1986年3月,在《中华人民共和国环境保护法(试行)》和基本建设的有关规定下,新的《建设项目环境保护管理办法》正式制定,执行防治污染及其他公害的设施与主体工程同时设计、同时施工、同时投产使用的"三同时"制度。

　　为此,临海县基建局更名为临海县城乡建设环境保护局,全县各乡镇村镇建设规划员肩上又多了一副乡镇环保员的担子,改称为乡镇规划环保员,梁兴正也在无形中成了双员。

紧接着,县局举办乡镇环保员培训班,由县局环保科专家们轮番讲课,具体讲述"环境概念""生态学基础""环境污染对人体的危害""大气污染与防治""水体污染与防治""土壤污染与防治""农药与农业环保""环境污染对渔业、牧业和农业的影响",还有"环境管理"等科目。通过三天的学习,大家对环境保护工作的概念有了初步的了解。第四天上午,局环保科科长又到会讲述了乡镇环保员的职责和工业污染源调查的具体要求,发给各乡镇"工业污染源调查表"和"建设项目环境影响报告表",同时下发了《建设项目环境保护管理办法》的通知,要求大家回去后认真学习,遵守执行。

回到牛桥乡后,梁兴正将学习情况和会议要求分别向乡政府分管规划环保的负责人和分管工业的负责人做了汇报,召集乡办企业负责人开了一个碰头会,传达了法律法规的要求。乡办企业负责人们表示一定如实申报,认真配合调查。

牛桥乡地处偏僻,交通不便,乡办企业为数不多,主要企业只有阀门厂、压延厂、砖瓦厂、农机厂、玻璃厂、建筑站及线网厂等几家。除线网厂外,其余几家都涉及大气污染或水污染,在污染源调查的范围内。

由于集镇建筑拆迁后移工作碰到了新问题,少部分临街居住的村民确实筹不齐翻建楼房的资金,这是短时间内无法解决的问题,梁兴正只好边动员边等待,在镇区的工作进度也因此有所放慢。于是他把农村建房管理、分工村中心工作和污染源调查三项工作进行统筹安排,实行急事先办,着重进行污染源调查,因为污染源调查工作具有较为紧凑的时间节点,拖延不得。

经过十多天的努力,全乡污染源调查工作圆满结束,梁兴正将调查报告汇总装订成册后送到县局,环保科林科长翻阅后说:"不错,不错,速度快、质量好!"

梁兴正笑道:"林科长过奖了,我们牛桥乡企业本来就不多,怎能不快呢？"

林科长摇了摇头说："也不全是，有的乡企业比你们还少，调查报告至今也没报来，还是工作态度问题啊！"

梁兴正辞别林科长，在县城小吃店吃了一碗面条，骑自行车回到了乡里。刚跨进乡政府大门，区派出所的民警倪富永便迎上前来，握住梁兴正的手说："梁规划呀，等你半天了。来，到申乡长办公室坐会儿，我有事找你商量。"于是，梁兴正找地方停好自行车，随倪富永走向申乡长的办公室。

申华永副乡长的办公室兼宿舍，就在政府大门向里走北侧的第三间房子里。这里比较热闹，只要门开着，来政府找人办事的，经过门口，总是先和他打招呼；邻里吵架闹到政府的，也要先找他评理。申华永五十岁开外，天生是一个乐观诙谐又善于深入群众的人。

梁兴正跟随倪富永走进申华永的办公室，申华永招呼二人坐下。梁兴正向申华永汇报了污染源调查的申报情况，申华永笑道："报了就好，你辛苦了。"说罢，用手指了指倪富永说："倪警官等你好半天了，正为他两个兄弟住房的事发愁呢。倪警官，你就再说给梁规划听听吧。"

于是，倪富永把两兄弟的事细叙了一遍。原来倪富永家兄弟三个，他本人是老大，父亲早亡，母亲跟老二居住在一起。他本人当兵转业后分了公房；老二改革开放后在外承包工程赚了一些钱，在祖屋旁建了四间瓦房；老三依然住在三间泥墙草盖的祖屋里，已经二十七八岁了还没找到对象，因为来相亲的人一看住的是草房就不乐意了。倪富永同情老三，就跟老二商量拉老三一把，说是四间瓦房刚建不久拆了可惜，不如跟老三调换一下住宅，拆除三间草房建楼房，他自愿替老三贴补老二部分砖瓦钱。老二也同意了，就是不知换房建房的手续怎么办理。

梁兴正听完倪富永的叙述，被他们家的兄弟情谊感动，也为他家老三的婚事担忧。因为改革开放后,人们八仙过海各显神通,一门心思搞致富,思想上已从重视政治出身转化为重视经济收入。姑娘们谈婚论嫁的条件变成了订婚有瓦房,结婚有"三转一响",即自行车、缝纫机、手表和收音机。当然,其中最重要的还是房子。从道义上讲应该成全倪老三,可从政策角度上讲,母子两人分配四间瓦房又不好批。梁兴正看了看申华永,想到了他离谱唱曲的故事,忽然生出了一个移花接木的办法。

于是,梁兴正清了清嗓子说:"倪警官啊,我很同情你家老三的处境,对你们兄弟三人的深厚情谊也很感动,但两个人分配四间瓦房的占地面积与现行政策有所不符。万一有人举报,我与申乡长都得承担责任。"

倪富永脸上的笑容一下子消失了,若有所思地叹了一口气说:"申乡长刚才也说了这个问题,看来好事难成了。"

梁兴正笑道:"其实,要想办成此事,还得麻烦你多做工作,转上一个弯子。"

倪富永眼睛一亮,连忙问:"转什么弯子呢?"

梁兴正接着说:"这个叫'移花接木、防洪先造坝',让老二缓一步送审建房报告,先回去请村干部和公亲族长见证,写一个老二与老三的分家契约,将三间草房分给老二,四间瓦房分给老三和老母居住。这样一来,老二家三人加独子可批四人的建筑占地面积,老三大龄未婚再加老母,可享受三人的建筑占地面积,差距就小了。隔一段时间,老二带分家协议来乡办理拆除草房翻建楼房的报告,不就顺理成章了吗?"

申华永一拍大腿说:"好主意!真不愧是梁秀才。只是倪警官又要辛苦了。"

倪富永笑道:"这倒没什么,谁让我是他们大哥呢?"

事情就这样定了,一个多月后,倪老二带着分家契约来乡办理了拆除草房翻建楼房的建房手续。果然有人眼红老三,向县里写了人民来信,县里派人下来调查,梁兴正出示了倪老二和倪老三的家庭财产分配契约,证明这是倪家兄弟对原有财产自愿分配的私事,与审批建房报告无关,调查的人也无话可说,事情就这样圆满结束。倪老三由于有了四间瓦房,不久就定了一门亲事。

办完这件事,梁兴正心里既纠结又高兴。纠结的是,做了一件见到红灯绕道走的事;高兴的是,终于促成了一个大龄青年的婚事。

奋斗的年华

02

随着改革不断向前发展,国家的各项法律制度也在不断完善。1986年6月25日,《中华人民共和国土地管理法》正式颁布实施,同年底临海县土地管理局相应成立,各乡镇土肥专员易职为土管员,专门从事土地管理工作。对于梁兴正来说相当于增添了一个工作搭档,因为村镇建设离不开用地,而用地又必须符合规划,两者既相互配合又相互制约。但到了冰河冻水的季节,开工建房和申请建房的人很少,所以与土管员配合外出的机会也很少。梁兴正又全身心投入到西桥村的"两上缴"扫尾工作中去。

转眼间,到了1987年春天,牛桥乡人民政府在人事上又发生了重大变动,印军书记和黄上游乡长因违规建设大会堂,被组织约谈,双双调离牛桥乡。

新来的党委书记叫黄权正,乡长叫崔林龙,二人均五十开外的年龄。黄权正中等身材,黑黑的脸膛,爱看书,说话咬文嚼字。崔林龙体格瘦弱,中年丧妻,刚续一个五十岁左右的女人为伴,介绍家庭情况时自嘲是"一对新夫妻,两台老机器",谈到工作时说:"本人身体不佳,总的我负责,具体我不问。"二人一个爱争是非,一个爱随大流,倒也珠联璧合。

新班子就职后,免不了要将原有分工进行调整,崔林龙乡长选择负责牛桥庄的庄东村,原因是庄东村很小,只有四个村民小组,且离乡政府很近。但他不知道这个村子虽小,情况却很复杂,有一半以上

第八章 新法新人新分工

村民住在牛桥庄上,三教九流全有,矛盾纠纷时有发生,村部处理不了的矛盾,当然首先向分管干部汇报,崔乡长只好跟着去,而他只爱负总职,不爱问具体,所以常常会被不怕官的村民骂成"官腔洋调"。他不想在小沟里翻大船,就与书记商量,把梁兴正调过来分管庄东村。

梁兴正接到通知,第一次以分管干部身份走进庄东村。庄东村的村干部们在集镇建设改造中与梁兴正已打过不少交道,知道梁兴正的为人和敬业精神,听说梁兴正分到庄东村都很高兴。

其时夏收夏种已近尾声,夏季"两上缴"正式开始,村干部们正向梁兴正汇报夏收夏种和夏季上缴的进展情况,梁兴正掏出笔记本认真记录。这时,三组机工突然闯进门来,大声叫嚷:"村支书,还有十多亩田我不打了,你们派人把拖拉机抬到田里去!"

支书冷静地问:"怎么回事?慢慢说。"

机工说:"我不说,你们去看看就知道了。"

支书还想说什么,梁兴正收起本子,摆摆手说:"就去看一看到底怎么回事吧。"

庄东村三组村民多数住在牛桥庄上,责任田和生活田全部在大河以东。每片责任田之间有一条机耕路,一条排水沟,两条灌水渠,机耕路在四块田中间,排水沟在四块田边上,机耕路是机器下田的必经之路。机耕路两边的两块责任田,东边的承包者绰号叫"智多星",西边的承包者绰号叫"万占油"。

原来,这个"万占油"每年整田时都要用钉耙向机耕路上侵一点,几年下来五尺机耕路最窄的地方只剩下三尺多,机工每回从这里经过都要骂一番大街。今年"万占油"整田时又向机耕路侵了一点,路更窄了。昨天晚上机工为了抢季节赶进度,中午没回家吃饭,叫家里人送饭,待晚上开机回家,见先耕的田已插好了秧,而"智多星"和"万占油"搭界的机耕路比来时更窄。他好不容易才开过这段"奈何"路后,不禁停机破口大骂。

当时"万占油"一家已经离田回家,"智多星"老婆还在田埂上照看放水口,怀疑机工骂的是自己,便回家告诉老公"智多星",要老公去村里找干部前来见证自己没有占路。"智多星"摇了摇头说:"只要咱没侵路,咱就心安理得,你去找村干部处理这事,不但欠下一笔人情,还会与'万占油'结怨。咱来个驱鸟出窠,在自家承包田里离界一寸钉上一排木桩,村干部就会不请自来。"于是二人连夜如法施行。第二天,机工早起开机耕田,见"智多星"家田边钉了一排木桩,已不好避桩行走,只好丢下手扶拖拉机来找村干部。

梁兴正叫村会计回村拿来皮尺和分田账册,分别一量,发现"万占油"的责任田最宽处比分田时多了七十厘米,分明是"万占油"侵占了机耕路。于是梁兴正果断吩咐机工将机器从"万占油"秧田里靠边开过去抓紧打田,因为里面还未耕田的几户肯定很着急。

此时"万占油"气喘吁吁地赶来,指着被手扶拖拉机压得东倒西歪的秧苗问:"是谁这么大胆,敢叫机工从我刚插好秧的秧田里开过去?"

梁兴正说:"是我!"

"万占油"说:"好啊!有主就行。我这辈子只占别人的油,还真没人占过我的油呢!"

梁兴正笑道:"你别吓我,我胆儿小。你还是先看看你田边的机耕路吧,被侵占成什么样了,拖拉机和收割机还开得过去吗?不从你田里开难道从天上飞吗?"

"万占油"不服道:"凭什么一定要从我田里开,不从东边田里开呢?你认为只有我'万占油'可欺吧?"

梁兴正道:"凭什么? 就凭是你侵占了机耕路!"

"万占油"道:"有何凭证说我侵路?"

村会计举起手中的分田账册说:"这就是凭证! 刚才我们丈量过

了,你的责任田最宽处比账册多了七十厘米,而那里的机耕路也窄了七十厘米。"

"万占油"还想辩白,村支书一把将他拉到路顶头,指着东路边说:"你看这机耕路的东路边,至今依然是一条直线,而你再看西路边,其他地方都是一条直线,唯独你的田边凹进了好大一块,这还不是铁证吗?"

"万占油"自知理亏,语无伦次道:"那也该叫拖拉机一个轮子驾在路上,一个轮子走在田里,这样我只有一条带子的损失呀!"

梁兴正道:"说得轻巧,拖拉机一轮在路一轮在田,两轮高低落差一尺多,万一开翻了谁负责任?你吗?"

"万占油"满脸通红,不再言语。

梁兴正正色道:"俗话说,与人为善,与己为善。你把机耕路侵占得无法走机,我们只好向你借田走机,直至把里面的田全部旋耕结束,你才能扶秧补秧。到了秋熟时节,你必须从你田里取土,主动把机耕路修复成原样,不然,我们就按村规民约对你进行处理。你不服,可向上级告我。"

"万占油"连连点头说:"我服,我服!只要不究以往,秋熟时一定修复。"

事情就这样处理结束了,"智多星"听到处理结果后哈哈大笑,随口吟道:"万占油,万占油,以为占路有甜头,却遭秧田走铁牛,最终还得把路修!"

经过此番教训,"万占油"到处想占便宜的习性有所改变,愿意与他真诚相处的人越来越多,他尝到了另一番人生乐趣,逢人便说:"是梁规划让我学会了如何做人。"

又过了几天,夏收夏种全部结束,"两上缴"也近尾声。村干部又来找梁兴正,说还有几个钉子户请梁兴正去一下。梁兴正丢下手中事务,到庄东村随着村干部逐个走访钉子户,发现无非是自留地放不到水、进宅路上有缺口等问题,与村干部一起一一协商妥善解决,上缴也就缴了。梁兴正对村干部说:"今后这些村里有能力解决的问题要及时解决,不要全拖到收上缴时才解决。"村干部们连连称是。

最后,村干部把梁兴正领到一个教师家中,教师老婆啰啰唆唆地说了一大堆,说是这也不合理、那也不应该,都是不着边际的问题,村级干部根本无法解决。梁兴正听烦了,就问:"你老公姓什么?在哪所学校执教?"女人说:"我老公姓童,在黄沙沟小学任过校长。"梁兴正一听是个老熟人,原来黄沙沟小学就是梁兴正家乡大队的那所小学,梁兴正在大队工作时,经常到小学借用钢板铁笔和油印机,刻写和油印小报表扬好人好事,到田头宣传,这才因此出名,而童校长从没说过"不"字。因此梁兴正心存感激,既不想过多得罪,又不好置之不理。于是,他转过头问村会计:"童家夏熟该缴多少钱?"村会计回道:"二十五元。"梁兴正笑道:"这好办,童校长是我的老朋友,我今天正好领到了本月的三十二元工资,这钱我垫了。"于是从刚领的工资中数出二十五元交给村会计,又将开好的收据递给女人说:"你家童校长跟我是老朋友,你家夏季上缴我拿钱垫付了,他回来你告诉他一声,就算是我请他喝酒了。"

第二天晚上,童校长专程来到梁兴正家,归还梁兴正代垫的二十五元上缴款,反复表示感谢和道歉。梁兴正笑道:"谢倒不必,道歉更不必,我们这些人都有相对稳定的工作和工资收入,对党和人民应怀有感激之情。农村工作千头万绪,村民百人百性,村干部收入不多,工作不少,能力有限,我们应换位思考,多多支持才是。如发现村干部有营私舞弊问题,应该及时向组织上反映,静候处理。但上缴是国家征收的,不可混为一谈,你说呢?"

童校长点头说:"梁规划你说得对,我也是这么想的,昨天回来听老婆叙说经过后,我当场就将她斥责了一番。你放心,我家再也不会拖欠上缴款!"

第九章 城门失火殃池鱼

01

　　崔林龙乡长因身体虚弱，申请辞职调离牛桥乡。邻乡政府的副乡长黄平开调来牛桥乡任乡长，主持政府全面工作，分管文教卫生与计划生育工作。原党委副书记王龙庆调职为副乡长，分管农业、副业、村镇建设规划和土地管理工作。原任区委文教助理的雷珍发调来牛桥乡任副乡长，分管工业和三产工作。

　　黄平开年轻帅气，比梁兴正还小两岁，中等身材，白白净净，咋看都像个文弱书生，但在天下第一难的计划生育工作中，却像小老虎一样冲锋在前,无所畏惧。他对书记黄权正像待长辈一样敬重,所以彼此关系非常融洽。

王龙庆个头不高,属虎,比梁兴正大一岁,他待人严肃,很少见他脸上露笑,所以大家很少跟他开玩笑,梁兴正还有土管员、农技员、蚕桑员等直接下属们,向他汇报工作时全都谨慎细心,生怕稍有不慎被他骂得狗血喷头。因此,他所分管的工作倒也做得风生水起。他与梁兴正有一样的毛病,认准的事喜欢"一根筋",有时跟书记也敢争论,常常让书记心中不悦。大家同是县组织部分派的干部,况且争论的事也不是毫无道理,所以书记只好忍着,由着他去。

庄东村河北是牛桥乡的东林村,东林村一组的地域在镇区东林桥与砖瓦厂之间,有一条七米宽的碎砖窑灰路,所以这条路两侧各两百米的范围也划进了集镇规划区,这是集镇规划区在大河以东凸出的一块。东林村一组庄东大河东侧是东林一组的住宅规划区,东西大路南侧西段除有建筑站的水泥预制场外,其余也以住宅为主。

牛桥乡农电站的站长在本职工作中,从县供电局争取到大量变压器,还提出了农电线路更新改造计划,当时的书记和乡长都很高兴。农电站长趁热打铁提出个人请求:家住边远村,来去上班不便,请求将住宅迁到东林一组路南。书记和乡长有顾虑,主要怕东林一组群众有意见。后来农电站长主动在东林一组路南协商到了一块地皮,又请东林一组村民逐家逐户盖章表示同意,将这些手续一并送交到乡政府,乡长和书记将此事在党政联席会上提交讨论,结果全票通过。乡党政联席会都通过了,规划员、土管员、村主任、支书当然无话可说,只好照批,于是农电站长在东林村一组大路南侧合法建起了三间楼房。

东林一组有个姓冉的村民,因排行老二,人称冉二爹。冉二爹在牛桥乡渔场工作,是渔场领导组成员之一。别看他人长得黑瘦黑瘦的,可嗓门特别大,有人偷鱼,二百米外大喝一声,就能把偷鱼者吓得屁滚尿流,丢鱼弃具落荒而逃,所以深得渔场场长信任。冉二爹觉得自己也算是个人物,眼红农电站长能从外村迁到本组路边建房,总想自己也在本组路边建个房子。

那天,王龙庆乡长到渔场检查工作,场长和冉二爹再三留饭,二人轮番敬酒,把王龙庆乡长喝得晕头转向。冉二爹乘机提出要在东林一组三岔路口自家责任田里建两间营业用房,场长也在一旁帮腔说情,王龙庆就随口答应了下来。

时隔不久,冉二爹就开始积土垫房基。这块地在集镇总体规划中是工业用地,在近期建设规划中是乡建筑站的建设预留地,建筑站长来找梁兴正,要求前往制止,责令停工。于是梁兴正找来村主任,约来乡土管员王磊,一齐前往现场制止施工。

王磊这人看上去老实巴交,实则很有心计,得罪人的事从不冲锋在前,处理建房纠纷时,梁兴正说得喉疼声哑,他却一言不发,趴在桌边小睡,待事情处理结束,才起身在梁兴正起草好的双方协议上签个字见证一下,有时还抢先到乡里向负责人汇报,说那事儿我已经与梁兴正一起处理好了。黄龙庆乡长知道他几斤几两,鼻子里哼一声了事,但也有不知根底的负责人夸他有能耐。梁兴正虽然心里不悦,但也不好说什么,毕竟还要一起工作。

王磊跟冉二爹是牌友,二人经常一起打牌,见王磊到来,冉二爹丢下手中的活儿走过来说:"王土管又来找我打牌吗?"

王磊笑道:"不是,不是,找你麻烦来了。"

冉二爹明知故问:"我有什么麻烦让你们可找?"

王磊用手指了指梁兴正道:"你问梁规划吧,是他约我们来的。"

村主任愤愤不平道:"王磊!你怎么这样说话呢?你是土管员,按规矩在责任田里动土,首该你管呀!"

王磊自知理亏,不再吱声。

梁兴正知道冉二爹脾气火暴,跟他讲话要讲究艺术,于是含笑竖起大拇指对冉二爹说:"冉二爹,你真不简单,明知这里是建筑站的扩建预留地,还组织人员帮人家垫土,雷锋精神呀!"

冉二爹收住笑,板起脸说:"我在自家责任田里为自己建房垫房基,什么叫帮他们垫土?"

"建房?"梁兴正问,"建什么房?"

"营业用房呀!"冉二爹用自傲的口气回答。

梁兴正正色道:"这可不行,路北是工业规划用地!"

冉二爹昂着头瞪着眼说:"你说不行就不行吗?告诉你吧,我在这里建营业用房是得到王龙庆乡长许可的,是乡长官大还是你官大呀?"

梁兴正心里一愣,知道冉二爹的话绝不是空穴来风,自言自语道:"这怎么可能?"

冉二爹拍着胸口说:"如果王龙庆乡长没表态,我明天就辞了渔场工作!"

村主任见状,把梁兴正拉到一边说:"看来王乡长真的表态了,不然他不敢赌这样的毒咒。我们犯不着跟王乡长对着干,还是先到乡里问一问再说吧。"

梁兴正无奈,只好点头同意,回头对冉二爹说:"这样吧,你先停一停,等我们到乡里问明白了再说。"

王磊对梁兴正说:"梁规划,我家里有点事,乡里我就不去了,好吗?"

梁兴正点头说:"行!"与村主任一起跨上自行车离开了。

王磊回头对冉二爹说:"冉二爹呀,你是聪明一世,糊涂一时啊!再怎么样也得有个手续呀!我看你还是先停一停,梁兴正是个'一根筋',王龙庆也是个'一根筋',我们就等着看好戏吧!"说罢,就骑车回家吃饭去了。

梁兴正与村主任一起来到乡里,找到王龙庆乡长问及此事。王

第九章 城门失火殃池鱼

龙庆乡长半晌无语,过了好一会儿才叹一口气说:"我是表态同意了。规划是死的,人是活的,那儿虽说是工业规划用地,却也紧靠住宅区。如果你觉得我说了不算,就随你的便。"

见乡长如此说,梁兴正无奈,只好拿一份临时用地规划审批表交给村主任。表是给了,可梁兴正心里总是忐忑不安,晚上睡在床上久久无法入眠。他回想起自己在临海建材厂由于拒绝执行主管负责人的不合法指令,最终落得党员延期转正;又想到乡建筑站长肯定不会善罢甘休,一时心乱如麻。突然,他耳边又响起了储林春关于"任何时候都不能不要自己"的嘱咐来,于是,一个折中处理的办法跳进脑海,这才呼呼入睡。

第二天,冉二爹拿来村主任签字盖章的临时用地规划审批表,要梁兴正签字,还摇头晃脑地说:"怎么样,我没说谎吧?王乡长确实表态同意了吧?"梁兴正没有正视冉二爹,拿起笔在规划审批栏中写了一句:"王龙庆乡长表态同意该户在上址建临时营业用房。"

冉二爹接过审批表一看,脸色阴沉下来,但也不好说什么,便迈着沉重的步子离开了。不知道他有没有找王磊拿用地审批表,也不知道他有没有再找王龙庆乡长签字,更不知在谁的催促下开始了施工,仅一天时间墙就筑起了一人多高。建筑站长急了,直接找到书记黄权正。

黄权正亲自带人到现场察看,并责令停工。冉二爹不听,并强调说:"外村的农电站长能从外村迁到我们组的路边建楼房,我土生土长的,凭什么不能在路边自家责任田里建个临时用房?还劳书记大驾亲自前来制止。再说,规划员和土管员都签了字,我也不算非法呀!"说罢,扬了扬手中的审批表。

黄权正听后气不打一处来,气鼓鼓地回到乡里,又立即派人把东林村村主任、梁兴正和王磊找到他办公室来谈话。

三人陆续来到书记黄权正的办公室坐下,黄权正虎着黑脸将两份建房审批表拍在桌上,大声说:"你们自己看,都做的什么事?难道你们不知道这片是工业规划区吗?"他很激动,双手微抖,在水烟壶里装上烟丝,拿火柴擦火时划了三次才划亮,抽完一壶烟后问:"你们谁先说,到底怎么回事?"

王磊抖着嘴唇抢先说:"书记,这不关我的事,作为土管员,我只管批准占用多少地皮,至于哪里可建什么和不可建什么,那是规划上的事。"村主任用蔑视的目光看了一眼王磊,心说有你这样落井下石的吗?谁不知道你与冉二爹是牌友呀?

黄权正瞪了王磊一眼,没理会他,接着又对梁兴正说:"梁兴正,你是村镇建设规划员,集镇规划是你亲手编制的,难道也不知道那里是工业规划区吗?真是天下奇事天天有,没有此事怪。你先是带人前往制止,后又发给审批表,让人好不理解,不会是收了人家好处吧?"

梁兴正这个"一根筋"从不喜欢被人曲解好意,心里的委屈无法形容,鼻子一酸,眼泪哗哗地流了出来。

村主任见梁兴正如此,很是心疼,站起来说:"书记,你错怪梁规划了!"接着,他把梁兴正如何召集他们前往制止,冉二爹如何说,王龙庆乡长又如何表态的经过一五一十叙述了一遍。

黄权正书记冷笑道:"这只是你的一面之词,王龙庆乡长是个敢做敢当的人,既然是他表的态,那他为什么到此刻也不向我说明呢?难道这事他做得很对吗?"

王龙庆乡长的办公室与黄权正书记的办公室仅一墙之隔,这里说的话他全听得见,事情发展到这步田地,他再也坐不住了,推开书记的门,红着脸走进来说:"书记,你别为难他们,我确实在酒后向冉二爹表过态,也向他们说过我的意见,并要求他们服从。要责怪要处理,你就责怪和处理我吧!"

黄权正本只看不惯王龙庆的一股傲气,见他今天像泄了气的皮球,心中的十分气一下子消了九分,话锋一转说:"我说梁兴正这孩子办事一向谨慎,这回怎么犯糊涂呢,原来是打在权属和原则的夹板墙里了呀。梁兴正你就别再伤心了,王乡长已替你顶错了。"停了一下,又对王龙庆说:"王乡长啊,你是规划土管的主管乡长,这事我本不该管。无奈你误入圈套,所以我才不得不管。现在你正好来了,就一同坐下来商量一下后续如何处理吧。"

王龙庆坐下说:"行!我听书记的。"

黄权正拿起水烟壶又抽了一番烟,接着对梁兴正说:"兴正啊,还得委屈你当一回黄盖,算是代人受过吧,总不能让王乡长写检讨吧?所以得由你向乡党委写个书面检讨,此检讨只走过场不入档案,事毕还你。"梁兴正无奈,只好点头答应。

稍停片刻,黄权正又对王龙庆说:"此事看上去简单,但若处理不善,就会再出现张二爹、李二爹的捣乱,这规划岂不成了一纸空文?所以还得麻烦王乡长亲自跑一趟,动员冉二爹将非法建筑自行拆除,也免得他扛着乡长大旗四处招摇。"王龙庆只好点头答应。

第二天,王龙庆去找冉二爹,说是为了他建营业房的事,梁兴正已被责令写检查,劝他将已建的墙体自行拆除,免得到时强制拆除丢人现眼。结果遭到冉二爹一顿臭骂,骂他说话不如放屁,言而无信不是个人。王龙庆也怒道:"好言相劝你不听,不撞南墙你不回头,你就等着丢人现眼吧!"

后来政府又请渔场场长等相关人员做冉二爹的思想工作,冉二爹不但不听,还变本加厉组织人员突击施工盖好了屋顶。政府无奈,只好向县人民法院提起诉讼,申请对冉二爹的非法占地建房进行强制执行。在法院公告的强大压力下,冉二爹只好自行拆除了非法建房,直到此时,他才开始后悔当初不听劝告一意孤行。

经过此番教训,冉二爹待人和善起来,再也不像以前那么蛮横,因为他已经尝到了不遵纪守法的苦果。

奋斗的年华

02

  天有不测风云,黄平开乡长年纪轻轻来牛桥乡工作,不到两年就不幸得了绝症,医治无效英年早逝,年仅三十六岁,举乡哀叹。黄权正书记乡长一肩挑,半年后,上级又从南乡派来一位绰号叫"小菜刀"的肖银圣担任牛桥乡乡长。此人四十岁左右,杏眼、薄唇,肤白体瘦,说话办事主观性很强,有时还朝令夕改。

  这天,书记黄权正把梁兴正叫去,将梁兴正代人受过所写的检讨书交还给梁兴正说:"感谢你危难之际屈当黄盖,由于我手上事多,将这事忘了,昨日翻书翻出这份检讨,现在原物奉还,决不食言。另外,我有一言嘱咐,新来的乡长为人固执,与他相处要讲究方法,切不可再'一根筋'硬顶,有什么难事可来找我。"梁兴正谢过离去。

  时过不久的一天上午,梁兴正正在整理文件,乡政府秘书来找,说是肖乡长通知立即去他办公室开会,梁兴正只好放下手中的工作,立即赶去乡长办公室。其时商店崔经理、牛桥村村主任和支书已到现场。肖乡长示意大家坐下,开口道:"今天把大家召来,是有一项特殊任务要大家去完成。位于十字路口西南角的商店因年久失修已成危房,加之集镇街道拓宽也须拆迁西移,崔经理从县联社争取到一笔资金用于拆让和改造,但因与南邻邹家之间用地及房屋凸凹交叉,无法西移建设,所以请你们三位前往协调。梁兴正同志是村镇建设规划员,在规划建设和矛盾纠纷处理上有丰富的实践经验,所以要勇挑重担。邹家是牛桥村村民,拜托支书、村主任二位要尽全力协助做好思想动员工作。时间紧迫,不宜久拖,三日内必须将处理结果向我汇报。"说罢,挥了挥手,示意散会。

四人离开乡长办公室,走出政府大门。村主任问:"下一步怎么办?"梁兴正道:"先到现场看一看吧,探一探水有多深。"众人皆赞同。于是崔经理把三人领到矛盾现场。

察看完毕,正待往回走,邹文从后门走了出来,笑呵呵道:"今天是什么风把诸位大神吹到我们这贫酸之地来了呀?"

梁兴正与邹文素来相识,也笑道:"无事不登三宝殿,我们是专程拜访你来的呀!"邹文道:"既然如此,那就请到寒舍小坐喝茶。"

于是众人随邹文走进邹家庭院,梁兴正举目四处观望,见邹家有三间老旧的小瓦房坐北朝南,东墙临街,院东屋前建有一间营业房朝街,营业房北墙与住房前墙一米间距中建有小瓦门头临街,院西南角建有一间厨房朝东,北墙与后门头平齐。正看着,邹文支派老婆烧茶,招呼众人进屋里坐。

众人走进邹家堂屋,围着靠东墙的方桌坐下。邹文开口道:"支书、村主任、梁规划还有崔经理一齐光临寒舍,不知有何指教?"

梁兴正笑着摇了摇手说:"指教不敢,有事烦你是真。"

"那就请讲,我洗耳恭听。"邹文说。

梁兴正道:"目前街道拓宽拆迁重建剩下最后几家,你是其中一家,商店路西店也是一家。现在商店已从县联社争取到部分资金,正准备动手西移让路重建。你呢?也不能老拖着政府的后腿呀,说说你的打算吧。"

邹文说:"其实我也不想拖政府后腿,在资金上也有了相应的准备,无奈商店库房有两间伸展在我屋西,我现在朝南的主屋总长不过十一米,让路四点五米后仅剩下六点五米,总不能东建两间西建两间吧?"

梁兴正笑道:"这倒也是,可你为什么不早说呢?"

邹文道:"早说干吗?我守株待兔!"

崔经理笑着插言:"大侄儿呀,你比你爸精多了,如果你先说,难道我们商店还想占你便宜不成?"

邹文答道:"崔经理你言重了,我从来不门缝里看人,但也从来不愿抢为人先。"

支书插言道:"还抢为人先呢,都快成落后乌龟了!难道拆迁工作组没有找过你?"

邹文笑答:"找过呀,看过双方凹凸交叉的地形后,觉得头疼,就走了。"

梁兴正笑着说:"这回好了,我们不请自来,两场小麦一场打。两个当家的都在这里,坐下来好好商量,争取一炮打响,一气呵成。"

邹文说:"有啥好商量的,无非是他把库房拆除,把中界向南的地方调给我,我把猪舍鸡舍拆除,把中界向北的地方调给他,这样双方的建筑才都规整。"

村主任一拍大腿说:"好!痛快!"

梁兴正扭头向崔经理问道:"崔经理,你这儿怎么样?"

崔经理说:"还能怎样?也只有这样了。"

"行!"梁兴正说,"俗话说无据不成账,那么接下来我们就开始丈量。劳烦村主任和支书拉皮尺,崔经理和邹文负责指界和监尺,我负责绘制草图、记录尺寸。只有将双方所涉范围的建筑面积和用地面积全部丈量计算出来,才好坐下来亲兄弟明算账是不是?"

众人均说有理,于是各尽其职动起手来。经过一番劳作,商店库房、邹家猪鸡舍的建筑状况,还有各自的活动用地状态在图纸上一目了然,梁兴正计算一番,得出结论:商店拆让给邹家的建筑面积为三十五平方米,邹家拆让给商店的建筑面积为三十一平方米;商店调给邹家的活动用地面积为二十二平方米,邹家调给商店的活动用地面积为二十七平方米。

崔经理抢先发言说："我看这样，邹家拆让的建筑面积比我们少四平方米，让的活动用地面积比我们多五平方米，我们拆让的房子等级比邹家高，这点我也不计较，我看就谁也不贴谁的，两平算了。"

邹文笑道："谢崔经理好意，不过我们相互调换的是地，不是房子。你的房子哪怕是金的，拆了留下的还只是用地，我的猪鸡舍哪怕是狗屎，拆让的同样是用地，事实上你还多占我一平方米的用地，你说呢？"

崔经理无语，隔了半晌才说："细想起来，贤侄之言也不无道理。这样吧！临街房不是不留空隙吗？我允许你的北墙靠到我的南墙，临街楼咱们两家一齐放墙基，怎么样？"

邹文接言道："不提此事也罢，若谈此事我倒有个疑问。我这房子是个老祖屋，当初量田有屋前一丈屋后五尺不算自留地之说，而你们商店南墙离我家后墙只有六十厘米间距，不知当初是怎么协商的？"

崔经理笑道："这倒不难，我有协议为凭，请诸位领导稍等，我去去就来。"说罢，起身出门向商店走去。

不一会儿，崔经理拿来一份协议，交给村主任说："村主任，麻烦你把这一段读给大家听一下。"村主任接过协议读道："三、鉴于商店建房不好突破北边东西街口，不足部分只好向南伸展，经协商，邹家同意屋后只留二十厘米滴水檐用地，其余均调给商店使用，邹家屋后五尺的其余面积，商店必须按征用标准进行贴补。"此协议末尾分别盖有生产队、大队和公社的见证公章。

邹文仍不放心，又从村主任手中拿过协议反复看了几遍，这才把协议交还给崔经理，拱手笑道："崔经理大人大量，多谢！"大家不约而同地鼓起掌来。

于是，梁兴正按照刚才协商的结果起草了一份协议，大家听了无异议后，又用复写纸复写成一式四份，先请崔、邹双方签字加盖手印，又请支书和村主任签字,并加盖村委会公章。梁兴正又骑车到乡政府,请秘书加盖了政府公章,分别发给见证双方及村里各执一份,自留一份存档。

第二天,梁兴正带着协议,将商店和邹文两家的复杂地形和调解结果向乡长肖银圣做了详细汇报。肖银圣看过协议,非常满意,连声夸赞:"很好,很好!公道合理、一箭双雕,一下子解决了两个拆迁矛盾。"梁兴正怀着喜悦的心情离开了乡长办公室。

接下来,商店和邹文两家分别按协议精神和拆迁要求向政府规划土管部门递交了建房申请,政府按程序进行了审批,双方把交叉互占的建筑物拆除迁离了现场,只待原有主体建筑拆除后放线施工。

这天早晨,肖银圣乡长突然又派人来找梁兴正,说是有要事协商,梁兴正丢下手中事务,赶紧来到肖乡长办公室。想不到这回肖乡长一反常态,满面堆笑地说:"来了,请坐!"说罢,走进房中,从热水瓶里倒出一杯茶来递给梁兴正。见乡长如此热情,梁兴正心里反倒生出了些许不安。正疑惑间,乡长开口道:"梁规划呀,你是一个足智多谋的人,上次商店与邹家的事你们处理得很好。今天请你来呢,有点事还要麻烦你辛苦一趟。这里没外人,我就直说了吧,我有个朋友在县里工作,此人对我有知遇之恩,他与邹家是亲戚,昨日相遇谈及邹家,他提出商店与邹家之间最起码要留出一米以上的巷道,所以麻烦你再做一下商店崔经理的工作。"

对此任务梁兴正心里不乐意接受,但又不好直接回绝新乡长,只好无奈地笑了笑说:"乡长有令,不得不从。去我照去,但毕竟是出尔反尔的事,能不能成那就未知了。"

肖银圣变脸道:"还没去,怎知难成?你可别跟我玩心眼,去吧!等你消息,我好回复。"说罢挥了挥手以示送客。

离开乡长办公室,梁兴正怀着忐忑不安的心情找到商店崔经理说明来意,崔经理沉默许久才说:"我知道你为难,我更为难。我这朝东的临街面总共只有十二米多,答应吧,商店职工多有异议;不答应吧,又得罪了新来的乡长。这样吧,原来巷道六十厘米,占地我四他二,现在我与他各让一墙凑足一米。不过,既然是一米巷道,就不好不留出口,他就不可与我依墙而建了。我意如此,你再征求他的意见吧!"梁兴正觉得崔经理的话无懈可击,只好向邹家走去。

梁兴正又找到邹文,将乡长和崔经理的话复述了一番,邹文皱眉道:"我这表兄曲解我意,用词不当,既算巷道就要通行,于我何益?你去回复乡长,还按原方案执行吧!"

梁兴正总算松了一口气,将两家答复如实向乡长做了汇报,肖银圣听完汇报,阴沉着脸说:"都说梁规划有才,果然有才。不过你记住,关老爷面前舞大刀,迟早要付出代价的!"说罢,挥了挥手道:"去吧!"

梁兴正清楚乡长这番话的含义与重量,想到自己为理平这两家纠葛所付出的心血,心里突然升起一股无名的悲哀,他心乱如麻地离开乡长办公室,恍恍惚惚地走下楼梯,仰望天空,发出一声长叹。

这一声长叹惊动了乡党委书记黄权正,他向梁兴正招手说:"来!小梁,过来说话。"说罢,将梁兴正领进了自己的办公室,坐下问:"碰到什么事了,如此悲伤?乡长对你说什么了?"

梁兴正一言不发,他不想背后说人坏话。黄权正脸黑了下来,正色道:"你是党员,我是党委书记,我代表组织与你谈话,你必须如实汇报!"梁兴正只好把事情的经过原原本本地叙述了一遍。

黄权正认真听完梁兴正的叙说,叹一口气道:"他这人其他都好,最大的弱点就是朝令夕改,随心所欲。"说罢,拿起桌上的水烟壶吸了一口接着说:"作为党委书记,我有责任保护下属,同时有义务确保组织上派来的乡长选举成功。所以我向你提三点要求:一是此事到此为止,不得外传,你是有影响力的人,群众都夸你办事公正,你要防止此事传出影响乡长选举;二是不要有心理负担,我会找他交换意见;

三是保持优良作风,继续大胆认真工作,切莫因此而束手束脚。"

梁兴正怀着感激之情说:"请书记放心,我一定遵令执行。"

第二天早晨,梁兴正在政府办签完到,从走廊走过时肩膀被人拍了一下,回头一看,竟是乡长肖银圣,只见他满面含笑地说:"梁规划呀,昨日因见助人无望心中有气,说了那样的话,你可千万别往心里去呀!"

梁兴正估计书记已找他谈过话了,遂笑道:"乡长言重了,谁都有朋友,你的心情我完全理解,你这么一说,我反倒觉得心中有愧了!"言毕,二人对视哈哈大笑。梁兴正忽然觉得天空特别晴朗。

第十章 街道铺设琐事烦

01

1990年,临海县城乡建设环境保护局撤销,重新组建了临海县城乡建设委员会。原城乡建设环境保护局中的环保科从城乡建委分离出去,组建临海县环境保护局。由此,梁兴正这批规划环保员受乡政府、城乡建委和环保局三头管理,谁下达的任务都得按时完成,谁通知开会都得按时参加。

1990年下半年,牛桥庄十二米街道的拓宽改造基本到位,仅剩牛桥村四组的邹浩,仍有两间临街房横在路中,本应申请法庭强制执行，但因邹浩年仅半百就得了重症，从人道主义出发又不忍作为。然而拆迁拓宽后的街道到处坑坑洼洼，每逢下雨天便满街是水。因此，牛桥人编出了一首民谣：进了牛桥庄，路上水汪汪；东边有灰堆，西边有茅缸；一脚踏下去，泥水冒胯裆。因此，实施街道路面工程建设已是刻不容缓，乡政府决定街道路面工程建设不再等邹浩家拆迁后进行，于是马上向县城乡建设委员会作出了《关于请求审批牛桥集镇街道路面工程建设规划的报告》。

同年十一月，县城乡建设委员会作出了《关于牛桥集镇南北街道拓宽改建规划的批复》。批复提出两点要求：一是工程范围，北至庄北桥，南至丝毯厂门前，总长六百八十米，路幅总宽十二米，其中车行道七米，两边人行道宽各二点五米。二是道路工程规划必须遵循先地下后地上，分步实施的原则。即先搞好地下给排水管道的改建，然后铺筑路基路面，路面先搞过渡性简易沙石路面，待路基路面稳定后，再加铺次高级或高级路面，并希望牛桥乡政府接到批复后，迅速组织实施。

牛桥乡是个距县城较远的穷乡，资金十分紧缺，所以要完成集镇街道铺设工程，还得争取外援。书记、乡长找到县交通局局长，局长说："你们拜错庙门了，集镇规划区的街道铺设工程应向县城乡建委争取城市建设维护费。不过也不能让你们白来，铺路过程中需要压路机械我们可以无偿支援。"二人谢过交通局局长，转道来到县城乡建设委员会，建委主任热情接待了二位，认真听取了二人关于牛桥街道的现状及财政资金紧缺情况的叙述，答应三天内派人到牛桥乡调研察看。

第三天，建委派人来了，来的是分管建设的副主任及建设科科长和财务科科长，乡长、书记亲自接待，并通知分管乡长、财政所长和梁兴正一同参加接待。察看和汇报完毕后，安排在牛桥饭店招待午饭。开席后大家吃了一会儿菜，乡长、书记和财政所长分别站起来用小酒杯敬建委客人的酒,建委来的人又分别敬乡政府人员的酒。几轮下来,大家都喝到了八成,便停下来吃菜闲聊。

乡长见冷场,冲梁兴正说:"梁规划呀,拨款事宜全靠建委来的三位领导帮忙,作为直接下属的你,应该单独敬下三位领导。为表诚意,敬酒者要一口干,被敬者随意,你说呢?"

梁兴正无奈,只好拿起酒瓶倒满酒,从建委主任开始挨个敬酒,就这样连续喝了三杯,也没有吃菜。敬完建委的三位领导,梁兴正还要再敬书记和乡长,被书记制止了。

书记拱手道:"拜托三位了,能帮我们争取多一点,乡财政的压力就能少一点,说实在的,我们牛桥乡真的太穷了!"

又闲聊一会儿,饭店服务员送上饭来,大家开始吃饭,梁兴正突然感到胃里产生了一股强烈的反应,几乎按捺不住要吐,又生怕当众出丑打扰了和谐气氛。于是站起来说:"各位领导慢用,我突然感到胃里有点不舒服,想找个地方休息一下,失礼了。"大家全都点头说:"好,你去吧!"

梁兴正摇摇晃晃地走出饭店,来到附近的压延厂办公室小坐,与厂长刚聊几句话,胃里就翻江倒海,一股热流无法控制地喷出口外,接着就不停地呕吐起来,屋内顿时充满了难闻的酒气。厂长知道梁兴正今天陪人喝酒是为了争取铺设街道的拨款,不免心痛,一边帮梁兴正拍打后背,一边叫人打扫,同时安排厂财务会计去药包材料厂把梁兴正的爱人找来,并把他放躺在条椅上休息,以免再吐。

不一会儿,韩扣子来了,见梁兴正面色苍白,躺在椅子上一动不动,心疼得流下了眼泪,埋怨道:"喝这么多酒,你不要命了是吗?"

厂长连忙劝道:"妹子,你就别责备他了,他也是不得已啊!他是个任其职忠其事的人,而忠其事就得付出代价呀!"

韩扣子脸红了,自愧还不如别人理解自己的丈夫,扭转话题说:"真不好意思,把你办公室搞得乌烟瘴气,到现在还能闻见酒味。"

厂长道："没关系，他又不是为了自己，你把他带回去好好休息吧。"

韩扣子谢过厂长，用自行车把梁兴正驮回家。在回家的路上，梁兴正仍然干呕不息，但呕出的全是酸水，韩扣子心疼地说："你这人其他都好，就是太老实，今后碰到这种场面也要学得灵活一点，举杯时趁人不注意洒些酒到袖子里，然后一口干，不就少喝了吗？"

梁兴正苦笑道："那样啊，那样不就待人不诚了吗？"

韩扣子反驳道："你就知道诚实，你诚实谁又替你受罪呢？"

到家了，韩扣子把梁兴正扶上床休息，自己到厨房烧了一瓶开水放在床头柜上，叮嘱梁兴正多喝开水，然后回药包厂上班去了。

韩扣子来到厂里，走到操作台边准备继续干活，周围女工围过来问这问那，韩扣子一一作答。此时，车间主任铁青着脸走过来说："韩扣子，刚才去哪里了？不声不响地出去了近两个小时，你眼里还有我这个车间主任吗？"

韩扣子赔着笑脸说："你别急呀主任，我家梁兴正中午多喝了几杯，在压延厂厂长办公室吐了一地，厂长派他们会计来找我去把梁兴正接回去，我说要找你请假，他说不必了，他在厂门口碰到我们厂长，诉说了此事，厂长已经准假，所以我就没去找你，直接跟他一起去了压延厂。"

车间主任板着脸说："那也不行！我得按厂规扣你半天考勤，以戒下次。"此时，旁边一个妖艳的女人怪里怪气地说："哎呀！主任，你想好了再说吧，他可是梁规划的夫人呀！"

车间主任气不打一处来地说："不提梁兴正还罢，提起他我就一肚子气！上次我跟邻居闹纠纷，村里请他去解决，他明知我是这儿的车间主任，还要当众指出我的诸多不是，让我好没面子。对于这么一个公正的人，如果我对他老婆网开一面，他不得来找我，说我不按章办事吗？所以这半天扣定了！"说罢，虎着脸离去。

妖艳女人望着主任的背影大声道："哟！咱们主任好厉害，干部家属也敢得罪！"

韩扣子心里本来就有气，这一听更有气了，也大声道："我就一个男人，当然宝贝，别说扣半天考勤，就是扣一天考勤也得去照应，大家说是不是啊？"车间里所有职工都知道车间主任跟这女人有一腿，全都哄堂大笑。妖艳女人听得懂韩扣子话里的意思，但又找不出半点岔子，只好红着脸不再吱声。

晚上韩扣子下班回家，梁母知道儿子中午喝醉酒呕过，特意煮了可口的粥。韩扣子端了一碗粥给梁兴正，问他好些没有。梁兴正说："喝了两杯热茶，睡了一觉，好多了。"说罢，从韩扣子手中接过粥碗，将粥慢慢地喝下去。

接着，韩扣子把下午回厂后发生的情况原原本本地诉说了一遍，责怪梁兴正道："你明明知道他是我们的车间主任，处理问题时还要不留情面，现在好了，报复来了，半天活儿白干了。"

梁兴正笑道："你知道有些邻里纠纷为什么久拖不解，甚至酿成悲剧吗？就是由于处理纠纷的人处事不公，要么顾及情面，要么惧怕权势，卷着舌头讲话，让矛盾的另一方心里不服，这才促使矛盾不断升级的呀。难道你也希望我变成一个唯利是图的伪君子吗？"

韩扣子说："这倒不是，只是我无端受罚心里不平衡而已，要不，你明天去找一下我们厂长好吗？"

梁兴正笑道："不妥不妥，作为政府工作人员，为了家属的这点小事去找厂长，影响不好。还是你自己去找一下你们厂长吧，你先问他压延厂会计昨天有没有告诉他我喝醉酒的事，如果他说知道，你就把回车间后发生的事告诉他听，如果他说不知道就算了，半天工不过几角钱的事，何必为这点小事闹得沸沸扬扬呢？再说，如果厂长也不知道，你擅自离厂近两个小时，算你旷工也就没有错了，我们不可为一己私利坏了人家厂规呀！"

韩扣子有点不高兴地说:"好吧,算你有理,总帮别人说话。"

第二天早上,韩扣子提前来到厂里,想找厂长询问,正好在大门口碰见了厂长,韩扣子连忙向前说:"厂长早!我正想找你。"

厂长问:"什么事?说吧!"

韩扣子说:"我家梁兴正昨天中午多喝了几杯酒,喝醉了,你听说了吗?"

厂长说:"听说了,我是听压延厂会计说的,他也是为了公事才喝醉的,我还让压延厂会计转达放你半天公假回家照料呢。怎么了?"

于是,韩扣子把昨天发生的事原原本本叙说了一遍。厂长耐心听罢,笑着说:"没事,你安心上班去吧,我来找他谈话。"说罢,背着双手离开了,韩扣子也向车间走去。

中午,韩扣子正跟几个女工围坐在一起吃饭,车间主任笑嘻嘻地走过来说:"韩扣子啊!昨天我错怪你了,厂长确实准你假了,而且是公假。厂长批评我说:'你不得了啊!当个车间主任就想公报私仇,如果当厂长,天也是你的了。人家梁规划帮你们处理邻里纠纷能说一面之词吗?但凡闹矛盾都是一个巴掌拍不响,如果他只说对方的不是,不指出你的不是,人家能服吗?你回去好好想想吧!'回来的路上我仔细想,确实是这么个理。所以麻烦你带个口信给梁规划,就说我谢谢他的良苦用心,让我们两家和好如初,拜托了!"

韩扣子一听,心里阴云全散,笑道:"主任言重了,梁兴正作为政府机关工作人员,帮助协调邻里纠纷,促进邻里和谐,本来就是职责所在,不必言谢,你的口信我一定带到!"众女工一听,全都鼓起掌来。

02

时隔几日,县里划拨的两万五千元城市建设维护费到达牛桥乡财政账户,组织的其他资金也陆续到账。安排乡建筑站预制场预制的地下管道涵管及道牙,也已如数预制完毕并风干;街道两侧的电力和邮电线路杆子,也预先按规划在道牙外侧栽插到位,接下来就要进行地下工程的给排水管道铺设了。

乡政府将排水管道和道牙铺设工程落实给乡建筑站工程队施工,给水管道的铺设安装工程落实给乡深井水厂组织施工。由于牛桥街道拆迁拓宽后街道总宽幅只有十二米,减去中间车行道七米,两边人行道仅各剩二点五米,施工埋管开挖管槽时,离街道两侧建筑物墙体至少也得留下五十厘米间距,以防开挖管槽碰到墙基引发矛盾。所以,道牙、线杆和给排水管道的布设,都得限在二米宽的范围内进行,必须有序安排、分步实施。即先栽线杆,再开挖排水管槽,铺设地下排水管道,然后开挖供水管道槽,安装供水管道,最后安装道牙。

由于供水管中的水是压力推行,所以不论地势高低均可平铺,而排水管中的水完全靠斜坡顺流,如果平铺,碰到大雨势必导致凹地灌满自溢流向街面。因此,铺设排水管先要完成工程规划,工程规划必须做好四件事并形成图纸交付施工。一是测量街道地面各点高程;二是了解管道出水河的正常水位;三是量准管首到管尾的长度,合理确定管道铺设坡度,尽量不让管尾出水口处的管底低于出水河的正常水位;四是合理布局窨井和支流管道,确保临街巷道和住户以及街道路面排水畅通。

于是，梁兴正又从乡办厂将上次协助测绘集镇平面现状图的两个小伙借来，教会他们如何测量高程，分别用红笔和红漆将读数标注在图纸和路边的线杆上，以便到时验收管槽底部深度及坡度是否合格。通过两天努力，集镇南北街和东西街的各点地面高程基本测量结束，接下来又进行了窨井布点和给排水穿路管的布局规划，并一一标注上图。

一切准备就绪，建筑站工程队进入现场施工。梁兴正与工程队长一起指挥专人用石灰粉画出管道槽和窨井口的开挖限线，分派出各段点的施工负责人，并向他们交代各段点的开挖深度和坡度，同时要求管槽开挖完毕，槽底素土夯实，验收合格后，方可动手铺设管道；管道铺设完成后，须验收管道接头的砂浆封带是否严实，无误后放可复土，以保证管内不进淤泥，畅通无阻。

排水管道工程由南向北推进、由易向难推进，牛桥口到丝毯厂这段工程是牛桥街最南段的工程，两边都是单位，没有住户，十二米建筑间距早已形成，加之地势平缓，路两侧没有堆放杂物，所以这里也是最好施工的地段。

南段工程放样结束，相关要求交代完毕，工人们开始施工，梁兴正、工程队长及灰线工三人又来到中段工程放线。中段工程从十字路口到牛桥北口，这段工程的中间还夹着牛桥街至今唯一仍未拆迁的邹浩营业房两间，阻挡着西边半条街的通视和通行。

在中段街道上，邹浩家地势最高，所以在排水管规划上只好把这里放为管顶，由此向南向北顺流，南排牛桥河，北排十字路口，再从十字路口的东西街管道向东河和西河分流，这样才不会形成返水。于是梁兴正和工程队长先从这里向南放线，拉好线，灰线工刚撒完第一铁锹石灰粉，邹浩来了。他病得骨瘦如柴，面色苍白，边走边喘，二话没说，弯腰拉开地上的塑料线，喘着粗气说："你们想干什么？想施工？我的问题还没解决就想施工？没门儿！"

在场的人都知道邹浩是个身患绝症、弱不禁风、一碰就倒的人，谁都不愿开口指责他，更不敢碰他。可梁兴正重任在身，不得不说上几句，于是缓言劝道："邹哥啊，你身体不太好，不必动怒。牛桥庄的具体情况你又不是不了解，那个'进了牛桥庄，路上水汪汪。一脚踏下去，泥水冒胯裆'的民谣都传到县政府了，如果不赶在春节前把路修好，怎么向全乡人民交代呢？"

邹浩有气无力地说："可我提出的要求，你们为什么至今不予以答复呢？"

梁兴正叹道："你们房屋属性对等，又不是政府公共事业征用，我们只好动员，不好强求，人家坚决不同意，我们也无可奈何呀！"

邹浩怒道："你们真是无能，这点小事也协商不了！"

梁兴正还想再劝，这时从巷道里走出一位七十多岁的老者，他是邹浩的堂叔。老者抖着手指着邹浩的鼻子说："大侄儿呀！你真是不怕风大刮掉舌头，我们一家三代人就住这么一座唯一的小宅，你在庄西已经拥有一套完整的大宅，还要我家让一间地皮给你，你怎么说得出口的呀？我看你纯属无理取闹！"

邹浩冷笑一声说："你是长辈，我不好说你，我怎么就无理取闹了？牛桥街道拓宽，家家都是原地拆迁后移建楼房，唯独我邹浩退无可退，你巴不得我无条件拆除，你得渔翁之利，建三间临街楼房。可你想过我的感受吗？如果你把临街三间让出一间给我，我就死也闭眼了，也不会丢人现眼地阻碍街道施工了，岂不两全其美吗？"

邹浩的堂叔怒道："我堂哥怎么就生出了你这么个不知羞耻的儿子啊！我已经说了不行，就是不行！你还要死皮赖脸地说这种不着边际的话，下次再说当心我揍你！"

邹浩怒道："我就说，我就说！看你敢不敢揍我！"说罢摇摇晃晃地走向堂叔。

邹浩堂叔也向前跨了一步说:"你来!你来呀!别人不敢碰你,我不怕你!我老头子已是风烛残年,大不了同归于尽!"

梁兴正见状,连忙拦在中间,劝道:"别吵,别吵!你们两个一个大病在身,一个年近古稀,真的动起手来,我们可担待不起。"说罢,扭头对工程队长说:"你们两个,还不快把邹老伯劝走!"二人会意,把邹浩的堂叔劝离了现场。邹浩见堂叔走了,就地坐下一阵猛咳,梁兴正连忙帮他抚肩抹背,好一阵,邹浩才缓过来。梁兴正劝道:"邹哥,回去吧!当心着凉。"

可邹浩不领情,喘着气说:"我不回去!不把话说好我不准你们施工!"说罢,干脆移到放线位上坐下,赖着不走。工程队长和灰线工见此情景,把梁兴正拉到一边耳语道:"这种人就像是一块烂豆腐,碰不得说不得,我们不如到别处去放线,把他晾在这里,你看怎样?"

梁兴正想了想,摇了摇头说:"不行!他毕竟重病在身,我们一走,他急火攻心,万一有个好歹,我们虽不要负什么责任,良心却会受到谴责。再说我们天天要施工,他天天来打扰也不是办法。听说,两个月前政府为了解决他家的特殊困难,把他儿子安排进了社办厂,我们把他儿子找来带他回去才是上策。麻烦你们两个在这儿陪他聊一会儿,我去去就来。"二人应允。

梁兴正回到乡政府,打听到邹浩儿子就在附近的阀门厂上班,于是请政府秘书打电话到阀门厂,叫邹浩儿子来一下。邹浩儿子很快就到了,梁兴正向他叙说了事情的经过,又讲述了街道铺设的重要意义、妨碍施工要负的经济责任,以及引起众怒的严重后果。邹浩儿子听完梁兴正的一番话后,当即表态:立即回家把母亲找来,娘儿俩一起到现场把父亲劝回去,保证不让他再来阻碍施工。

当梁兴正回到施工放线现场时,邹浩的儿子和妻子已经到了现场,正在进行劝说,可邹浩硬是赖着不走,见梁兴正到来,邹浩妻子道歉说:"对不起啊梁规划,我下田干活去了,不知道他来了这里,给你们添麻烦了。"说罢,娘儿俩硬是把邹浩连拖带拉地带离了现场。工程队长向梁兴正竖起大拇指说:"还是梁规划有主见!"

梁兴正笑道:"邹浩知道谁也不敢动他,动一动说不定就会惹祸上身,所以才有恃无恐,跟他讲理等于对牛弹琴。"

撒灰线的工人插话道:"怪不得有人夸梁规划,原来除了要有一颗公正善良的心,还要具有需用即有的学问呀!"

梁兴正笑道:"别给我戴高帽了,赶快接着干活吧!"于是,三人收起言笑,继续放线。当然,放线仍然不会一帆风顺,仍有大大小小的矛盾需要解决,诸如新楼建好步入正常营业,门前又放了店外店,或是新楼刚建好,部分建筑垃圾仍未迁离,处理这些事都得费一番口舌。于是放线就像铲土机,必须不断铲除路上的障碍才能不断前进。

通过十多天的努力,牛桥庄街道铺设的地下工程基本结束。

接下来的任务就是街道路面整平、灰土拌和压实、放线安装道牙和铺装沙石路面,这中间难免还会有一些纠纷露出头来,但都经不住众人唾弃缩回头去,因为街道铺设毕竟是众望所归。又通过数日奋战,牛桥南北街和东西街的道路铺设工程终于圆满竣工。

竣工这天,牛桥庄人成群结队地徜徉在宽阔平坦的沙石路上,欢声笑语不断,有的还在自家店前燃放鞭炮以示祝贺。望着欢快的人群,望着宽阔平坦的沙石路面,望着拆迁拓宽后街道两侧整齐划一的新建楼房,梁兴正心里百感交集,从拓宽拆迁、规划重建到街道铺设,他与相关人员花费了多少心血,化解了多少矛盾纠纷,牺牲了多少本应该属于自己的休息时间啊!但他并不乐观,因为街道中心还有邹浩家两间营业房没有拆迁,像拦路虎一样阻隔着南北街道西半侧的视线和交通,就像一幅美丽的图画上滴上了一滴墨汁,又像是一块沉重的石头压在他的心上。

第十一章 节前节后两奇葩

01

当牛桥街道铺设结束时,1991年元旦已从身边悄悄走过,梁兴正又接到县城乡建委关于"搜集城乡建设志资料和分片汇报研讨"的通知。

牛桥乡没有知名的名胜古迹,但曾经有一座规模不大的寺院,梁兴正小时候跟母亲一起去敬过香,公社化后改建成了单位用地。另外还有一个关于牛桥的传说:牛桥庄原来是一块龟地,牛桥处是龟头,大财主牛百万为造护庄河,在这里开挖东西沟,结果白天挖出的土第二天又填了回来,工头急得像热锅上的蚂蚁。当时正好有一个叫麻哈损的异人从这儿经过,听说此事后,指点民工们收工回家时把铁锹全都插立在工地上,并把草鞋脱下来挂在锹拐子上。民工们依法而行,第二天过来一看,土一点没涨,沟里还生出了满河红水。就这样,一块乌龟宝地被麻哈损破了,牛百万的家境也从此一落千丈。梁兴正将这两个典故编写成文带到研讨会上交了差。

从研讨会回来的第二天上午,梁兴正到分工村去了解了一下村干部年终分配情况,以及烈军属、五保户、特困户的年终生活安排情况,在支书家吃了便饭回乡。刚跨进政府大门,月池村村主任就苦着脸迎上前来。梁兴正笑问:"村主任呀,怎么愁眉苦脸的,是谁欠你黄豆种了?"

村主任说:"别提了,碰到奇葩事了,正想求你呢,到你办公室说吧。"

梁兴正把村主任领进自己的办公室,让座后问:"咋回事?说吧!"

于是,村主任把碰到的奇葩事详叙了一番。原来月池村五组南河边住宅区里住着一户姓牟的人家,牟老儿生有二子,大儿子长大后学了木匠,二儿子长大后学了瓦匠,一家人住着三间草房一间厨房,收入全部上交牟老儿,生活倒也和谐。后来老大谈了对象,女方要求要有瓦房才结婚。无奈之下,牟老儿拿出所有积蓄,在草房西边的规划预留地上新建了三间瓦房,老大安排在新屋东房里结了婚。时隔两年,老二也有了对象,安排在新屋西房里结了婚。又过一年多,老大老二都有了孩子,家中人多了口也杂了,经常口角不断。牟老儿图安静,主动提出分家,结果,老大老二都争着要新房。牟老儿无奈,请人写了一份糊涂的分家纸,瓦房和草房兄弟俩各分一间半,各自收入归各自,不再上交,二老搬进了厨房。

相安无事三年,三年间老大带着一帮人到城里承包搞装潢赚了一大笔钱,回来跟老二商量想拆了草房建楼房,把三间瓦房让给老二。本以为老二会欢天喜地,没想到老二眼红老大赚钱多,非说草房瓦房只能拆你东边的一间半。我的地皮不好动,无奈之下只好将建楼房一事搁下不提。后来老二在外做瓦工包头也赚了一大笔钱,也想回来建楼房,反过来跟老大商量,老大以其人之道还治其人之身,也非说草房瓦房你只好拆你西边的一间半,我的地皮不好动。老二也无奈,因为这话是他自己先说的,不好责怪老大。但老二是个邪头,他去找村主任另要一块地皮建楼房,村主任说你们兄弟俩已经有了两份住宅,按照一户一宅的原则,不好再批新住宅。于是老二就挟着铺盖睡到了村主任家的堂屋里,并扬言不解决就在村主任家过年。村主任无奈,这才来找政府求助。他先找到乡长诉说此事,乡长让他找梁兴正,他无法联系梁兴正,只好在大门口等,这才出现刚才的一幕。

听罢村主任的诉说,梁兴正赞道:"你做得很对!他们兄弟俩已有两份住宅,确实不好另增一宅;再说,即使同意他迁离,原宅纠纷依然存在。这样吧,我这就随你去看一下好吗?"

村主任激动地站起来说:"太好了!太好了!谢谢你!谢谢你!"

不一会儿,两人来到月池村村主任家,村主任家大门敞着,堂屋里靠西墙铺了一摊子稻草,稻草上放了一张草席,草席上躺着一个裹着被子的男人,不知是真睡还是佯睡,见村主任领人进来,竟然打起了呼噜。

村主任走过去轻轻推了一把说:"牟二师傅别睡了,快起来吧!梁规划来了。"

牟二睁开双眼,爬起来慢条斯理地穿上棉衣,望着梁兴正说:"哦,你就是梁规划?久仰,久仰。"

梁兴正笑答:"不敢,梁兴正,小职员一个。"

牟二摇头道:"唔,依我看官不在大,而在于实,你为百姓做的事,我早有耳闻。"

梁兴正大笑道："别奉承我了，你才了不起呢，好不容易回家过年，不陪老婆睡在家里，反有闲趣睡到村主任家来。"

牟二的脸"唰"地红了，支吾道："我……让梁规划见笑了，常年在外打工，家乡的干部不识几个，只熟悉村里的几个干部。我这不是想要翻建楼房吗？就请村干部帮助协调与大哥间的矛盾，可我大哥老是躲着不照面，无奈之下我就想迁出去建房，可村主任又说不同意，所以才行此下策，打铺逼宫。"

梁兴正收住笑，正言道："我回答你三个问题。一是凡事都有尺度，在农村一户一宅就是尺度，即使村里同意，我们也不可能违规批准，所以你必须彻底打消这个念头。二是你埋怨你大哥不好说话，可又是谁先这样的呢？应该换位思考。三是你这个所谓的打铺逼宫，已构成侵涉民宅、妨碍他人正常生活，属于违法行为，懂吗？"

牟二沉默许久才说："梁规划，你说的话句句在理，我知道我错了。可我只是小老百姓一个，也是出于无奈。你说吧，接下来我该怎么办？"

梁兴正接着说："依我说，你应该先向村主任道个歉，把铺盖卷起来，把草收到该放的地方去，将村主任家堂屋打扫干净，跟我们一起回去，用真诚的心向你大哥说声对不起，接下来的戏我们帮你唱。"

牟二一听非常高兴，一跃而起穿上棉裤，不一会儿就把一应活儿干完，接着又对村主任深施一礼说："村主任啊！牟二这两天妨碍了你家正常生活，多有得罪，望你大人不计小人过，牟二这厢有礼了。我保证从今往后遵纪守法，请求你原谅我这一次好吗？"

村主任一听，脸上露出了笑容，笑着说："算了算了，乡里乡亲的，得饶人处且饶人，如果再犯，我就不客气了。"

接着三人来到牟二家，可从草屋找到瓦屋均无大哥大嫂踪影，牟二就问老婆大哥大嫂哪儿去了。老婆说："刚才在家，见你领人回来，夫妻俩就出去了。"

牟二急得满头大汗,因为春节前处理不好此事,牟二就无法决定春节后工程队的去留。村主任也满脸愁容,生怕此事处理不好,又闹出什么奇葩事来,让春节过不安宁。梁兴正知道他们各自心里想什么,也不道破,笑着说:"厉害!厉害!还跟我们打游击,看来我们也只好守株待兔了。"

牟二见梁兴正不走,惊喜道:"那我赶紧让老婆安排晚饭。"

梁兴正摇了摇头说:"不行!那样也许等到天亮也等不回来了。"

村主任压低嗓音说:"我看这样,支书和民调主任都住在北河规划居住区,我假装回去,然后转到支书家去,在那里等候。牟二你吃过晚饭后早点回房睡觉,你大哥大嫂回来你也别吱声,等他们上床睡觉后,你就用手电筒在后窗口朝北舞三圈给我们报信,我们看到信号马上就过来。只是让梁规划受累了,实在过意不去。"

梁兴正笑道:"没事没事,既来之则安之,现在回家睡觉心里也不踏实。"

梁兴正与村主任转一圈后来到支书家时,天已傍黑,支书听完村主任的汇报非常赞同,让村主任去把民调主任一起找来吃晚饭。其实支书心里也急,因为此事搞不好,村干部春节都不得安宁。他知道,牟大是个老阴阳,且有古板脾气,他认为家丑不可外扬,在建房问题上虽然对牟二有满肚子的气,却从没找过村干部。而牟二不然,从小就不是一个省油的灯,况且这事他有错在先,无法自病自医,非找村干部不可。他们兄弟俩平时在外,春节前一回来,牟二就找过村干部,支书、村主任和民调主任也去过几次,但牟大老不照面,他觉得趁梁兴正在此,采取一个深夜围堵,也不失是个良策。

晚饭后天已大黑,支书安排老婆在门口观察等候手电筒亮光,自己拿出一副扑克牌陪其他三人消磨时光。大约午夜十二点,支书老婆叫道:"亮了!亮了!"大家不约而同奔向门口,果然看见手电筒光又舞了三圈。四人忙丢下手中的扑克牌，抄近路向牟家赶去。

四人来到牟家瓦房门前叫门，牟二连忙打开大门。支书又去敲牟大房门，牟大问："谁呀？"

支书说："是我！"

"支书啊？"牟大说，"深更半夜的，天又这么冷，有话明天再说吧！"

支书怒道："好你个牟大，也太不识抬举了！下午乡里梁规划与村主任一起来找你，你们夫妻俩竟然躲了出去！人家梁规划与我们村干部已经等你半夜了，好不容易才等到你们回来，难道人家乡干部和我们村干部就不怕冷？就不知道休息吗？难道你们兄弟俩就这样一辈子相互耗着不建房吗？"

牟大惊讶地问："怎么，梁规划还没走？太感人了！那我这就起来。"

不一会儿房门开了，牟大从房里走了出来，牟二拉亮了中间屋的灯，众人围着方桌坐下。牟大望着牟二讽刺道："二弟呀！你不是说不批给你一块新宅基地就在村主任家过年吗？还是你神，两天不到新宅基地就到手了，大哥我实在佩服！"

牟二红着脸说："哪有什么新宅基地，梁规划说了，在农村坚持执行一户一宅的政策，怎么可能因为有矛盾就批给新宅呢？"

牟大说："说得对极了，想制造矛盾谁不会呢？如果因为有矛盾就同意迁出去重占一个新宅基地，那要浪费多少耕地呀！"

听到这儿，牟二站起来真诚地说："大哥，我错了！我不该怀疑你在分家前藏了私房钱，更不该眼红你抢先建楼房而故意刁难你，实在对不起！"

牟大"噌"的一声站起来说："老二，我现在当着乡村干部的面对天发誓，如果我牟大在分家前藏了私房钱，出门就遭天打雷劈不得好死！"

支书见状，连忙笑着摆手道："牟大别急，牟二说的是不该以小人之心度君子之腹，他这是在诚心向你认错道歉呀！"

牟大愤愤不平道："认错道歉就够了吗？这一拖就是两年多，现在工价涨了，水泥、黄沙、石子和钢材都涨价了，堆在河边的砖瓦都生苔了，这损失谁负责呀？"

牟二插话说："大哥你别激动，小弟我认错是诚心的，由于小弟故意刁难给你造成的损失也是应该承担的。你说吧，小弟该怎么赔？只要你说得在理，小弟我都心甘情愿接受。要么这样，今天我们达成协议，春节后我的瓦工团队就暂不外出了，我们一齐开工建楼房，你的瓦工工程我包了，你看怎样？"

牟大脸上露出了笑容，说道："既然你这么说，你建楼房的木工工程我也包了，不过还是亲兄弟明算账。我们毕竟是亲兄弟，彼此都不差这点钱，计较的只是你的人品与心态，见你人品改好了，为人真诚了，我打心眼儿里感到高兴，怎么能真的接受你的赔偿呢？那样我在你心里还算是大哥吗？"

听到此，梁兴正拍掌大笑道："好！这才像亲兄弟！接下来我要多话了。"

众人齐道："欢迎！欢迎！"并鼓起掌来。

梁兴正清了清嗓子说："对你们兄弟俩建楼一事，我提四点规划意见供参考：一是昨天下午村主任领我来时，我对牟家老宅以步代尺大致踏勘了一下，从东沟头到西边下水渠中间总长约三十九至四十米，安排两户相对宽松，与沟东渠西人家互不牵涉。建议以中为界兄弟均分，分界位待天亮后用皮尺丈量后再确定。二是因本规划居住区的交通路在屋后，建议两家建楼房离中界各让一点五米放墙基，中间留三米通道。三是春节前争取帮你们办好建房审批手续，春节后将草房瓦房一并拆除，拆除的材料先在规划楼前河边界北建两间小瓦房供二老居住，切不可你们建楼房二老还住一间破草房。四是按规定你们兄弟二人每人可批八十八平方米建筑占地,建议规划三间,楼房总长十三点五米,锁间总宽七米、内净六点五米,做厨房兼楼梯间,其余两间总宽五点五米、内净五米,两间前的走廊宽一点五米,但必须做排梁式的空心走廊,因为一面可通行的空心走廊建筑占地可算一半,不然验收时可能超标。没有不同意见我就当场帮你们写一个协议,你们看怎么样?"

牟大首先表态说:"该方案面面俱到,公平合理,我同意!"

梁兴正又转向牟二问:"二师傅,你呢?"

牟二答:"无懈可击,我也同意!"

于是,梁兴正从公文包里取出笔和纸开始起草协议。待把协议写好当众宣读一遍,又用复写纸复写了一式三份,请牟大牟二在协议上签了字,又请在场人在见证方签了字。忙完一切,天已微亮。

牟大吩咐老婆起来煮早饭,牟二也叫老婆过去帮忙。梁兴正领着众人出门丈量牟家老宅地的长、宽和面积,为兄弟二人测算出中界位,并当场钉好分界线桩。忙好这一切后,草屋厨房里也飘出了诱人的大米粥和小面饼香。

牟大牟二招呼众人到三间草房里吃早饭,众人随兄弟二人走进草房,梁兴正四处观望,见草屋东房里砌有两间土灶,堆放着粮食和柴火,摆放着各类生产用具,两个女人正围着灶台忙着,西房也是如此,只是无人忙碌而已。草房中间屋里供奉着神台神像,大概老人仍到原处上香,神台前摆放着两张木板桌,桌边各放有两张木条长凳,这肯定是两家分开吃饭的所在。梁兴正心想:如此分家确实奇葩。

正想着,牟大老婆走过来将两张小木桌拼凑到一处,形成了一张方桌,牟二老婆端出一大盆热气腾腾的米粥放到桌上,牟大端出一大盘小面饼来放到桌上,牟二将条凳全搬到桌边,招呼说:"大家快坐下趁热吃!"

牟二老婆从厨房里拿出碗、筷、勺子,瞪了牟二一眼说:"只顾说,没有碗、筷、勺子,人家怎么吃?"牟二知错,冲老婆做了一个鬼脸,拿勺子和碗帮大家盛粥。大家耗了一夜确实又冷又饿,也不客套,捧起粥碗卷起小面饼大口吃起来。

牟大站在一旁道歉说:"真不好意思,让诸位挨了一夜的冻,这大清早的,也没啥好招待的,待明春开工放线把大家请来,好好招待一番,以表谢意。"

梁兴正笑着说:"其实,看到你们兄弟俩和好如初,我们心里也舒坦了。"

牟大躬身道:"对不起呀梁规划!让你受苦了。"

牟二插话说:"可不是嘛!如果不是梁规划坚持留下等你,这事不知又要拖到猴年马月了。"

牟大白了牟二一眼,斥道:"没有你好,整整误我两年!"

牟二自知理亏,吐了吐舌头不再吱声,众人一见全都大笑起来。

吃完早饭,梁兴正辞别众人骑车回乡。刚到政府大门口,正好碰到土管员王磊,王磊嬉皮笑脸道:"哎呀!梁规划,听说昨天乡长派你去月池村处理问题,怎么到这会儿才回来呀?是不是……"

梁兴正知道他这是自有所为亦疑人所为,于是笑着回道:"人生在世总有一好,有人爱邀友打牌或寻花问柳,而我不然,偏爱看冤家握手。我与月池村村主任支书一起,整整磨了半天一夜,总算把事理平,使一对冤家握手言和。不过,我答应了春节前务必帮他们兄弟俩把建房报告办好,好让他们春节后尽早开工。希望你不要像以前那样,把我们规划签出的建房报告捏在手上,非要捏出水来才签字,那样拖出事来,就得你去处理了。"

王磊红着脸说:"不敢!不敢!我玩谁也不敢玩你,你表态跟我表态一样,决不拖延!"

梁兴正笑道:"但愿如此。"

02

春节长假一晃而过，人们又恢复了正常的生活和工作秩序。正月十五元宵节，本该是个欢乐祥和的日子，却被一个奇葩的年轻人搅和了。他在昨夜卷着铺盖睡在政府走廊里，赶也赶不走，乡政府秘书去打听他是哪村的人，好不容易才打听到他是风华村人。于是，书记指示秘书打电话给风华村支书，让他与村主任一起到乡里来把人接走。

上午九点左右，书记派人来找梁兴正，让他去书记办公室。到了一看，风华村支书和村主任以及土管员王磊已经到场。书记示意梁兴正坐下，开言道："刚才，风华村支书和村主任向我介绍了睡在走廊里的年轻人的情况，他叫朱果坚，外号'三辣椒'，今年二十六岁，母子二人住着两间破草房，跟本组一半以上的人吵过架，跟五分之一的人动过手。但他也有优点，勤劳肯干，勤俭持家，自从联产承包分包到户后，责任田的农活他起早带晚地干，白天外出贩卖蔬菜瓜果种子，几年间竟然购齐了三间瓦房的建房材料。他想要建房娶妻，但原宅太小无法翻建，迁出建房又调不到地方。由于他平时树敌过多，村干部多次协调无果，这才出此下策。所以把规划员、土管员找来，希望你们尽全力协助村干部做好此项工作。"

交代完任务，四人离开书记办公室，来到走廊里的草铺边，支书说："起来吧！朱果坚，快起来跟我们一起回去。"

朱果坚摇着头说："我不！凭什么让我回去？"

村主任笑道："怪不得人家叫你'三辣椒',说话好麻人!告诉你吧,乡里派人帮你解决问题了,你看,这就是梁规划和王土管。"说罢,用手指了指梁、王二人。朱果坚睁开眼看了一下,还是没有动静。

梁兴正走上前,拉开朱果坚的被角,递过棉衣笑着说:"快起来吧,小兄弟,别耍小孩子脾气了,你是当事人,你不回去我们怎么帮你处理问题呀?要不,我们就陪你在这儿耗着?待会儿打电话给派出所,让他们派人把你请回去?"

朱果坚一听急了,连忙说:"别别别!我这就起来。"说罢,起身穿起棉衣,把铺席卷起来扎好,还要弯腰捆稻草,梁兴正笑着制止道:"算了,算了!你好歹也在政府借住了一宿,这点稻草就别带走了,送给政府食堂给焦炭引火吧。"于是,朱果坚丢下稻草,把扎好的铺席拎到自己的自行车衣包架上用绳子捆牢,一行五人骑车赶向风华村。

朱果坚家在风华村十一组北河规划居住区的夏家园沟老屯内,位于屯内靠北河边的最后一排。母子俩住着两间泥墙草盖的土坯房,东邻住着堂兄朱大,西邻住着堂兄朱二,均已建成带走廊的大跨砖瓦房;正前方住着的村民组长家已建成四上四下的楼房,据说组长的儿子承包工程赚了很多钱。三户夹着一个土草房就像隔着两个世纪似的。朱果坚家的土坯墙与左右邻墙间仅有二米来宽,原地确实无法翻建。再看门前天井内堆满了分批购进的砖瓦木料,有的已经生了青苔,难怪朱果坚心急。

进入两间草房内观看,西边一间是母子俩的房间,北墙靠东放着朱母睡的小架子床,靠西墙搭了一个木板床,是朱果坚睡的,靠南墙堆放着粮袋子和各类蔬菜种子袋。东边一间靠北墙放有一张小条桌,桌上供奉着神像,神像前设有香炉烛台;靠西墙放有一张木板饭桌和几张板凳;靠东墙砌有一间土灶,灶膛门朝南;靠南墙堆放着少量柴草。虽然家贫屋小,却安排得井井有条,且神台上、灶台上和饭桌上全都擦得干干净净,一看就是勤俭人家。梁兴正想:从热爱生活这一点上看,朱果坚仍是一个可造之人,也许人们所传他的野蛮之举,只是家贫势孤不甘受辱的反抗之举而已。

正想着,朱果坚招呼大家坐下休息,支派老妈烧茶。梁兴正笑道:"茶就不必了,你也坐下,大家一起聊聊。"梁兴正接着说:"朱老弟呀,根据你家的具体情况,迁出建房完全合法。可你想过没有,为什么村里多次帮你调田屡调不应呢?是由于你此前得罪的人太多了啊!所以我想,要解决你的新宅调田问题,首先要解决你在本组村民心中的形象问题。因此,我建议由村组织召开一个本组村民的会议,由你在会上对此前的行为向大家道个歉,并保证今后绝不再随便骂人,更不再随便动手打人。有理不在声高,成事不在蛮取嘛!你能做到吗?"

朱果坚是个牛脾气,但在这次调田中,他已饱尝了四面楚歌的孤独,无形中升起了一股改变自己的愿望,当即应道:"好的,好的!其实有时跟人吵过之后我也后悔,只是我这火暴脾气老是改不了,不知得罪了多少人,能有这个机会我一定诚心道歉。"

支书插话说:"朱果坚啊!你也老大不小了,道歉只是一种让人舒心的形式,而本质上是要真改,你说你这火暴脾气不改,哪个姑娘敢嫁你呀?你改了,到时有人来访亲,乡亲们全都竖拇指夸你,那多好!"

朱果坚欠身道:"谢谢支书指教,我一定认真改掉臭脾气。"

众人见朱果坚如此表态,皆大欢喜,于是村主任找来各组组长,二人分头通知本组村民开会。会上,支书讲述了朱果坚迁出建房的必要性,梁兴正阐述了助人于危难也是一大功德的道理,朱果坚对此前的胡作非为当众进行了道歉,并表达了今后一定痛改前非的决心。村民们脸上全都露出满意的笑容,还有人高声嚷道:"朱果坚你放心,房子建成后我们马上帮你介绍对象!"朱果坚深深鞠了一躬:"拜托大家了!"全场响起了热烈的掌声。会议开得很成功,开出了和谐的气氛,排除了村民们心里的抵触情绪。接下来的工作就是新宅具体位置的安排了。

　　吃了便饭,一行五人来到北河规划区园沟屯外。这个园沟屯东南北三面环水,因北河西部已形成住宅区,所以这中间的空隙地带就被划为居住规划预留地。按照循序渐近的原则,朱果坚的住宅应该安排在北河与园沟沟头交界的拐角处,而村民组长却主张让掉第一幢住宅,安排在第二幢住宅上。理由是第一幢住宅的占地正好是朱大朱二的自留地,而朱大朱二建房时,朱果坚跟他们都打过架,工作难做。

　　梁兴正一听,心中反倒一乐,笑道:"如此甚好,不打不成交情。你说他们打架为了什么?无非是为了多占一点宅地,朱果坚这一迁离,他原有两间屋的宅地不平分给他们两家还能给谁?"

　　村主任支书一听,竖起大拇指说:"对呀!我们怎么就没有换个角度思考问题呢?"

　　村民组长解释说:"你们不知道呀,第二幢住宅的占地正好是我的自留地,我的四间楼房正好在朱果坚前面,我自愿调给他的原因是想把他的两间宅地调过来,建两间鸭棚养上百十只鸭子,既靠河又离家近,便于照应。"

　　支书疑问道:"那我们来做过多次调田工作,你怎么不早说呢?"

　　村民组长红着脸说:"还不是怕引起众怒吗?如果我带头把田调给朱果坚,岂不也要遭四面楚歌?"

　　村主任说:"得了吧,患得患失!你已有了四间屋宅地,而且各类副房俱全,而朱大朱二仅有三间屋,至今没有地方建副房,还是执行第一方案吧。"

　　王磊插言说:"也行!如果第一方案谈不成就执行第二方案,反正也不违法。"

　　梁兴正笑道:"依我看,我们应该竭尽全力地促进第一方案的实施。国家设置规划土管的目的,就是要从严从实地合理使用土地,饭要送给饿人吃,茶要送给渴人喝,实施第一方案虽然有可能很麻烦,但一举三得,一下子解决了三户的问题。如果因便图简,有可能会留下许多意想不到的矛盾。所以我认为,不到万不得已都不走第二方案。"众人皆点头赞同。

于是,乡村四人来到朱大家,让村民组长去把朱二和朱果坚也找来。不一会儿,人员到齐,支书村主任齐推梁兴正主讲。梁兴正清了清嗓子说:"诸位!今天我和王土管一起到贵村来,主要为朱果坚的住宅安排问题。朱果坚孤儿寡母住着两间小草房,左右无法伸展,原地确实无法翻建,经村委会讨论同意迁出建房。但因朱果坚年幼无知,前几年跟很多人吵过架,使新宅的落实久拖不决,现在他也认识到了自己的错误,上午村民会上主动道了歉……"

梁兴正正想继续向下讲,朱大抢言道:"对不起梁规划,打断你的金言。我知道接下来你要说什么,园沟外规划预留地的第一幢地就是我们兄弟俩的自留地,想让朱果坚调我们的田建房,没门儿!他撕坏我们的衣服,误我们建房的工期,至今还没赔呢!"

朱二也接言道:"对!没门儿!"

梁兴正笑了笑说:"呵!我懂了,你们堂兄弟三人是不打不成交情,不忍分离,你们不愿让小兄弟离开,又不忍看着小兄弟建不了三间瓦房讨不上媳妇,要他仍然原地翻建。也行,那就安排朱果坚与你们两家墙靠墙,三户不留间隙也可勉强建三间小瓦房,只是开间小了点。不过,我还是衷心感谢,你们不惜牺牲自己应有的活动地,也要为国家和集体节省一块耕地。"

朱大脸上一阵白一阵红,抖着嘴说:"别,别!我不是这意思。"

梁兴正问:"那你啥意思?让你小兄弟一辈子建不了房,讨不成媳妇,以解心头之恨?"

朱二抢言道:"也不是!也不是!我知道老大的意思跟我一样,

我们建房时,朱果坚跟我们都打过架,现在把田调给他,我们丢不起这个面子,还是让他向别人调田吧!"

梁兴正大笑一声道:"哈哈!向谁调田不提条件呀?实话告诉你们吧,愿意调田的在座就有,你们村民组长说了,如果你们兄弟两个不同意,他倒愿意把位于规划区第二幢的自留地调给朱果坚建房,条件是把朱果坚的两间原宅地调给他建鸭棚,养百十只鸭子,这样靠家好照应,靠河好下水,但是我们暂时没同意。原因有两点:其一,规划区里留填空易生是非。其二,考虑到你们兄弟俩宅地较紧,缺少副房用地,至今仍把蚕养在三间住房里。朱果坚迁离后,两间原宅就可调给你们兄弟两个建蚕室,你们从自留地中调出三间屋宅地给朱果坚建房,不足部分再从朱果坚的自留地中量补,三难齐解,三全其美,多么好的方案啊!可你们倒好,死要面子活受罪。我建议你们兄弟俩还是出去好好商量商量吧!尽快把商量结果告诉我们,我们好做决定。过了这个村就没有这个店了。"

朱大朱二走出门去商量了一番,不一会儿走了进来。朱大毫无底气地问:"请问梁规划,我们将来重新翻建可以申请迁出园沟吗?"

梁兴正笑答:"当然不可以,都迁出去压废粮田,这儿留着养蛇吗?"

朱大叹一口气道:"那我们只好同意调田,按你说的方案办。不过,我们也有一个请求,朱果坚房屋迁出后,这里不许动土。只要他不从原宅取土,他曾经阻碍我们建房的一切误工损失我们就都不计较了,他新宅垫土时,我们兄弟俩还可出力帮一把,从此堂兄弟间和好如初,不知果坚小弟意下如何?"

朱果坚一听,咧嘴笑道:"谢谢大哥二哥原谅小弟,今后我一定重新做人,绝不从原宅取走一寸土。"

众人大喜,唯有村民组长心里隐隐有些怅然若失,当然这种失落心理不好言喻,只好也挤出笑脸。

事毕,天色已晚,朱果坚执意留饭,梁兴正笑道:"算了吧!你每天走乡串户贩卖蔬菜种子能赚几个钱?我们不忍吃你的血汗钱,还是留着你建房用吧!"说罢,告辞村组干部,与王磊一起骑车回乡。

半年后,朱果坚在新宅地顺利建成了三间新瓦房,经人介绍找到了对象,见到熟识的人满脸堆笑,大老远就打招呼。他变了,确实变了!这真是:

贫困之时易失智,
斗东斗西伤和气。
勤奋换得幸福来,
成家立业即生喜。

第十二章
守职营私两难齐

01

曾有人说:"要得我满意,除非还有我自己。"其实不然,有时自己对自己做的事、说的话都不一定十分满意,有另外一个我又能怎样?即便是志同道合的夫妻、骨肉相连的亲人,有时也会因为观念、志向、视角的不同,对某些事的看法和决策产生无休无止的争论。所以,人的一生永远不可能事事如意、时时顺心。

梁兴正当然也不例外,他所处的时代是国家改革开放逐步向纵深发展的年代,改革开放给每个公民搭建了相同的创业致富平台,但由于学历、经历、机遇、能力和对新生事物接受程度的不同,所取得的成果也就各有不同。部分人在党的政策指引下,紧抓机遇,八仙过海各显神通地先富了起来,而有些人依然故步自封。当看到先富者们拆了草房建瓦房,甚至拆了平房建楼房时,平均主义者的心里就像是一石击起千重浪,无形的妒忌情不自禁地从心灵深处迸发出来,促使他们跳出去用种种理由阻挠先富的邻居们施工。然而促进新农村建设本来就是建设管理者的责任,管理者不得不及时前往现场对阻止施工者进行说服教育。当平均主义者从梦中醒来,步入经济建设大潮奋起直追,赚了可观的钱回家翻建新房时,那些先富者又难解心中怨恨,出面阻止施工索赔损失。如此反复,无形中使建房纠纷成倍叠增,把梁兴正他们这些建房管理者们忙得无暇顾家。

梁兴正本来就是个"一根筋",工作起来如拼命三郎,只要有人找上门,他便会出面解决问题,不管是不是星期天。所以村组干部和村民们都夸梁兴正随和,不拿架子,肯帮人。他是被辖区公民们夸了,可他的妻子韩扣子就苦了,家里的责任田、生活田、自留地和十边隙地上的大小农活以及家庭副业的活儿都得一个人包了。但她是个明事理的女人,因为梁兴正在建材厂工作时,家中翻建三间瓦房的过程中,曾饱尝被人借故阻挠施工的苦,所以她特别同情那些同样的受害者。因此每当有人找上门来,她都催促梁兴正快去帮人家解决,不要担心家中的农活。

有人说,每个被外界称赞的男人背后都有一个贤惠的女人,确实不假。梁兴正的妻子韩扣子不但是个明事理的女人,而且是个要强的女人。1984年春,韩扣子从梁兴正姐姐家学会了做豆腐的手艺,回家从事起了做豆腐的家庭副业。

人们常把行船、打铁、磨豆腐称为世上最苦的活儿,因为做豆腐需要执行一整套容不得半点马虎的操作流程。从泡黄豆、磨湿豆、滤豆浆,到煮豆浆、加石膏粉乳化,再到制作豆腐,必须环环扣紧。泡黄豆要根据季节温差掌握时间,泡的时间太长容易变味,产生质变,泡的时间太短则泡不透芯,不出腐;磨湿豆要勤加少喂,心急图快磨不细,浆少渣多;过滤豆浆的布孔不可太密又不可太稀,太密了出腐少,影响产量,太稀了浆内有渣,影响豆腐的质量;豆浆滤好就要立即装进浆锅里煮,不宜久拖;一切的过程都不能渗入半滴汗,不然容易翻浆,料工尽废。豆浆烧熟后要尽快打进缸里点卤乳化,乳化成型后,要趁热制作卜页水豆腐,待豆乳凉了,就只好压制老豆腐了。如此紧张的操作程序当然十分累人。

梁兴正在外忙得不可开交,经常要开夜会处理问题,还要定期宿乡值班,所以无法回家帮忙,梁兴正的父母只好出手相助,有时连十来岁的小龙也不闲着,全家男女老少齐奋斗。到了1990年终于累计赚足了一万五千元。

1990年,县人事局组织申报调资,梁兴正的月工资一下子从三十二元调整到了七十元,外加工龄工资每年涨零点五元,美中不足的是:梁兴正在国营建材厂工作的七年未被人事局认可为连续工龄,争无可争。梁兴正怀着喜忧参半的心情回家向韩扣子报喜,韩扣子也从箱子里拿出存单,说做豆腐七年累计已赚得存款一万五千元。梁兴正听后非常高兴,连夸韩扣子为家庭立了大功,又笑问韩扣子想得到什么奖励。

韩扣子笑道:"我什么奖也不要,就只有一个梦想,趁你现在有权,迁出这非字式住宅区,到大路边选块好地建楼房,也就不负我这七年日夜辛劳了。"

梁兴正摇摇头说:"其他要求均可,唯独此条不行。全乡六千多户住在南北河两侧非字式住宅区的村民不低于三千户,有道是守职营私两难全,如果我带头从非字式住宅区迁出建楼,今后还怎么管理呀?"

韩扣子笑道:"你呀,其他都好,就是有点'一根筋',有什么不好管理的？能放就放呗！有道是有权不用过期作废嘛。"

梁兴道："这怎么行？国家设置规划土管的目的，就是为合理节约地使用土地，如果利用手中权力反其道而行之，怎么对得起党和人民的信任呀？"

韩扣子的满怀希望一下子成了泡影，心中不乐，沉下脸转身离开，不再搭理梁兴正。因为涉及原则问题，梁兴正也不愿服软，于是二人开始冷战。大约冷战了一个星期，这天梁兴正晚上正好无事，下班后早早回家帮韩扣子做豆腐，干完活二人回房休息，韩扣子突然对梁兴正说："兴正，我错了。今天早晨我去邻村卖豆腐，听到两个人交谈，说去年他想从人屯里迁出去建房，你没同意，现在听说我们家也想迁出非字式住宅区建房，他心里不服，说是只要我们一动工，他马上就上告，让咱家得不偿失。我听后，当场吓出了一身冷汗。"

梁兴正笑道："咱们按规矩办事，谁也说不了闲话！"

韩扣子娇嗔道："人家已经知错了，还要揪住不放教育不休干吗呀！"

话说开后，二人和好如初，重新商量建楼方案。最终商定拆除屋东厨房，建两间朝西小楼房，这样建筑占地不超标又不用借钱，既无须翻拆原有的三间瓦房，与后户三间正房又不存在光照纠纷。因为这排住宅区的房屋全是东南向，转个九十度角建楼也只是西南向而已，并不影响采光。况且东有南北大河，西有南北大路，背水朝路也很气派。

楼房建成后，有人说梁兴正太傻，既建楼房，何不趁手中有权迁出去选块好地呀？也有人夸梁兴正严于律己，才走这既不妨碍他人又不浪费耕地的路子，值得敬佩！

此事一晃已过两年，现在已到了1992年，梁兴正又碰到一件十分棘手的事情。后边隔一户那个曾在十年前率领全家阻挠梁兴正家建房的铁匠，因儿子外出打工，从事海洋捕捞赚回了一大笔钱，购回了许多建房材料，准备翻建四上四下的楼房。这本是一件再平常不过的事，可对于梁兴正来说却是一个十分烫手的山芋。

前文说了，梁兴正在县建材厂工作期间购回了一批用于参加全国质量检查评比的砖瓦，个个棱角分明、火工到位，后边隔一户的邻居铁匠非常眼红，建房时带领全家前来闹事，以梁兴正家做的中柱和门窗比他家高为由阻止施工，梁家被迫停工十多天，直至把中柱门窗锯得跟他家一般高了方才了事。梁兴正父亲一直耿耿于怀，与铁匠家十来年不相往来。这份建房报告批给他吧，父亲一定会大发雷霆；不批吧，找不出任何理由，最终闹到乡长书记那儿还得批，反倒坏了自己的名声。

铁匠没好意思把建房报告送到梁兴正手里，拎两瓶好酒连同建房报告送到了土管员王磊家中，说了曾经阻止梁兴正家建房的事，请王磊向梁兴正转达歉意。第二天，王磊拿着建房报告来找梁兴正，诉说了铁匠找他的经过，问梁兴正这报告怎么处置。梁兴正此前通过激烈的思想斗争已早有选择，接过建房报告仔细看了一遍，拿起笔就在建房报告的规划栏内签了个"同意原地翻建四上四下楼房"的规划意见，交给了王磊。

王磊叹道："你真大度，我还打算以你拒签为由拖他几个月，直到他把当初阻碍你家建房的误工损失吐出来为止，帮你出了这口恶气呢，你倒好，拿笔就签了。唉！白费心了。"

梁兴正苦笑道："谢谢你为我着想，可是这又何必呢？过去的事就由他过去算了，乡里乡亲的，冤冤相报何时了呀！再说，他屋后是沟头，既不存在光照间距矛盾，建筑总占地面积又不超标，有什么理由不批呢？如果我捏着他的建房报告不批，非要理清前账不可，岂不成了以私废公吗？今后碰到相同的纠纷还怎么处理呀？心正行正才言顺嘛！"

王磊自觉无趣，心想：真是傻蛋一个！淡笑一声走了。他很失

第十二章 守职营私两难齐

望,他本满怀希望梁兴正会拒绝签字,那就证实了人都是自私的,传出去后,就可拉近一下梁兴正与他两人在老百姓心目中的差距。可他万万没想到,梁兴正这个"一根筋"会不计前嫌。如果这事发生在他王磊身上,是万万不可能做到这么大度的。

过了几日,铁匠从乡里拿走了建房报告,回家找人拆除了原有的三间瓦房,准备择日开工翻建楼房。就在铁匠家开始拆房的那天晚上,梁兴正正好没有宿乡值班任务,也没有晚会及其他任务,就像往常一样骑车回家了。

梁兴正走进家门口,见父亲正在一个人喝闷酒,走上前叫了一声"爸",父亲放下酒杯问:"后边铁匠已开始拆房,他翻建楼房的报告你们是不是已经批了?"

梁兴正预感风雨欲来,轻轻地答道:"批了。"

父亲冷冷地说:"你这个吃里爬外的白眼狼啊!你忘了你在县建材厂时,家里建房受了铁匠家多少气吗?咱家与他家中间还隔着一户,竟然隔户前来闹得咱家停工十多天,非逼着咱家把做好的中柱门窗全都锯矮了才算了事,当时咱们多伤心呀!有道是有仇不报非君子,你倒好,这么快就把建房报告批给他了,你想气死你老子吗?"

梁兴正劝道:"爸!你听我一声劝,过去的事就由它过去吧,大家都是邻居。他家的建房报告既不违规又不超标,如果我因旧仇把他家的建房报告捏在手上不批,不就成公报私仇了吗?"

父亲借着酒劲大怒道:"你这个小畜生!竟敢教训起老子来了!好啊好,你公正我自私,我不玷污你的形象,从此以后,你走你的阳关道,我过我的独木桥,我不是你老子,你也不是我儿子,你给我滚!"说罢,顺手拿起桌边的擀面杖就要打梁兴正。

此时,前后邻居听到争吵声纷纷前来劝解,前邻孙大把梁兴正拉进了自己的家中,其余人拖住梁兴正父亲不让他追过去打,铁匠家里的人知道梁家父子争吵是为他家建房的事,站在远处羞愧地看着,也不敢过来劝,生怕引火上身。

前邻孙大从自家厨房里端来一大碗米粥,劝梁兴正先填饱肚子,又打开黑白电视机陪梁兴正观看。不一会儿劝解的人陆续走了,忽然听到后边传来掀翻桌子的声音,紧接着又听到后边厨房里传出"轰隆"一声巨响。梁兴正不放心,想起身回家看个究竟,被孙大一把拉住说:"别去!你家那次建房,铁匠父子确实闹得太过分了,你爸心中有气不足为怪,这会儿你回去,必然又跟你闹,等他出完心中恶气醒了酒,自然就不闹了。"

梁兴正还是不放心,生怕父亲酒喝多了摔倒,正想回家,后边突然传来母亲的哭骂声:"你这个死老头子啊!你发泄就发泄,把厨房里的灶台打坏干什么呀?你不过难道我们都不过了吗?"梁兴正从母亲的哭骂声中得知,父亲除了掀翻了桌子,还把厨房里的锅灶打坏了,人并没有怎么样,他反倒放下心来。

又过了个把小时,后面没有了动静,韩扣子轻手轻脚地走了过来,梁兴正问:"爸怎样了?"

韩扣子说:"睡了,你也回去睡吧!"

儿子小龙已经十五岁了,一个人睡在东边的小楼上,他要做作业,这边吵闹他也不便插话。韩扣子是个明事理的人,她理解公爹的心情,也理解梁兴正的难处,上床后反复劝慰梁兴正要理解爸的心情,不要生闷气,以免气坏身体。

早上起来一看,桌子依然掀翻在地,桌上的碗盘全都打碎在地。夫妻二人扶正桌子,把地上的碎瓷片打扫干净,又到厨房察看,发现灶台塌了一半,锅也被打破了。梁兴正苦笑一声,骑车去乡政府说了前情,请了一天假,顺便从庄上买回一口锅,又到乡建筑站请了一个会砌灶的瓦工待会儿来修灶。回到家中,母亲说父亲还没起床,送去的早饭也没吃,口口声声说等铁匠家建房开工挖夯槽,他要死到他家夯槽里去。梁兴正怕父亲气出病来,正想去请父亲的老朋友、那个仅剩一条胳膊的残疾军人老支书前来劝解,谁知老支书不请自到,笑盈盈地走进了院门。梁兴正连忙迎了上去。

老支书问:"听说你家昨天打仗了?我不放心,过来看看。"

梁兴正说:"谢谢老支书关心,仗倒没打,打坏了几样东西。即便父亲打我,我也不好还手啊!"

老支书又问:"老头子呢?"

梁兴正说:"在床上躺着呢,早饭送给他也没吃,您来得正好,我正想去请您来帮我劝他呢。"

老支书接着问:"到底为啥事呀?"于是梁兴正把事情的来龙去脉向老支书叙说了一遍。

老支书听罢,长叹一声说:"唉!这事回想起来确实气人,怪不得你爸生气。可他怨你也怨错了,你作为政府工作人员,任其职忠其事,不可公报私仇。你放心!我来做这个和事佬,准能让他消气。"因为他是梁父的酒友加牌友,所以说话很有底气。

梁兴正抱拳说:"太好了!那就拜托老领导老前辈了。我这就去买菜,您中午在我家吃饭,陪我爸喝点酒,今天还约了瓦匠来修灶,我得去盯着,我爸就拜托您了!"说罢骑车上了庄。

自从家中两间小楼房建成后,梁兴正就没再让韩扣子做豆腐,改在乡药包厂上班,知道今天家中有事,韩扣子也去厂里请了一天假。不一会儿修灶的瓦匠来了,韩扣子和老支书打过招呼后,连忙去清理灶砖,帮瓦匠和灰泥、做小工。

老支书四处察看一遍后,走进梁兴正父母的房间,见梁父仍然躺在床上,两眼充满泪花,便笑着问:"老兄,今天怎么没起来打牌呀?"

梁父摇摇头说:"不打了,不想过了,这日子没过头。"

老支书笑道:"谁惹你了呀?拿着退休工资悠闲自在,别人都羡慕死了,你还不想过?"

梁父叹道:"儿子不孝啊!胳膊肘往外拐。我家十年前建房,你那做铁匠的侄儿和你大哥全家前来闹事,耽误我家十几天,最终把中柱门窗都锯矮了才算了事,我多伤心啊!可他倒好,一句怨言没有,就把你侄儿的建楼报告给批了,他这是成心想气死我啊!"

老支书摇摇头说:"老兄你错了!你儿子是个好儿子啊!我走了好多村,老百姓一提到你儿子,全都赞不绝口,他是个视名誉比生命还重的人,怎么会在这件事上徇私呢?在其位就要谋其政嘛,你也要为他着想呀!"

梁父听罢,点了点头说:"这倒也是。可我这口气憋在心里怎么也出不来呀!"

老支书叹了一口气道:"唉!这事回想起来确实气人,当初他们父子阻挠你家建房,我曾登门批评过他们,可我大哥非但不听,还说我胳膊肘往外拐,与我反目为仇把我赶出门外。可惜那时没有具体的建房政策,也没有专门的建房管理人员,我这当支书的也是束手无策呀。"

梁父道:"可我至今怎么也咽不下这口气,打算等他家楼房开工后,躺到他家夯槽里去,让他也体会一下受人刁难的感觉。"

老支书笑道:"这就蠢了,你想啊,你儿子是乡政府的村镇建设规划员,全乡建房纠纷都是由他牵头处理的,如果铁匠闹到乡里去,政府肯定要指派你儿子回来处理,你让他怎么处理?是让铁匠家停工理清旧账呢,还是你们父子俩干一仗?传出去反倒影响了你儿子的名誉,合算吗?与其如此,倒不如我去把我侄儿找来,向你道个歉,让你把这口气出了。不过你必须先把早饭吃了我才去。"说罢,用仅有的一只手捧起粥碗向梁父递去。梁父无奈,只好坐起来把一碗粥喝了下去。

见梁父把早饭吃了,老支书笑盈盈地走出门去找铁匠。铁匠及家人见梁兴正批给自家建房报告,惹怒了他的父亲,正坐立难安,见二叔过来连忙让座。老支书一说明来意,铁匠正中下怀,立即随老支书来到梁家,向梁父悔过道歉,请求梁父原谅,并表示当初给梁家造成的损失,一定照价赔偿。

梁父一听,心里的十分气一下子消了九分,连连摆手说:"算了,算了,过去的事就让它过去吧,赔偿损失也就不必了,今后大家和谐相处就是了。"铁匠见梁父不再生气,道谢后满怀喜悦地离去。

此时,厨房里土灶已修好,新锅开始使用,飘出了炒肉煮鱼的香味。老支书笑道:"老兄,起来吧!气已出了,来陪我喝两杯吗?"梁父轻轻地应了一声,穿上衣服下床,陪老友坐到了饭桌边聊天。

梁父和老支书边喝边叙,一直喝到下午两点多方休。梁兴正将老支书一直送到家中,反复道谢后方归。这真是:

  君子为人本无私,
  无奈长辈恨往事。
  一声道歉风云散,
  十年仇怨化为谊。

02

　　1992年夏,牛桥乡党委书记黄权正调去县广电局工作。乡长肖银圣接任党委书记,邻乡政府的杜贵仁调来牛桥乡任乡长。杜贵仁与梁兴正同岁,他高高的个子,不胖不瘦的身材,白白净净的长方脸,双眼皮,堪称一个标准的美男子。加之他说话果断,办事雷厉风行,待人也很和善,很快与大家打成一片。

　　新乡长到位,免不了又要召开人代会进行选举,杜贵仁在会上满怀激情地讲述了自己的施政方略,深得乡人大代表们的赞赏,结果全票通过当选。接下来又召开党政联席会商讨机关干部的重新分工,梁兴正从庄东村调整到了牛桥村。

　　牛桥村共有七个村民小组,是乡政府所在地的村,七个村民小组中有三个组位于集镇规划区范围。

　　梁兴正在牛桥村村主任和村支书带领下,一个组一个组地走访,并将走访情况一一记录在小本子上,以便查阅。走访完五个村民小组后,他们走到一座青砖小瓦的屋前,支书手指小瓦房说:"这是我们村上上届老支书的家,不如过去拜访一下老支书。"村主任和梁兴正均点头同意。

　　老支书姓黄,已是七十开外的人了,满头银发,身体微胖,言谈举止依然充满活力,待人也很和善,见三人到来连忙出门迎接,笑容满面地问:"今天是哪阵风把三位吹来寒舍了呀?"

　　村支书手指梁兴正笑答:"这位是乡政府的梁规划,刚从庄东村调到我们村,我与村主任领他熟悉一下本村的情况,拜访一下在家发展的精英能人,走访一下本村的烈军属、五保户、困难户。您是我们的老前辈,当然也少不得拜访一下了。"

老支书笑道:"谢谢!谢谢你们还记着我这个糟老头子。"接着拉住梁兴正的手说:"欢迎啊!梁规划,欢迎你到咱村来!上次我儿子黄俊回来还专门提到过你呢,说有事要找你商量。正好我儿子今天早上打电话回来说中午回家吃饭,老婆子正在厨房里忙着呢,你们中午在我家吃便饭怎样?"

支书笑道:"怎么好意思叨扰您老人家呢!"

老支书生气道:"你说这话就见外了,想当初你当农技员时,我在你家吃的饭还少吗?再说梁规划来了,我儿子又正好回来,让他们见个面,把要说的话说了多好!"

话说到这个份儿上,三人只好留下了。不一会儿,黄俊骑车回来了,村支书和村主任连忙迎上前握手问好,梁兴正也跟随上前握手,黄俊疑惑道:"请问,你是……"

老支书急忙抢答说:"噢!儿子,他就是你上次问起的梁规划,刚从庄东村调整分工到我们村,今天村主任和村支书领他熟悉情况,经过家门被我留下了。"

黄俊喜道:"早闻其名未见其人,幸会!幸会!"

梁兴正笑道:"领导你客气了,我只是乡政府小职员一个而已。"

黄俊说:"呵!老弟你错了。话说官不在大而在于实,像梁规划你,老百姓只要一提到你就都赞不绝口,这就是实,说明你为老百姓办了实事。我就喜欢跟办实事的人打交道,来!进屋再聊!"说罢,拉着梁兴正的手走进室内。

二人很快吃好了饭,黄俊站起来说:"村主任和村支书你们慢慢地吃,我请梁规划到房里谈点事。"说罢,将梁兴正领进西房。

西房里靠北墙摆放着一张架子床,靠西墙排列着衣橱,南墙窗下放有一张书桌,靠东墙的房门北架子床前放有两张木椅,二人在木椅上坐下,黄俊笑问:"梁规划今年贵庚?"

梁兴正笑答:"虚岁四十二了,你呢?"

黄俊道:"我呀,长你五岁,你该叫我大哥。"

梁兴正道:"我如果有你这位大哥就好了,可惜没有。"

黄俊笑道:"又不是不可以,心诚则灵嘛!"停了片刻又问:"你到政府工作几年了?"

梁兴正答:"我是1983年春到政府工作的,那时还叫公社。"

"那你以前在哪儿工作?"黄俊又问。

梁兴正答:"中学毕业后回乡务农,担任过大队副业会计,被县建材厂招用后,帮厂文艺宣传队写节目,先后担任厂成本会计和厂团总支书记,在那儿七年,可惜1990年工资定级时,这七年没被人事局认可为连续工龄。"

黄俊说:"县建材厂1979年就转为国营了,你是中层干部,怎么不可计为连续工龄呢?"

梁兴正苦笑道:"他们说我是农民合同工。"

黄俊道:"噢!我懂了,其实这种工龄属于两者之间,算了不为错,不算也不为错。据我所知,在机关事业单位中,有些人连在社办厂工作的工龄也计入了连续工龄,何况你在国营厂担任中层管理人员呢,关键是你没有下功夫找到关键人啊!"

梁兴正又苦笑一声道:"哪有这个工夫呀!身兼两职还有分工村,一天到晚忙得脚不沾地。再说,即便有工夫也不知道找谁呀!"

黄俊道:"这好办,我在人事局有许多熟人,大家经常一起喝酒,只要不违背大原则,有事都会相互帮忙。到时你听我通知,到县城找个大饭店请他们吃上一顿,说不定这事就办成了。你别舍不得花这点钱,据说将来工龄很重要。"

梁兴正听后很高兴地说:"那就拜托黄股长了!"

第十二章 守职营私两难齐

黄俊说："别客气,我也有事要请你帮忙呢。"

梁兴正一愣,问:"什么事?你说吧!"他就知道天上不会掉馅饼。

黄俊说:"其实这事对你来说也只是举手之劳,你的集镇规划中不是有一条西大路吗?那条路正好把我岳母家的房子划在路中,我岳母哭哭啼啼地找我,说她家的三间瓦房已经建了十来年,好不容易才还清债务安居乐业,实在不愿再次折腾,让我找你,看是不是可以把那条线路修改一下。"

梁兴正为难道:"这事看上去简单,但实质上也不那么容易,因为集镇规划图已经公示,并报基建局备案,图纸一式三份,估计县局那份图已移交建委,不是说改就改的。"

黄俊笑道:"这个我知道,不过我听说最近县建委要会同国土局对全县村镇规划进行一次重新调整,到时你这个具体操作者把这事放在心上不就得了?其实你那事也是急不得的。"

梁兴正知道,这实质上是一种权力与人脉的互换,于是苦笑道:"好吧!我回去查看一下规划图,看能不能找到两全齐美的修改方案吧。"

黄俊见梁兴正含糊其辞,知道碰到了"一根筋",但他仍不放过一线希望,给梁兴正留下了联系电话,辞别众人回了县诚。村主任和村支书及梁兴正也告别老支书继续进行走访,剩下两个村民小组很快走完,梁兴正心中有事没有逗留,辞别二人早早回乡。其实他从内心也期望能从图中找出两全齐美的修改方案,因为如果约定能成,这将影响他一辈子的合法收入。

梁兴正怀着复杂的心情走进政府大门,迎面碰到刚调离的党委书记黄权正,看到书记用自行车驮着捆扎齐备的宿舍用品准备回家,梁兴正忙走上前去打招呼:"黄书记你好!这就搬走啊?"

黄权正笑道:"这边已经送行,那边追着报到,还占着宿舍干什么呀?倒不如早点搬走,让新人入住。"

梁兴正道:"那你可要常来指导哦!"

黄权正道:"指导谈不上,但少不了要来乡沟通工作。再见!"刚想上车,突然又回头问:"咦?乡党委那个推荐你进建设助理招聘的推荐报告表上报好几个月了,怎么至今不见动静呢?找你谈话后你去县里走动过吗?"

梁兴正疑惑道:"怎么,还要走动?"

黄权正叹道:"你呀,什么都好,就是有点'一根筋',人家连你高矮胖瘦都不知道,怎么会对你加以重视呢?建设助理虽是招聘,好歹也算国家干部,我觉得你很适合。可你对自己的前途不上心,这就怨不得我了。"说罢骑车离去。

黄权正已经远去,而他的责备却在梁兴正耳边久久地回荡。他想起招聘材料上报后,黄权正书记曾找自己谈过话,嘱咐自己抽空去组织部走动走动,让人家熟悉熟悉,可他自己一次也没去。梁兴正不禁后悔起来,而现在已时过境迁,物是人非,悔又有何用?他心想:其一已失,要争取不失其二。于是他急忙赶回宿舍翻出集镇规划图仔细推敲,寻求黄俊所托的修改方案。图中规划的集镇西公路总长不过一千多米,如果规划拐弯让拆,在理论上肯定讲不通,规划理论讲不通,提交修改也就肯定通不过。接着他又用一米的透明直尺试图将南北公路线进行左右移动,看是否能找出更合理的方案。先向东移,发现尺下有两段南北沟,填沟造路肯定行不通;再向西移,发现尺下比原方案多了好几个拆迁户,又犯因私损公之大忌。无奈之下,只好长叹一声,收起图纸骑车回家。

因心中不乐,梁兴正从吃饭、洗漱,到上床睡觉都一言未发,韩扣子见状问道:"又碰到什么为难事了,怎么这么不开心呀?"梁兴正叹息一声,将事情的原委向韩扣子叙说了一遍。

听罢,韩扣子一把将梁兴正揽进怀里爱抚着说:"咱不气,好吗?不就是一点得失吗?人生在世要多与不如自己的人比,才越比越开心；如果老向上比，越比心里越生气，气坏了身体反倒什么都没有了，你说呢？"韩扣子温柔的劝说让梁兴正心里舒服了许多，心想也是，就用鲁迅先生《阿Q正传》中的阿Q精神劝慰自己说："就当这一切从来没有发生过吧！"

接下来，梁兴正陆续接到县建委《关于加强水利工程管理范围内建设管理的通知》和县环保局《关于对乡镇排污费用征管工作进行检查的通知》。忙了好一阵后又进入了"四夏大忙"，虽然大忙中建房纠纷少了，但分工村争机抢水的纠纷又多了。韩扣子白天在乡办厂上班，晚上回家抢割麦子，梁兴正不得不帮着挑把，然后夫妻俩再挑灯夜战给小麦脱粒。

"四夏大忙"刚结束，又开始了夏季"两上缴"工作，接着又迎来了"抗洪排涝"。牛桥乡地势是南高北低，牛桥村处于中间部位，地势比高不高比低不低，往年河水都不会倒流入田，所以周围只圈了一个简单的圩埂。这次不一样，雨量大、持续的时间长，北边圩区的大量田水抽排入河，导致中间地带河水倒流，河水入田淹了秧苗。梁兴正与村干部一起组织村民连夜堵塞涵洞，收集蛇皮袋装土堵缺，向排涝指挥部要来十八台抽水机日夜向外河抽水排涝，但怎么排也不见田间积水下降。牛桥村支书和村主任和分工在村的梁兴正心急如焚，冒着瓢泼大雨连夜沿着村界四处察看，结果发现邻村飞地交界田里的水像山洪一样流向本村田块。三人齐声长叹，只能回去向排涝指挥部报告，指挥部也无计可施，只好决定今冬明春给这些地段全部加造圩提。

又过三日，雨终于停了，河水水位逐步下降。为了尽快排水，村主任、支书和梁兴正又到各组组织人员将堵塞的涵洞重新扒开，向外河排水，同时号召村民增施化肥，促进受灾田块的秧苗生长。在路上，梁兴正碰巧又与回家看望灾情的黄俊股长相遇，他笑着问梁兴正："梁规划，回去看图了没有？"

梁兴正不好意思地说："看过了,可惜实在找不出更加合理的修改方案。"黄俊什么也没说,斜了梁兴正一眼,笑着摇了摇头,跨上摩托车走了。

望着黄俊远去的背影,梁兴正心里透出一阵凄凉,知道自己的那七年工龄又要泡汤了,心想:"梁兴正啊梁兴正,你帮不了人家,人家又凭什么帮你呀?"此刻他甚至怀疑,自己那个既不愿以公谋私,又不愿请客送礼的"一根筋"习性是不是该改一改了?他抬头望着雨后怒云飞渡的天空,长叹一声道:"唉,工作家事两难全啊!"苦涩的泪情不自禁地润湿了眼球。

第十三章 喜迎县道通牛桥

01

自1978年12月党的十一届三中全会做了"党的工作重心转移到以经济建设为中心"的决定后,国家相继出台了"家庭联产承包责任制"和"试行劳动合同制"的相关政策,有效促进了农村劳动力的创业活力。广大农民在精心种好责任田的基础上,可以外出打工,也可以自主经营。部分家庭实行成员分工,部分人外出打工,部分人留守种田。里下河地区出现了外出打工的建筑大军,还有部分家庭选择离土不离乡,大力发展家庭副业,农村中的种植业、养殖业、建筑业、加工业、运输业等如雨后春笋般破土而出,农村经济逐步活跃起来,农民收入大幅提高。乡村里的保守派和观望派,亲眼见证了改革成果后,也心悦诚服地投入勤劳致富的改革大潮。

截至 1992 年 11 月,经过整整十四年的改革历程,农村经济环境已经发生了质的变化。里下河地区的村民们在积极向国家缴纳公粮,留足口粮后,家家均有余粮出售。百分之七十以上的人家拆除泥草房翻建成了砖瓦房,也有人家又拆除简易砖瓦房翻建成了楼房式或带走廊的大跨房。在各级政府大力扶持下,农村排灌、耕作、收割的机械化设备不断完善,电灯、有线电话及有线电视也逐步走向千家万户,村庄面貌和生活条件大为改观。但农村的道路交通,特别是地势低洼的里下河地区的道路交通依然是影响农村经济发展和幸福指数的一个重要因素。正当此时,党中央提出了"要想富先修路"的战略方针,省、市、县各级财政资金的预算方案开始向农村道路交通建设倾斜。因此,乡乡通公路,实行全县交通一盘棋,也摆上了临海县县委、县人大、县政府的议事日程。

县委、县人大、县政府三套班子负责人一致认为:实现全县交通大循环,应该从位于里下河区域交通尤为闭塞的十二个乡镇开始,按照县道路基总宽十八米、次高级黑色路面的标准进行施工,首先完成里下河区域交通大循环,然后再向高沙土地带和海滨地带推进。方案确定后,立即召开县委常委扩大会,通知相关部门主要负责人参加会议,宣布成立县公路工程建设指挥部,下达具体工作任务。会议要求县交通局在年底前完成实地勘测,拿出临海县属区域交通大循环的工程网络规划图,测算出路桥总长、总量,概算出总投资报县政府;要求县财政局多方筹集和争取资金,确保临海县属区域交通大循环的建设工程资金按时到位;要求县城乡建设委员会划出专门力量配合乡镇进行公路工程拆迁;要求县国土局划出专门力量配合乡镇从事公路工程土地调整;要求沿途各乡镇要以主人翁姿态积极投身公

第十三章 喜迎县道通牛桥

路工程和各项工作任务的落实。

牛桥乡本是一个交通十分闭塞的地方,听到这个消息后人们欢天喜地,奔走相告。乡政府大院里的党政负责人们当然也很高兴,可他们中的某些人在高兴之余又生出了另一番想法,他们不希望从东边大吉乡通往西边塔南乡的过境县道从牛桥庄大河北通过,而希望从庄西大河北拐弯向南沿西环路向南至南环路再拐向东,认为这样就能使牛桥庄集镇的环镇路一气呵成。然而愿望总归只是愿望,毕竟这只是牛桥乡的小我利益,谁又能说服县交通局的规划总设计师,为一个小小的牛桥乡的小我利益,将县道改顺为拐,舍近求远呢?

这天,牛桥乡再次召开党政联席会。会上,肖书记又把县道绕镇的事提出来讨论,发动大家提供线索寻人解难,其中有人提出了一条线索,说是县交通局交通工程规划设计室的总设计师是原基建局局长储林春的儿子,而储林春又是梁兴正在临海建材厂工作时的老领导,据说关系很铁,足可利用这层关系一试。肖书记一听,喜道:"行!就这么定了。"

此时,乡长杜贵仁摇了摇头说道:"书记啊!你们这种天方夜谭的说法我不赞同,凡事要讲究实际,希望和努力的方向也要讲究可能性。当然,从牛桥乡的利益看,我也希望县道绕镇,既让环镇交通一气呵成,又能节省本乡不少开支。可现实呢?是不可能的!"说罢,他从公文包里掏出一张临海县地形图,摊到会议桌上,指着图纸接着说:"大家看,这儿是东边的大吉庄,这儿是西边的塔南庄,这儿是我们的牛桥庄,三个乡政府所在地的三个点位之间是一个不等边的钝角三角形,而我们牛桥位于钝角的角点。东边大吉乡工业发达,年总产值是我们牛桥的数倍;西边的塔南庄是原区委所在地,设有法庭、派出所、工商所,还有高级中学,更是忽略不得。即使我们做通县交通规划设计人员的思想工作,东西两个乡镇也会因绕行而意见纷纷,县委、县政府会批准同意吗?答案是不可能!到时不但害了我们自己,还害了规划设计人员,值得吗?"

杜乡长停下喝了一口茶,继续说:"另外,排除只为牛桥着想的反向南拐方案后,还有两种设计方案,我们要统一思想,齐心向有利于牛桥发展的方向努力。这一次里下河区域交通大循环确定的是路基总宽十八米,做次高级黑色路面,与原来各乡镇自筹资金做成的沙石路比,不知要提高多少档次,所以这次县道的全盘规划,肯定要注重便捷美观。说不准县里的规划设计人员从全盘整体布局出发,会选择从东边大吉乡政府所在地画一条直线,直达西边的塔南乡政府所在地。这样一来,过境县道距离我们牛桥庄现状建成区至少要相隔八百米,我们不得不将牛桥庄的南北街道向北延伸,穿越压延厂向北接通县道,并且现状河北的东西沙石路废不了,过境新公路又要全境压废耕地,逢河建桥、逢户拆迁、调田拆迁的工作量可想而知,对牛桥近期建设的利用价值也不高。"

杜乡长停顿了一下,又说:"综上所述,我认为排除不切实际的幻想,齐心协力将过境县道的规划现状向河北东西沙石路上引才是正道。我仔细看过了,如能促成此方案的实施,有三大好处,一是充分利用原有道路的占地面积,过境县道全长三点八千米,至少可节省三分之一的耕地;二是可使集镇规划区的河北通道一次优质成型;三是虽然给河北东西路两侧部分企事业单位造成了一时的拓宽拆迁损失,却也给这些企业提供了出门就是县道的便捷,亏了一时却利了长远。我们既知向河南反拐的方案上努力是瞎子点灯——白费蜡,为何不靠船下篙呢?我的发言结束,请大家批评指正!"说罢,坐下。

杜贵仁乡长科学务实的意见,令参会人员口服心服,不约而同地鼓起掌来。肖银圣书记见状,虽然心里醋意浓浓,却又提不出反驳意见,只好强作欢颜,站起来说:"好吧!就按杜乡长的意见执行。"大家见书记和乡长的意见统一,又是一番鼓掌。

散会后,杜贵仁怀着喜悦的心情回到自己的办公室,可坐下来仔

第十三章 喜迎县道通牛桥

细一想,却又生出阵阵担忧。他深知沿镇北老沙石路铺设县道的方案,虽然牛桥乡党政领导的意见统一,理由也很充分,但依然只是牛桥乡的一厢情愿,毕竟还得改直为弯,还要得到县交通规划的认可才行。他忽然想到了梁兴正,心想:如果让梁兴正先去找一下自己的老领导储林春,向老局长诉说一下牛桥乡党政联席会的意见,并动之以情晓之以理,再由储老局长向他的儿子传递一下牛桥乡的请求,万一得到认可,岂不是少走了好多弯路?想到这儿,他情不自禁地笑了,于是立即拨通了乡政府秘书办公室的电话,让秘书在明天早上签到时,通知梁兴正来乡长办公室一趟。

第二天早晨,梁兴正到乡政府办公室签完到正准备离开,秘书笑着说:"梁规划留步,昨天杜乡长交代,要你签完到去他办公室一趟,他有事找你。"

梁兴正答应一声,立即向乡长办公室走去,只见杜乡长正在看文件,连忙道一声:"乡长早,听说你找我?"

杜贵仁放下手中文件,笑容满面地指着对面的条椅说:"哦,梁规划来了,请坐!"梁兴正自如地坐下。因为杜贵仁与他同岁,办事认真、待人和善,不惧强权,两人性格相近,所以梁兴正在他面前一点也不拘束。

杜乡长收起文件放进文件柜,坐下来笑着说:"今天请你来,主要是为了县道过境的走向、走法问题,有点可能发生的小麻烦,需要你配合一下……"

杜乡长将会上的意见告诉梁兴正后,停顿片刻,接着说:"听说县交通工程规划设计室的主任是原县基建局老局长储林春的长子,而储老又是你在县建材厂工作时的老领导,你们的关系很好。所以想请你抽空去一下县城,把我们牛桥乡的设想告诉老局长,由老局长向他儿子吹吹风,看能不能把他儿子的规划思想与我们牛桥乡的具体思想结合起来。记住,去时别空手,带些储老喜欢的土特产,我给你结账,你看怎样?"

梁兴正道:"乡长有令,岂敢不从?我也正好想去看望一下老领导,只是最终事能不能成我不敢保证。"

杜乡长哈哈笑道:"孩子话,谁叫你打包票了?只是为了牛桥乡的整体利益,有百分之一的希望也要努力争取而已。事不宜迟,你最好近两天就去,如果县里规划已通过审议,想要更改就比登天还难了。"

梁兴正应道:"这样吧,我今天已经答应分工村帮忙处理问题,明天就去。我知道储老喜欢什么,他爱吃煮蚕豆,我给他带十斤蚕豆、二十斤豆油、二十斤糯米就够了,他一定乐得合不拢嘴。储老脾气古怪,如果你带贵重的东西给他,他会大发雷霆,骂你搞鬼、乱弹琴,不但谈不成心,还要强迫你把东西立即拿走。你放心,这些东西我从家里拿,不要乡里负担,看望老领导带点土特产本来就是应该的。"

杜乡长笑道:"那就辛苦你了。"

第二天早上,梁兴正起了个大早,用自行车驮着昨天备好的土特产赶往县城。

储林春从局长岗位离休后,因脾气火暴且古怪,听不惯老伴无休止的唠叨,不愿与家里人合居一室,又不愿住到子女家去,为图清静,一人租了两间小屋独住。子女们帮他请了一个钟点工,为他料理伙食、打扫卫生。平时他找人下下棋、钓钓鱼,倒也悠闲自在。

梁兴正边骑边想:今天储老在家里下棋就好了,如果外出钓鱼就糟了,到哪里去找呀?事有凑巧,梁兴正刚到巷口就见储老正在锁门,脚边放着渔具,应是准备出去钓鱼,他连忙大喊:"储局长,我来了!"

储林春回头见是梁兴正,晃着脑袋笑道:"哦,是你这小鬼呀!好啊!好啊!我正想你呢。"说罢,转身拿钥匙又把门打开,招呼道:"来,屋里坐。"

梁兴正在门外靠墙停好自行车,把带来的东西拎进屋里。储林春一见,佯作生气道:"你这个小鬼,来就来,带什么东西嘛!"梁兴正靠着墙放下东西,笑道:"来看望老领导总不能空手呀!也没啥好东西,就是一点儿蚕豆、豆油和糯米,全是家中自产,一分钱也没花。"

"这个我喜欢,如果你花钱买东西来,我就要生气了。"储林春说罢,指了指墙边的椅子,"坐!"

梁兴正顺从地坐下。储林春从包里拿出他心爱的水烟壶以及烟丝包放在桌上,又翻出备好的午饭放进厨房,然后从包里拿出随身携带的"大哥大",拨通电话说:"喂,帮我买点菜过来做饭,我来客人了。"说罢,把"大哥大"放在桌上,在梁兴正对面的椅子上坐下,嘴角含笑地对梁兴正说:"小鬼呀,我知道你今天起大早来,是专程来看我的,我已通知钟点工过来做饭,所以你今天必须留下来,吃了饭再走,不许像从前那样蜻蜓点水匆匆而过,不然我就要生气了。"

梁兴正心里有事,本也不想走,笑道:"谢老领导厚爱,那我遵命就是。"

储林春佯作生气道:"又来了,我已离休,什么领导不领导的,叫我储老就行。"说罢,拿起水烟壶装上烟丝,擦亮火柴抽起烟来。抽了一番烟,他提议道:"小鬼,我们下几盘象棋怎样?"

梁兴正笑道:"不好意思呀储老,我下象棋只有初小水平,会让您见笑的。"

储林春安慰说:"没关系,离吃饭还早,消磨时间而已。"说罢,摆上棋盘,二人开始对弈起来。下棋间,钟点工拎着菜篮走进屋来,打过招呼后进入厨房忙碌起来。又下了两盘棋,厨房里传出炒菜的声音,梁兴正抬起手腕看了看手表,已是上午十点多钟,想到自己来的目的还不曾说出口,不禁心烦意乱,下起棋来更是心猿意马,一会儿把马拉到对方炮口,一会儿又把车放到对方马口。储林春推开棋盘,用豹子眼瞪着梁兴正笑道:"你这个小鬼,如此烦躁不安,心里肯定有事。快说吧,什么事儿?"

梁兴正正愁不好开口,见储老主动询问,就把杜贵仁乡长所托之事,有理有据地叙说了一遍。听罢,储林春晃着脑袋哈哈大笑道:"小鬼呀!这事你来找我还真找对了,我儿子是交通局交通工程规划设计的主任工程师,现任交通局交通工程科的科长是我在基建局当局长时的老部下。明天我去找他们说说此事,都是为了公事,有什么不好意思说的?你放心,我保证不出三天,他们就会去你们牛桥,找你们的乡长、书记进行对接。来,继续下棋。"

两人又对弈两局,钟点工走过来问:"饭菜齐备了,现在就开饭吗?"

储林春看了看手表,已是十一点多钟,便推开象棋说:"开饭!"于是两人一齐动手将象棋收入棋盒。钟点工拿来抹布擦过桌子,又端来菜盘,拿来酒杯和酒瓶。两人边吃边聊,对饮三杯,再增酒时,梁兴正请求道:"下午要骑车回乡,为了安全不敢再喝了,请储老原谅。"

饭后,梁兴正辞别储林春骑车回乡。回到乡里,把去县城的情况向乡长杜贵仁做了详细汇报,乡长开心得哈哈大笑。

第四天上午,储林春的儿子果然携同县交通工程科的科长和分管交通工程的副局长来到牛桥乡政府,带着里下河地区十二个乡镇的交通规划草图,对县道过境牛桥乡地段的规划方案与乡主要负责人实行对接。不出所料,县交通局县道工程规划的第一轮规划草案图,果然是用一条直线从东大吉庄一直画向了西边的塔南庄。杜贵仁乡长代表乡党委、乡政府,向三位县局领导系统汇报了牛桥乡的具体情况,并列举了乡党政联席会上讨论的结果和若干理由。三位县局领导听了频频点头,当场就按乡政府意见,在规划草图上沿老沙石路用红铅笔画了一道红线。

对接成功,皆大欢喜,乡长、书记、梁兴正还有交管站长领县局三位去牛桥庄饭店吃饭。席间,肖书记又说起了拐道向南绕镇一周的设想。交通局副局长笑着拍了拍他的肩膀说:"书记呀!哪个乡镇不希望县道绕镇一周呢?但从一镇而牵全局啊,拐得太多这规划图就不成体统了,还通过得了吗?不过,既然书记开了尊口,我们也不拂金面做点小主,等到做县道下封工程时,顺便帮你们给南北街的沙石路上喷一点沥青、撒一层石子如何?"肖书记一听,连忙起身敬酒致谢。

02

  1993年春节前夕，临海县里下河区域的交通规划图经县委常委扩大会议讨论通过并报上级审批同意，十八米路界的具体位置也按规划敲定。各乡镇紧锣密鼓地开始对妨碍施工的建筑物和构筑物动员拆迁，开始组织力量向所涉农户调整土地，谈妥的地段也开始陆续向公路填土。

  春节过后，县道途经牛桥乡所涉东林大桥和西高大桥拓宽重建的两个建桥组也陆续开进了现场，开始搭建浮桥，以便拆桥、建桥期间过往行人通行。但西高桥东路南住宅区里靠河边住着一户姓仲的人家，将猪舍建在屋后河边原桥坡下，既影响桥坡拓宽，又阻碍行人通往便桥，所以不得不动员拆迁。经梁兴正与其他乡村干部一起苦口婆心地做工作，户主仲老叔终于同意将猪舍迁离，修建到屋前河边的自留地上去，政府按规定补贴拆迁费和青苗费，仲老叔也当场答应三天内将所有杂物搬离现场。

  时隔一日的上午，梁兴正在政府签完到，骑车前往西高桥边查看猪舍拆迁进度，刚走到丁字路口，就看见前面路边围了一大群人。走过去一看，只见一个三十来岁的年轻人用双手紧紧揪着仲老叔的上衣前襟不肯放手。梁兴正拉过一位围观者细问缘由，围观者说："仲家昨天举全家之力将屋后桥坡下的猪舍拆了，今天仲老叔借来一辆板车，起大早将砖瓦木料向屋前自留地上陆续运送，途经年轻人家自留地旁的机耕路，不小心压坏了路边几棵蚕豆苗，二人争吵起来，仲老叔顺口骂了他一句'杂种',他就追过来用双手揪住仲老叔的上衣前襟。"

听罢围观者的诉说,梁兴正心里暗暗地想:"杂种"这个词还真不好解释。如果仲老头一气之下再说出一番道听途说或捕风捉影的言语来,事情就越发不可收拾了。怎么办呢?梁兴正开始逆向思维,猛然想出了一个声东击西的主意。他不慌不忙地拨开人群走过去问:"怎么了?近邻近舍的怎么吵起来了?"

仲老叔说:"哦,是梁规划呀!你们不是要求我尽快将猪舍拆除,把材料搬离现场吗?昨天我们将猪舍拆了,今早借来板车将材料向门前自留地上运送,不小心压坏了他家路边几棵蚕豆苗,他来找我讨说法,我已经答应加倍赔偿,可他还是不依不饶的,揪住我不放。"

小伙子急了,接言道:"梁规划呀,你别听他一面之词。本来他向我道歉,我已心平气和,可他离开后嘴里轻轻地骂了一句'杂种'被我听见了,我这才怒火复燃。今天他不给我一个满意的答复,我决不罢休!"

梁兴正笑着说:"小兄弟,背后骂人算啥英雄,他可不敢人前说你是狗熊嘛!"

在场的人哄堂大笑。梁兴正见火候已到,一把拉开年轻人的手说:"松开吧!小兄弟。"

年轻人愣了愣,虽然心有不甘,却又辩无可辩,只好红着脸悄悄地走出人群,回家骑车出去了。在场的观众见闹剧已散,也纷纷离开了现场。

仲老叔见人已散尽,一把拉住梁兴正的手说:"梁规划呀,你太有才啦,今天多亏你帮我解围啊!我要谢谢你!谢谢你啦!"

梁兴正笑道:"谢什么呀,作为基层政府工作人员,努力化解民间纠纷,促进社会和谐,本来就是职责所在嘛!如果碰到矛盾绕道走,老百姓岂不要骂娘?"

仲老叔连连点头说:"是啊,是啊!当干部的谁遇事就理、谁遇事不理,老百姓心中是有杆秤的。"

沉默片刻,梁兴正突然问:"仲老叔呀,有句话我想对你说,不知你爱不爱听?"

仲老叔连忙答道:"梁规划你有什么话尽管说,我洗耳恭听!"

梁兴正笑了笑说:"你常言道,邻居好赛金宝,我看你邻里关系处理得不怎么样啊,如果真的亲密无间,人家还会计较压坏几棵蚕豆吗?"

仲老叔懊悔道:"我呀,坏就坏在这张信口开河的嘴上,所以才搞得四面楚歌。今天这事,如果不是遇到你,还真不知道会闹成什么样,这也算是一次教训吧。梁规划你放心,今后我一定努力克服。"

"好吧!"梁兴正说,"我还要到别处去,这里就拜托你了。"

仲老叔拍着胸脯说:"梁规划你放心,我今天加班加点也要把拆迁现场清理干净,绝不影响建桥组施工。"

梁兴正道谢一声,骑车离开了现场。梁兴正在今后这段较长的时间里都会很忙,他不但要参加拆迁动员,而且要规划好拆迁建筑物迁移地点的落实,做好相关矛盾纠纷的协调;而分工村和规划环保的本职工作也不可置之不理,只能合理安排、穿插进行,大概要忙到过境县道下封工程结束才能松一口气吧。

转眼间,1993年"七一"党的生日又将来临,牛桥乡党政领导班子又产生了重大变化,乡党委书记肖银圣因工作需要调离牛桥乡,乡长杜贵仁接任乡党委书记,西乡的团委书记江山妙调来牛桥乡任乡长。

江山妙三十来岁,中上等身材,体格健壮,胖乎乎的脸上一笑有两个小酒窝,他说话诙谐、待人和善。由于初来乍到,他对机关里的工作人员不是十分熟悉,见到比自己年长几岁的就称老哥哥、老姐姐,见到像梁兴正他们这些年纪比他长十岁的就称老前辈,把梁兴正

第十三章 喜迎县道通牛桥

他们叫得很不好意思。有一次,他到县道施工现场查看施工进度,见梁兴正等人正在谈论工作,大老远就喊:"老哥、老姐、老前辈们辛苦了!"叫得梁兴正他们心里热乎乎的,连忙迎上前去汇报工作。

"七一"过后,梁兴正接到列席参加人代会的通知。江山妙是个高水平的人,他在人代会上的讲话声如洪钟、妙语连珠,加之平时待人亲和,也是全票当选。

人代会结束后,梁兴正又回归到了公路拆迁扫尾工作和规划环保的本职工作中,由于前期工作侧重于公路拆迁安置,本职工作难免有些积压,有几个急待翻建住房的农户都找到公路施工现场来了。于是公路上的工作稍微告一段落,梁兴正马上就联系土管所所长一起对前期所收报告逐一进行现场勘察,发现问题及时纠正,对既符合规划又符合用地政策的建房报告及时进行审批,对公路拓宽迁移的建筑物也补办了相关手续。忙完前期积压事务和拆迁扫尾工作,他又接到县城乡建设委员会关于重新修订集镇建设规划的通知,修订后的集镇建设规划必须经乡镇人民代表大会审议通过后方可报到县里审批,所有图纸资料和决议文件的报送时间不迟于1994年3月。

梁兴正屈指一算,离集镇建设规划图纸资料重新修订上报审批的截止日期还有五个多月,这个时间乍看似长,但虽远尤近。

这天晚上,梁兴正正在宿舍里挑灯夜战,专心绘制彩色规划图,忽然有人敲门。梁兴正急忙放下手中彩笔走过去开门,见是乡党委书记杜贵仁笑盈盈地站在门前,连忙说:"书记好!还没休息呀?"

杜贵仁哈哈笑道:"还问我,你不是也没休息吗?"说罢,走进屋在办公桌前的椅子上坐下,接着说:"我刚从东林村回来,见你宿舍亮着灯就过来了。主要想向你询问一下,你们建设规划部门对在公路两侧新、改、扩、翻建房屋有具体规定吗?"

梁兴正笑道:"有啊!目前的规定是离国道三十米为建筑红线,离省道二十米为建筑红线,离县道十米为建筑红线,离乡镇主干道五米为建筑红线。怎么了？"

杜贵仁若有所思地自语道："哦，这么说，他确实表错态了。"接着，他向梁兴正叙述了东林村支书和村主任向他反映的情况。

原来，东林村有个人称龚大的创业能人，改革开放后夫妻俩在家从事机织手套的家庭副业，后来生意越做越大，销路越做越广，又招用了十多个工人，成立了龚大纺织公司。渐渐地，原住宅施展不开，就到东林桥北丁字路西征用了一块地皮重建了厂房，又将丁字路口第一户人家的四间瓦房盘买下来，作为公司的生活办公用房。这四间瓦房向西到河边还有三户人家，前墙与这四间瓦房都在一条直线上，路桥拓宽后前墙离路界仅剩两米多宽，于是纷纷购买材料，准备后移翻建楼房。龚大也购进建房材料，想把四间瓦房翻建成楼房，可他不愿后移让出建筑红线，他认为这是他花钱买下来的住宅，不可白让。他先向村干部吹风，村干部说这不可能，因为他这四间房位于丁字路，如果不后移，西边桥坡下的三户就没了出脚路。龚大思来想去，想到新来的乡长是自己的高中同学，于是就把新来的乡长请来，当着村支书和村主任的面诉说此事。谁知新乡长未加思索，就随口表态说可以考虑。

消息一传开，可急坏了西边三户，纷纷出面缠着村支书和村主任讨说法，并扬言若真这么做就去县里告状。村支书和村主任无奈，只好向书记汇报，请求支援。

说到这里，杜书记长叹一声道："江山妙同志刚从乡团委书记岗位调来牛桥乡任乡长，关于基层的规划工作经验不足，出于情面随口表态，你别怨他。如果他来找你，你要言明事理，好言相劝，千万不要直言顶撞伤了和气，那样对今后工作不利；同时也千万不能投其所好违规办事，那样最终承担责任的人还是你。所以，我知道你确实挺为难。但我相信你有智慧、有能力处理好这件事，才在第一时间来找你。"

第十三章　喜迎县道通牛桥

梁兴正向书记道了谢,又将自己当前要做的工作,以及明年三月前要向县里报送集镇规划修订方案的事做了详细汇报,书记一一作答,这才离去。

又过了一天,到了晚上,梁兴正继续在宿舍制图,新任乡长江山妙推开门笑盈盈地走进门来说:"梁规划好辛苦啊!这么晚还在绘图。"

梁兴正笑道:"乡长好,请坐!"说罢,起身倒了一杯热茶递给乡长,接着说:"没办法呀,乡长,如果白天时间充足,又何必连夜制图呢?"于是又将自己近期的工作向乡长做了详细汇报。他还特别汇报了县道两侧无论镇内镇外,均需执行离路界十米为建筑红线的规定,并告诉乡长这也是本次重新修订集镇规划的重要内容之一。

听完梁兴正的汇报,江乡长沉默片刻,突然笑道:"你看我这人啊,嘴太快,竟然向我的老同学龚大表态,同意他原地翻建,这不违规吗?错了!错了!我说龚大怎么求我来向你打招呼呢,原来是这样一回事呀!"

梁兴正怕新乡长再说出其他话来,连忙劝导道:"乡长就不必自责了,你刚从团委书记岗位走上乡长岗位,对部分从未接触的行业法规不了解,实属人之常情。再说此事八字未成一撇,更无须自责了。"

乡长沉默半晌,长叹一声说:"早点休息吧!别累坏了身体。"说罢转身离去。

梁兴正深深敬佩乡长知规守规,但又对乡长临走时的一声长叹充满疑惑,心想:也许他是叹息自己当上乡长,以后再也不能像以前那样信口开河;也许是叹息自己在老同学和村干部面前丢了一回面子;也许他恨我抢先汇报建筑红线的规定,让他无法表明来意。想着想着,他心里无形中渗进一丝不安,再也无心制图,只好收起彩图彩笔上床睡觉。

时隔数日,龚大前来向梁兴正送交翻建办公楼的建房报告,梁兴正仔细查阅建筑占地地址,见地址上写着"东至乡主干道路界五米,南至县道路界十米",悬着的一颗心总算放下了。

龚大见状,皮笑肉不笑地说:"放心吧,一切按规矩来的。我知道乡长表态后,村干部找过书记,书记又找过你,我不让乡长为难,也不让你为难。只不过你亲了书记却远了乡长,你知道将来是白米饭养人还是红米饭养人呀?"

梁兴正哈哈笑道:"龚老板啊,你说的话真有意思!常言道,没有规矩不成方圆,各行各业都有具体的行规,只有遵守规矩才能走远。你以为书记对你建房一事的关心和乡长知规后的退让,都是对你不负责任吗?恰恰相反,他们都是在关心你、爱护你呀!试想,如果真的如你所愿批给你报告,给你放线定位,西边三户一定会因为没有出户之路闹腾起来,一方面阻止施工,另一方面去县上告。县里来人一查,此房既未按规定审批,亦未按规定放线定位,严重违背规定,必然责令停工,要求重新审批、重新定位。你不但会有经济损失,还会遭众人唾弃。而我呢,会因知规违规、胡乱作为受到处理,轻则检讨,重则丢职,乡长也会脸上无光。真到那时,后悔就晚了。"

龚大狡诈一笑说:"那也无所谓,我会对你负责,把你请去我们公司当副总,工资翻倍。"

梁兴正轻轻捶了龚大一拳道:"我放着好好的机关干部不做,要去看你脸色行事?你一不高兴,随便找个借口就可以把我辞去,到那时,我才真的欲哭无泪呢!"

谈笑一番后,龚大离去。梁兴正暗暗为新乡长知规即改的精神所感动,他推测新乡长私下肯定又去做过龚大的思想工作了,不然龚大的思想转变不会如此之快。可他心里并不轻松,因为他知道,随着经济的不断发展、人们的不断富裕,车辆将不断增多,交通将成为国家经济迅速发展的重要支撑。因此,加强国道、省道、县道、乡道的建设管理是未来交通现代化的需要,也是未来交通安全的需要。而这种道路间距的控制性翻建拆移,其工作难度也许并不亚于施工性拆迁,只是时间要求没有施工性拆迁那么紧迫而已。所以必须尽早利用广播、开会和发放宣传材料等宣传形式进行广泛宣传,做到家喻户晓。通过宣传,讲清道理,让居住在县道两侧十米范围内的居民早做翻建迁移的思想准备,同时又可以让需要调田让迁的村民加深理解。

于是,梁兴正马上找出相关文件,对照文件要求写出了一个简短易懂的宣传材料,交到乡广播站进行广播宣传。紧接着又将这份宣传材料打印成传单,会同县道所涉村的村干部,将此材料送到县道两侧所涉单位和所涉农户的家中,这才安下心来继续其他工作。

奋斗的年华

第十四章
撤乡并镇消息来

01

经过一冬天的艰苦奋斗，梁兴正终于在不找帮工、不影响规划环保日常工作和中心工作的前提下，加班加点地完成了集镇规划修订方案的所有图纸资料，交乡人代会审议通过后，又将成图和规划说明书一式三份，于1994年3月按时上报到了县城乡建设委员会。

时过不久，上级突然号召进行一次平坟拆土地庙的活动，乡政府分工各村的干部全部参与组织村组干部落实此项活动，梁兴正当然也不例外。

第十四章 撤乡并镇消息来

在从事此项活动的过程中，梁兴正发现大家对平坟并不反感，知道平坟是为了造地，为了方便机耕作业的操作。但对拆除土地庙这一举动并不十分理解，因为它是大家逢年过节祈求风调雨顺的地方，所以每到一处，村民们不是骂骂咧咧，就是横眉冷对。村组干部们也是心有余悸，在每座土地庙动手拆除前嘴里都要念念有词祷告一番，祷告完毕这才动手拆除，拆除过程中也是轻拿轻放，绝不把砖瓦损坏。梁兴正心里明白，也不道破，因为他知道，这只是人们期盼风调雨顺的一种精神寄托。

梁兴正与村组干部一起，操办了整整三天，终于全面完成了分工村的拆平任务，悬着的一颗心终于放下，回到乡里舒舒服服地睡了一个整夜觉。第二天早晨起来洗漱完毕，他刚去食堂吃了个早饭，正想去乡政府办公室签到，分工村的支书和村主任又找上门来，说他们村里有个绰号叫"老迷久"的人，昨天夜里又偷偷地在自家承包的蚕桑田里新建了一座土地庙。早上有人听到他在桑田里放鞭炮，过去一看方知建了新庙，村支书和村主任闻讯前去做工作劝他拆除，他扬言谁敢去拆就跟谁拼一条老命，万般无奈这才前来汇报。

听罢村支书和村主任的汇报，梁兴正那颗充满喜悦的心一下子又沉了下去，增添了一分忧愁。他立即去政府办签了到，随村支书和村主任向分工村赶去。

前往途中，梁兴正向村支书打听此人"老迷久"绰号的来历，村支书向他做了详细介绍。

原来"老迷久"姓盛，近六十岁的年纪，识字不多但人很精明，瓦、木工手艺均会。他脾气古怪，笃信神灵，家里有人生病从不立即求医，而是烧香拜佛，求其保佑。他身边老不离一本皇历书，谁找他干活都要先看皇历，如见历书上写着当日忌开光盖房，忌开市作灶，忌安门移徙或忌修造入宅等有关动用瓦、木工的字眼，一律推迟不去；如历书上写着诸事不宜，他就哪儿也不去。天长日久，找他干活的人渐渐稀少,愿意与他合伙干瓦木工程的人也不多。儿女们早早提出了跟他分家,最近他老伴突然生病卧床不起,儿女和左邻右舍的人都劝他尽快把老伴送往医院治疗,可怎么劝他也不听,硬是在家里烧香拜佛求保佑,四处问卦算命求仙方。结果找到了一个讹传有神仙附体的老迷婆,向老迷婆报上生辰八字,老迷婆说须选个黄道吉日,在自家东南方向独建一座土地庙,供一尊土地正神方能逢凶化吉。于是他花重金从老迷婆处买回一尊所谓开了光的土地神像,并购回香炉烛台备用。他查了今天正好是黄道吉日,于是昨晚偷偷将砖瓦灰浆运进了位于家宅东南方向的自家承包桑田里,借着月光靠自己的手艺,连夜建起一座一米来高的土地庙。今天起大早将土地神像和香炉烛台送进庙里,又回家拿来苹果、鱼肉等供品前来迎神归位,在燃放鞭炮的过程中被人发现。

说话间,三人已来到"老迷久"门前,见"老迷久"正在门前水井旁边清理昨晚运灰用的石灰桶,梁兴正近前一步说:"你是盛老叔吧?我叫梁兴正,是乡政府分工在你们村的政府工作人员,今天是专程来拜访您老人家的。"

"老迷久"哼了一声说:"拜访?果真是拜访那就请屋里坐吧!"三人走进堂屋顺势坐下。"老迷久"丢下灰桶走进屋里对梁兴正说:"哦,梁兴正,梁规划,我早就认识你,听说你很能说,也猜到你来干什么了,因为村支书早上已经找过我,你无非是他们请来的说客。不管你是谁,我把丑话说在前头,如果想动员我拆除辛苦一夜刚建的土地庙,那就免开尊口,万不可能!这几天我哪儿也不去,谁拆我就和谁拼命!除非你们抓我去坐牢,我才管不着,任凭你们去拆。"

梁兴正哈哈笑道:"盛老叔言重了,公民有信仰宗教的自由,怎么会因为建了一个小小的土地庙就被抓去坐牢呢?不过信仰和迷信并不是一回事,在农田保护区里占用农田擅自建庙更不是一回事。我们是政令之下其实难为,风潮之中检验难过,发现不拆则众口难调。

如果村里拆不了,只好如实向上汇报,一旦上级派人下来拆,你在强行阻拦中误伤了人,那就真的难说了。"

"老迷久"语塞,他知道梁兴正说的话句句属实,于是长叹一声道:"唉,我好后悔呀!如果不放鞭炮就好了。这个土地庙是我一人夜里凭借月光偷偷建的,藏在桑田中间谁也看不见,如果不放鞭炮,又有谁知道那儿新建了一座土地庙啊!"

梁兴正劝道:"老叔你就不必自责了,依我看,现在发现对你来说不但不是坏事,反而是好事一件。"

"老迷久"不解地问:"此话怎讲?"

梁兴正一本正经地说:"不信我从'有神论'和'无神论'两个角度给你分析一下?"

"老迷久"不服地说:"我就不信!如果你真能把我说得口服心服,这刚建的土地庙不用你们动手,我自己马上就去拆。"

村支书知道梁兴正处理问题从不信口开河,一定是有了新的主意,于是信心十足地问:"盛叔此话当真?"

"老迷久"信誓旦旦地说:"一言为定!"

梁兴正会心一笑说:"老叔你人称'老迷久',肯定十分迷信神佛,所以我就先按有神论替你分析一番。试想,如果真的有神佛,你这儿的老土地菩萨习惯了接收这方香火,保佑这方平安,现在庙虽拆但神灵犹在。你为了一己私利又新建一座土地庙,从别处招进了一个新的土地菩萨,新土地爷是喜欢你了,可老土地爷要与新土地爷平分香火,而你建的新庙还在他保护的耕地上,他能不恨你吗?"

村主任插言道:"是啊,人神共理,如果谁无故在我们村再设一个村主任,与我平分管理范围,我也会不高兴呀。"

听罢此言,"老迷久"心里一惊,喃喃自语道:"是啊,神灵有方,我怎么就没想到这一层呢?"

梁兴正见"老迷久"心动,接着说:"如果按有神论之说,趁此机会拆去你刚建的新庙,新老土地神谁也不会怨你,所以我才说现在发现反而是好事一件。"

"老迷久"沉吟半晌才说:"你这番有神之论我算服了,新庙拆除辩无可辩。可梁规划你呢?你到底信不信神佛?"

梁兴正哈哈笑道:"我呀,倒希望世间真有神佛,让人世间那些专做坏事的人得到应有的报应。但神只佑人,从不替人,天上永远不会掉馅饼,你说是吧,老叔?"

"老迷久"脸红了,不好意思地说:"我知道梁规划是在暗讽我,要不人家怎么会称我'老迷久'呢?其实你不说我也体会到了。不过我还是想听听你'无神论'之高见。"

梁兴正笑道:"我刚才说,即使真的有神,神只佑人,从不替人,不想做事的人就等于无神。随着科学的发展,许多迷信之事已不攻自破。就拿生病这件事来说吧,没有人敢说吃了五谷不生病。当然有少数人觉得神灵可佑,送医前在佛前点上一炷香祷告一番,那也只是祈求就医中遇到好人有个好运。可也有人家中有人生了病不去求医,而是天天在家烧香拜佛求神仙,甚至四处算命卜卦讨仙方,许愿建庙求保佑,结果失去了最佳就诊时间,使病情逐步加重,最终造成不可挽回的悲惨结局。如果这些迷信之举真能治好病,全世界的所有医院岂不都该关门了,你说是吗?"

"老迷久"听罢频频点头说:"有道理,有道理!听了你这一番出自肺腑的真言,胜读十年书啊!"

村支书问:"那你说现在该怎么办呢?"

"老迷久"坚定地说:"还能怎么办呀?先跟你们一起去拆了那个许愿的小庙,然后立即把老伴送去医院治疗嘛!"

三人齐说:"这就对了!"接着跟随"老迷久"来到桑田,看到那座新建的小庙只有一米来高,果然被周围桑树的树叶遮掩得严严实实,不特意走进桑园真的很难发现。

"老迷久"走到庙前深施一礼,双手合掌祷告一番,又弯腰从庙门内取出土地神像以及香炉烛台,再起身将庙盖上的脊瓦依次取下放到一旁。然后转身说:"请三位领导原谅,我已拆下庙上脊瓦,捧出土地神像和香炉烛台,剩下的活儿就辛苦三位了。我还有急事要去做,千万不要怪罪。"

梁兴正笑道:"谢盛叔支持我们的工作,你有事就忙去,剩下的活我们来干。你放心,我们一定小心操作,轻拿轻放,尽量不让你的砖瓦受损。"

"老迷久"又谢一番,捧着土地神像和香炉烛台离去。三人继续拆瓦拆墙,好在灰浆未干,拆除不难,很快就完成了拆除任务。三人到小河边洗了洗手,又闲聊一番,各奔东西。

梁兴正怀着胜利的喜悦骑车回乡,途经老土地庙拆除后的砖瓦堆旁,见"老迷久"正在面对土地神像陈列旧址跪拜,前面的砖堆上摆放着肉盘鱼盘以及水果各类供品,砖旁边点燃着一尊斗香,他嘴里正不断地祷告。梁兴正猜想他可能是为建新庙一事来向老土地爷告罪,请求原谅;也许是将老伴送医前,来祈求送医中能遇到好人有个好运;也许两者俱有吧。梁兴正知道这种事不宜打扰,就加快骑车离开现场,待骑过三节田,梁兴正忍不住跨下车来回身眺望,见"老迷久"仍在跪拜。想到自己的"以神说神"和"无神论"竟把"老迷久"搞得如此忐忑不安,心里生出一丝愧疚。可转念又想,面对封建迷信思想如此之重的"老迷久",不用此举又怎能让他答应拆除新庙呢?又怎能让他答应立即把病情严重的老伴送往医院治疗呢?而偷建新庙一事已闹得沸沸扬扬,拆不了向群众和上级领导都无法交代。再说,如果不是通过打比方做通他的思想工作,而是一味组织强拆,那种与群众对立强扭下来的瓜甜吗?如果不是通过打比方做通他的思想工作,他仍一门心思依赖神仙救助,任其老伴病情逐步恶化,不愿送医,这种对群众事不关己高高挂起的心态好吗?想到此,梁兴正又释怀了。

刚走进政府大门,正好碰到乡党委书记杜贵仁从秘书办公室出来,笑着向梁兴正招手说:"兴正回来了,我正好有事找你。来吧!到我办公室坐会儿。"梁兴正在政府楼走廊里放好自行车,跟随着书记来到楼上的办公室。

杜贵仁示意梁兴正在条椅上坐下,笑道:"听说你这几天辛苦了,牛桥村率先完成了拆平任务,只可惜……"

"只可惜昨夜又有人在桑田里偷建了一座新庙。"梁兴正抢言道。

"哦,你已经知道了呀?"

于是,梁兴正将早上分工村的干部如何联系他,他又如何设法做通"老迷久"思想工作的事原原本本向书记汇报了一遍。

听罢梁兴正的汇报,杜贵仁哈哈大笑道:"你这家伙真坏,我还想找你商量如何组织人员去强拆呢,谁知你捷足先登了。拆了就好,拆了就好啊!那就谈谈你对平坟拆庙的感想吧。"

梁兴正笑问:"那书记是想听真话还是假话呢?"

杜贵仁笑答:"当然想听真话喽!"

梁兴正直言道:"那我就直言不讳了。尊老敬祖是中华民族的传统美德,国家设了清明祭祖的节假日,鼓励人们回家祭祖孝老敬亲。但由于社会疏于对亡人入土为安的管理,耕田里新坟不断增多,出现了死人与活人争地的现象,所以每过一段时间组织一次平坟就变得势在必行。老百姓对平坟并不反感,知道平坟是为了造地,为了方便机耕操作,对于老旧坟平就平了,一般也就不再恢复。但对于父母新坟,每逢清明节子女们都要添把土祭扫一番,这是人之常情。所以我认为应该规定只留墓碑不准堆坟,这样既免了反复平坟,又不至于让子女们摸不到坟地乱磕头。可以规定立碑年限,到时必须深埋。实行火化后,骨灰统一存放,以便子孙集中祭祖,这样,若干年后耕地里就连墓碑也不复存在了。"

听罢梁兴正关于平坟的叙说,杜贵仁哈哈大笑道:"确实是个两者兼顾的好办法。再说说你对拆庙的见解吧。"

梁兴正接着说:"关于土地神的传说和逢年过节人们到土地庙敬香祈福的习俗由来已久,是村民们期盼风调雨顺、五谷丰登的一种精神依托而已,群众有这种美好愿望也不一定就是坏事。我认为与其拆了又建、建了又拆,反反复复劳民伤财,倒不如顺其自然,像县城与乡镇的寺院一样纳入统一管理,实行限位、限质、限量,不准多建乱建。这样,既满足了村民们逢年过节就近祈福的民俗需求,又克服了乱建现象,同时也减少了村民与政府间反复拆建的对立情绪。随着科学的不断发展,许多封建迷信思想会自然消亡,欲速则不达呀!"

听到这里,杜贵仁反问道:"既有如此想法,那你在此项工作中怎么又如此积极呢?"

梁兴正笑道:"因为我是党员,党员应该无条件地服从组织决定呀!"

杜贵仁又问:"既服从组织决定,怎么又会有如此之想呢?"

梁兴正复答:"那是因为在拆庙过程中,听到了村民们嘴里的抱怨与对立言辞,心里不是滋味,产生的不平衡观念呀!"

杜贵仁叹息一声道:"你们文人啊,有一个共同的弱点,什么事都要说深说透。我建议你此话由此而止,以防说出去有人断章取义,让你出力不讨好。而且听说乡镇可能马上要合并了,万一真的合并后,人多口杂,难免有人嫉能妒才,更不可信口开河、自寻烦恼。"

梁兴正明白书记如此之劝,是发自肺腑的关心,于是收住笑,诚恳地说了一句:"谢书记关心。"

杜贵仁也收住笑,认真地说:"在我面前你可以怎么想就怎么说,但出去说话办事一定要留神,防止有人借题发挥、添油加醋。你是一个有思想、有能力、有才华,并且办事认真的人,我不希望你因为'一根筋'的习性而跌跟头。"

梁兴正点了点头说:"书记的善言我一定牢记在心,其实我刚回牛桥乡工作时,储林春局长也对我说过同样的话。谢谢书记关心我!如无他事我就先告辞了。"

杜贵仁哈哈笑道:"坏家伙一个,走吧!但能者多劳,少不得还要派你们先完成拆平任务村的分工村干部到其他村去支援工作。"梁兴正答应一声"好的",起身离去。

第十四章　撤乡并镇消息来

02

　　牛桥乡的拆平任务总算全面结束,通过了验收。紧接着,梁兴正又接到县城乡建委文件,拟在五月中旬开始对全县测量标志进行一次全面维修,要求各乡镇全力配合。于是梁兴正马上通知土管所会计将近期所收的建房报告整理出来,约新来的土管所所长一起到村里进行现场勘察,发现矛盾及时处理,以防县建委规划科和测绘队到牛桥乡进行测量标志维修期间,有人因急待建房找上门来,自己无法分身。

　　好在安排得当,这批建房报告刚勘察审批完备,县建委测量标志的维修小组就开进了牛桥乡,梁兴正只好丢下其他工作全程陪同。待完成了牛桥乡境内的测量标志维修工作,"四夏"大忙又锣动鼓响,夏季"两上缴"也随季而至,又忙活了好一阵。

　　"四夏"大忙结束后,梁兴正突然想到了一个问题:当初县交通局分管交通工程规划的副局长来牛桥乡对接县道牛桥路段规划方案时,曾答应在进行县道下封工程时,顺便帮牛桥南北街沙石路面上喷洒一层沥青,布一层石子。现如今,县道途经牛桥乡三点八千米长、十八米宽的路基积土工程已经全面结束,马上就要进入灰土压实阶段。那个身患重症、弱不禁风、得罪不起的邹浩早已辞世,而他家那两间早该拆除的小屋依然像小岛似的拦在牛桥庄南北街路中,阻拦着交通,如在喷沥青、撒石子的过程中仍然留下这一块,岂不是憾事一件吗?于是他将自己的想法向乡政府分管负责人做了汇报,分管负责人又向乡党政联席会做了汇报,乡党政联席会研究后决定,由乡司法助理具体操办,申请法院强制执行。

　　接到牛桥乡政府的申请后,片区法庭的古庭长亲自出面做邹浩儿子的思想工作,陈述主动拆除和强制拆除的利害关系和不同结果。邹浩儿子是个明事理的人,最终选择了主动拆除,当场向法庭写下了三天内拆离现场的保证书。乡财政负责人立即将拆迁费和安置补偿费如数送交到了邹浩儿子的手中,梁兴正也会同土管所所长以最快的速度帮邹浩儿子办理了拆一还一的建房报告。

　　邹浩儿子果不失信,第二天就找来一大帮人帮助拆房,并陆续将拆除的材料运离现场,三天之约如期完成。这座静卧在牛桥街道沙石路面上四年之久的拦路虎终于清除,牛桥人个个欢欣鼓舞、拍手称快,乡党委乡政府的负责人当然也是喜上眉梢,专门设酒宴请片区法庭的古庭长等人表示答谢。席间,乡党政负责人分别向古庭长等人敬酒致谢后,梁兴正也捧起小酒杯前去敬酒。古庭长捧起小酒杯站起来说:"梁规划呀,你好狠!"

　　梁兴正愣住,不解地问:"庭长何出此言?"

　　古庭长笑道:"我当片区庭长十年来,片区其他乡镇每年都有几起建房上的邻里官司告到我庭,而你呢,几乎没有,这还让人活吗?"

　　梁兴正一听,放下心来,于是笑答:"俗话说,一年官司十年怨,能用苦口婆心说服和解的事,何必要让其发展成官司呢?法庭虽然能依法一锤定音,却解不了输赢双方心灵深处的仇与恨,你说呢?"

　　古庭长笑道:"这倒也是,要不,我们何必在每个案子开庭前都要组织反复调解呢?不就是希望原被告双方能够庭前和解吗?其实,我倒希望你们片区多出几个像你这样的人,因为诉讼案件越少才能证明我们普法工作做得越好。你把那么多邻里纠纷处理得干干净净,实在令人叹服,能透露一点具体经验吗?"

　　梁兴正笑道:"经验谈不上,体会倒是有一个,两个字——公正。

但'公正'这两个字说起来容易,做起来却很难。要不为权势所左右,还要不怕花工夫认真倾听矛盾双方的意见,不怕费时间磨嘴皮讲道理陈述利害。如果断章取义,卷着舌头偏向讲话,或以权压人强迫遵从,总有一方心里不服,永远也走不到双方自愿握手言欢的境地。"

古庭长笑道:"好!说得好!英雄所见略同。来,干杯!"二人碰杯后一口干了,众人皆鼓掌大笑。接着,乡其他有关部门负责人又陪庭长等人热闹一番,这才尽欢而散。

第二天,梁兴正会同乡交管站负责人,找来建筑站和自来水厂施工人员,接通了此处的给排水通道,安好了此处的路牙。次日又请来县道施工队的压路机师傅,对此地进行了灰土压实。诸事齐备,只等县道做下封工程时,帮牛桥乡南北街沙石路面上喷一层沥青,撒一层石子。

紧接着,乡里又接到县里企业产权制度改革和农机具产权转让的通知。在企业产权制度改革中,梁兴正的任务是帮助改制企业绘制用地平面图。在农机具产权转让中,梁兴正有分工村,不可不闻不问,本职工作也不可置之不理。于是他又开始忙上忙下、忙里忙外,时间都要算着过。

这天,梁兴正正在为乡新办的幼儿园开工放线,突然有人跑来告知,说梁兴正的爱人韩扣子在自家责任田里拔除秧草时被毒蛇咬伤,已被人送到乡医院。梁兴正放好线急忙赶到乡医院,见韩扣子被毒蛇咬伤的那条腿弯上紧扎着绷带,脚和小腿肿大,嘴里不断地呻吟,医生正在她脚踝被毒蛇咬伤的地方放血排毒。见此情景,梁兴正心疼得差点流出泪来。

韩扣子在乡医院治疗两天不见好转,红肿还在向大腿上延伸,眼睛看人都有了重影。梁兴正正着急,刚好韩扣子父母及两个弟弟闻讯赶来探望,见此状况,提议将韩扣子转送县人民医院进行治疗。韩扣子的大弟是塔南乡某大厂的厂办主任,身上带有砖块似的"大哥大",他当即给厂长打电话,请求厂长派厂里的驾驶员把厂里的小货车开来,把韩扣子送到了县人民医院。县医院医生检查后说,好在转院及时,人暂无大碍,但必须在县医院继续住院治疗,以防病情恶化。

办好韩扣子的住院手续,将她送进病房后,大家商量决定留下韩扣子的母亲在院陪护,其余人等乘车回家,梁兴正因工作忙,也只好恋恋不舍地辞别韩扣子随车回乡。韩扣子出院后,被她母亲直接带回了娘家,说是大病初愈后需好好静养。

一晃间,又是一个多月过去,途经牛桥乡三点八千米的县道下封工程全面完成,又按之前的约定帮牛桥南北街道沙石路面上喷了一层沥青,撒了一层灰色小石子,县道上封工程需待路基稳定后方可进行。施工队明天就要开赴其他乡镇地段从事下封工程。乡政府设晚宴招待他们,表示答谢。由于高兴,梁兴正陪人多喝了几小杯酒,跟跄着走回宿舍,也顾不上洗脸洗脚,关好门和衣躺在床上昏昏入睡,一觉醒来感到口干,找到茶杯喝了一口冷茶,然后开门上厕所。

梁兴正从厕所回来,关好门正准备脱衣上床睡觉,忽然发现床头帷幕边站着一个人,刚想大声问"谁"时,来人一把捂住梁兴正的口鼻,轻轻地说:"别嚷,是我。"一股香水味涌进了梁兴正的鼻腔。

梁兴正听出是同院宿舍罗丽凤的声音,紧张的心终于放松,轻轻责备道:"有话白天不好说吗?深更半夜吓死人了。"

罗丽凤用极低的声音说:"听说乡镇马上要合并了,合并后还不知道会怎样,我有很多话要对你说,一直找不到机会。你白天忙,很少在宿舍,况且白天人多口杂。今天见你隔壁宿舍无人,晚上你又回来了,我心里非常高兴,等孩子做完作业上床睡了,我站在窗口观察了足有两个小时,才找到这个机会。"

梁兴正紧锁双眉说道:"那你有什么话就快说吧,深更半夜的,你这么闯进来不合适。孤男寡女共处一室,我怕对你我影响不好!"

罗丽凤接着轻声说:"兴正啊!自从那天你在我家成功处理好建

房纠纷后,你的声音和形象就像幽灵似的住进了我的心里,一晃已经十年了,十年了啊!我每天都想见到你,一日不见如隔三秋啊!每当我们彼此相视一笑,我心里就像注进蜜一样的甜。每当我看到你跟韩扣子夫妻两人之间谈笑风生、相敬如宾,我心里就酸酸的羡慕不已。可我家那位呢?动不动就打我、骂我,要不我何必选择抛弃苦心经营的家庭与他离婚呢?离婚后我更想你,万般无奈这才给你写了一封情书表明心迹。我说你家韩扣子怎么会突然想到给我送东西,提出与我结拜姐妹呢,两个月前我才从韩扣子口中得知,你把我写给你的情书拿给韩扣子看了,你们夫妻俩怕我因情生恨,用的是一条处亲阻情之计。所以,我今天是来向你兴师问罪的,你必须给我一个交代!"说罢,她走上前一把抱住梁兴正。

梁兴正心里像压上了一块石头,仿佛看到韩扣子哭红着双眼向自己问责,他一把推开了罗丽凤。

罗丽凤长叹一声:"唉!十年相思终成一炬,我们俩要是能在一起,该有多好!"

听闻此言,梁兴正心中一惊,马上坚定地说:"这不可能!韩扣子与我情深意笃,彼此忠诚,同心同德,至敬至爱。她为我家呕心沥血,我再舍她随你还算人吗?"

罗丽凤收住笑,眼睛里忽然闪出一丝泪花,什么也没再说,默默地离去。

罗丽凤走了,梁兴正本该呼呼入睡,可他翻来覆去怎么也无法入眠。

自罗丽凤家建楼房受到后邻阻挠,书记派梁兴正前去成功调解后,罗丽凤对梁兴正就显得特别亲热和关心。每天早晨都站在宿舍门前等候梁兴正的到来,直至互道"你早"相视一笑方才离去;每逢天冷,她都要督促梁兴正多穿衣服,切莫受凉;每逢下雨,梁兴正外出办事,她都要嘱咐梁兴正路上小心;每逢梁兴正在宿舍办公,她都要过来交谈一番；每逢她家夫妻吵架，她都要来向梁兴正倾诉缘由，直至得到梁兴正的耐心劝导方才离去。

这一切在梁兴正看来，不过是同志间的亲密友谊与信任，直至罗丽凤离婚后，给梁兴正写了一封情书，他这才如梦初醒，就像接了一个烫手山芋，收不得又丢不得。梁兴正深知此事千万不能张扬，唯一的办法只有私下冷处理。由于心里有事未得其解，梁兴正变得郁郁寡欢、寡言少语。有一天回家吃过晚饭后，韩扣子关切地问："兴正啊，这几天见你好像有什么心事，能说给为妻听听吗？"

无奈之下，梁兴正只好把罗丽凤写给自己的情书拿给韩扣子看。韩扣子虽然识字不多，却也能勉强看懂这份字迹规整的情书，看罢佯作大笑道："好啊，好啊！你们一个是农艺师，一个是助理工程师，都是阳春白雪，只有我是下里巴人。你去吧！"说罢，泪如雨下。

梁兴正见韩扣子如此伤心，知她误解，连忙一把将她拥进怀里发誓道："苍天在上，我梁兴正心独在你，我深爱你，深爱我们的儿子，深爱我的父母，深爱我们的家，绝不会弃你随她，如有二心，不得好死！"

韩扣子听罢破涕为笑，用手捂住梁兴正的嘴说："不得胡说！我知你心向我，要不，怎么会把她的情书拿与我看呢？"

梁兴正叹息一声说："只是她与我友好相处十年之久，无话不谈，我一直只当是同事情谊，没想到她离婚后竟生如此幻想。她既送情书，必讨回复，我又不忍恶语相向伤透其心，让那张原本充满阳光的脸一下子变得乌云密布，不知如何是好，因而忧心。"

韩扣子想了想，拍手笑道："我有一计，等于变相回复又不伤感情。"

梁兴正忙问："什么计？快说来我听。"

韩扣子笑道："她离婚了，母女俩吃的米、油以及蔬菜都要靠自己买了。不如由我出面经常送些油、米、菜之类给她，再提出处个干姐妹，这样一来她自然就心知肚明，还好意思再向你索要情书回复吗？"

梁兴正听后拍手称赞道:"好！这叫处亲阻情,果然是个好办法！那就辛苦娘子你了。"

于是,韩扣子按计行事,互赠礼品,不久果然与罗丽凤姐妹相称,处得亲密无间、无话不谈。罗丽凤对梁兴正也依然热情不减,从不提及情书一事。

可是,就在韩扣子被蛇咬伤的前几天与罗丽凤的一次交谈中,无意间说漏了看到情书一事,把罗丽凤搞得无地自容,这才产生了当夜的兴师问罪。

想到这里,梁兴正禁不住问自己:这个世界上除了夫妻、父母、子女、兄妹、祖孙及其他亲人,还有天生不存幻想、不求结果、不图回报的男女深情吗？

而另一个自己无法回答也不想回答,但他深知,这种非正当的男女关系,即使是你情我愿不图回报,持续下去也迟早会出事。于是他暗下决心从此而止,这才呼呼入睡,进入梦乡。

那夜过后的第三天下午,梁兴正关好门窗,在宿舍里将某企业改制的草图绘制成图。罗丽凤前来敲窗,梁兴正假装没看见也没听见,自顾埋头制图,她失落地离去。他知道她还会再来,忽然心神不安,头脑中跳出一首打油诗来：

　　隔窗瞄身影,咫尺不敢见。

　　只怕再交谈,又勾心火燃。

　　为人须自警,无忌必毋宁。

　　愿君多保重,从此少思念。

过了两天,罗丽凤又来敲窗,梁兴正打开窗户把写有打油诗的字条递了过去,她接过字条看罢上面的诗,脸上立即多云转阴,当场将纸条撕得粉碎,骂了一句"一根筋",愤然离去。他知道,他与她之间无话不谈的深厚情谊再也回不到原点了,心里不由得生出些许忧伤。但他更清楚:要自警自律就得自制,要自制就得付出止住情感奔放和贪心扩散的代价。

果然,罗丽凤再见梁兴正时板着脸,一句话也不说,去食堂吃饭也从别处绕道而去。

事有凑巧,时隔不久便出事了。罗丽凤在乡某副乡长宿舍与副乡长亲热,被副乡长老婆开门进来撞了个正着,闹得满城风雨。为了消除影响、平息事态,乡党委研究决定:给予副乡长和罗丽凤各自一个党内严重警告处分。副乡长老婆心里平和了,而罗丽凤觉得再也无颜见人,哭得梨花带雨欲寻短见。乡党委负责人因知梁兴正的妻子韩扣子与罗丽凤是干姐妹,就请梁兴正回家把韩扣子找来劝说罗丽凤。在韩扣子再三劝说下,罗丽凤终于止住悲声。

韩扣子被毒蛇咬伤后,住院治疗十多天,又在娘家待了五十来天,家里落下许多农活,就把罗丽凤带回家继续劝说,罗丽凤让韩扣子继续干活,她也帮着干活。阵阵凉风吹来,吹散了罗丽凤心中的愁云,她忽然笑了,因为她想起了童年趣事,她向韩扣子诉说童年,韩扣子也向她诉说童年,农田里响起了两个女人的阵阵笑声。韩扣子对罗丽凤说:"你看,父母含辛茹苦把我们养大多不容易呀,如果我们不珍惜生命,父母该多伤心啊!所以,不管遇到什么挫折,我们都要坚强地活着。犯错算什么呀,跌倒了再爬起来嘛。妹子啊!你还是尽快找个合适的人嫁了吧,这样生活起来才踏实,你说呢?"罗丽凤心有所动,诚恳地点了点头。

这年底,在同事们的努力寻访和撮合下,罗丽凤终于找到了一个如意郎君,结成了百年之好。

罗丽凤与韩扣子依然以姐妹相称,只是在她们的心灵深处多了一份纯洁的友谊,她对梁兴正又恢复了微笑,只是笑眼里不再含情脉脉。这是梁兴正所期盼的最佳结果,同时他心里却又免不了产生一丝失落。可他清楚地知道,要选择正确,就必须无条件地接受失去,这个正确战胜过错的思想过程就叫作定力。

第十五章 临近撤乡安抚忙

01

　　1995年元旦过后,撤乡并镇的风声越来越紧,某些乡镇已试点先行。这使牛桥乡很多人着急起来,特别是南六村的村民们,纷纷找到所在村的村支部和村委会为饮用水问题讨说法。原因是早在1987年,牛桥庄大河北的水利站大院内就打成了一眼深水井,这些年牛桥村庄东村和大河以北的六个村的村民们,先后用上了深井的自来水,但因该井出水量有限,无法继续向南供水,南六村的村民们至今都没有吃上自来水。听到乡镇即将合并的消息后,村民们全都着急起来,担心乡镇合并后,不知道猴年马月才有人顾及此事。南六村的村干部们当然也很着急,就结伴到乡政府来讨说法。接待完南六村的村干部后,乡长、书记也着急起来,答应了尽快解决,可资金从何而来呢?于是就天天跑县城,找县人大县政府的负责人叫苦,诉说穷乡负责人难当。

精诚所至,金石为开,县人大和县政府的负责人终于答应帮助解决牛桥乡南六村的改水资金问题,带着县农委、县建委、县水利局、民政局、环保局、建工局、卫生局等部门的负责人到牛桥乡南六村召开改水问题研讨会。会议形成如下决议纪要:一是在牛桥乡南片六个村选址打一眼深水井,由牛桥乡乡长具体负责组织实施。二是计划在两年内完成该六村改水问题,1995年上半年完成一期工程,打好井铺好主管道,确保四千五百人吃上深井水,其余工程确保1996年完工。三是本着好事办好、实事办实的精神,县爱委会和有关部门要积极帮助做好规划、设计、选址工作。四是工程所需经费一次性落实,县农发基金拨款四万元,县水利局拨款六万元,其余与会局委各拨款两万元,合计拨款二十四万元,剩余资金缺口由乡政府和受益群众共同筹集。五是乡政府要保证专款专用,年底县政府将组织有关部门检查验收。六是县建委要组织县自来水厂技术人员帮助安装和铺设管道。

牛桥乡南片六个村的村民们听到消息后,个个欢欣鼓舞,奔走相告。而梁兴正在春节前又少不得要配合县建委和县爱委会规划设计人员进行现场勘察,确定深水井具体位置和通向南六村供水主管道的走向走法,以便春节后及时开工。

春节后,传来一个不幸的消息,梁兴正的老领导储林春因病逝世,梁兴正跟随杜贵仁书记一起去县殡仪馆参加悼念活动。在储林春病重期间,梁兴正曾去看过两次,虽早知他已是不久于人世,在前往殡仪馆的途中心情依然十分沉痛。在向遗体告别的时候,梁兴正

第十五章 临近撤乡安抚忙

望着这个曾经无私关怀自己的人静静地躺在花丛中,再过一会儿就要音容永别,两行热泪禁不住夺眶而出。晚上回家后,梁兴正还是伤感不已,韩扣子劝道:"人生百年终有一别,储老是个大公无私的人,他爱的是你的才华和敬业精神,你只有走出忧伤,努力工作,他的在天之灵才能得到安慰,你说呢?"梁兴正点点头表示赞同,于是头脑里又开始谋划起了近期的工作……

接下来,那些在县道拓宽建设中让出部分土地的企事业单位,在听到乡镇即将合并的消息后,急不可耐地向乡政府提出归还土地。经核实,途经牛桥乡的县道总长三点八千米,公路拓宽所涉及企事业单位十一个,需归还土地共二十一点六亩,最多的单位多达十一亩,最少的只有零点三亩,乡政府发文同意按政策协商调整土地归还。这可忙坏了规划土管所、财政所和工办以及所涉村的主要干部,不仅要与所涉单位协商归还土地的方位,还要做好被调田农户的思想工作,按政策仔细测算征地补偿费,形成材料上报审批。经过较长时间的努力才干净利落地完成了此项任务。在此期间,县道途经牛桥乡的路面上封工程也全面结束。

紧接着,建筑站、电线厂、交管站也因乡镇合并抓紧申报在县道路边建设综合楼,农商行和电信局也在县道路边抓紧选址征地,建设营业厅抢占牛桥市场,牛桥北街一下子今非昔比。梁兴正深知,这就是县道拐进牛桥之功的体现。

又隔了一个多月,这些单位的一应征地建设审批手续全部到位,梁兴正又会同土管所所长逐一到现场进行了建筑施工定位放线。定位放线的过程中没有产生任何矛盾。本以为万事大吉,可没过几天,电线厂综合楼施工现场就有人闹事,请求政府派人帮助解决,于是此项任务又落到了梁兴正头上。

梁兴正骑车来到电线厂,找适当的地方停放好自行车,然后走进施工现场,见电线厂所在地村民小组的吕大夫妇正站在挖土机前,阻拦挖土机施工。梁兴正听说吕大前几天刚从外地回来,于是含笑走过去说:"哎呀!咱们吕大兄弟真不简单,刚从外地出差回来,就立即到电线厂综合楼施工现场来帮忙了。"

吕大驳斥道:"梁兴正,你别螺蛳屁股歪得转个弯,他发他的洋财,我做我的小本经营,我凭什么帮他呀?他一天不跟我把账算清,我就一天不准他施工!"

梁兴正转身问业主赵老板:"你们差他什么钱呀?给了不就得了,何必闹得如此沸沸扬扬呢?"

赵老板苦笑道:"我们除了欠银行贷款外,从不欠个人的账,又能差他什么钱啊?事情是这样的,在企业产权改制转让中,所有转让企业都是按原有占地面积测算的转让租用合同,县级公路拓宽共占用我们电线厂零点九六亩,分别从吕大和王二两户承包责任田里划拨的土地归还,当时他们两家都是点头同意,并在征地协议上签了字的,这事你也在场。后来把土地征用费、安置补偿费和青苗费一并划拨给他的村级经济合作社,由村经济合作社按规定与承包农户结算应得金额。王二早将应得款领回,屁也没放一个,可他不但拒领还跑到我这儿来闹事,整整耽误了我们一个半工,你说我们冤不冤?"

吕大冷笑道:"我看一点也不冤!常言道打酒问提壶的,事实是你电线厂用了我的承包田,村里克扣了我的钱,我就找你!"

梁兴正哈哈笑道:"吕大呀吕大,我看你是聪明一世、糊涂一时啊!你这种隔山打鸟的做法,一点也不聪明。电线厂用你的承包田属于县级公路拓宽,占一还一,征用主体是政府而不是电线厂,况且占一还一的土地在厂北,而他们综合楼的合法建筑在厂南,根本风马牛不相及。俗话说,兔子急了还咬人,你再这样胡闹下去,最终不要承担延误施工的经济损失吗?"

吕大语塞。梁兴正接着说:"我看这样,既然这事牵扯村里,我们就请赵老板与我一起陪你到村里走一趟,看看是怎么回事。其他人

第十五章 临近撤乡安抚忙

继续施工,免得损失越大越不好交代。"

三人骑车向村部赶去,能说会道的吕大一反常态,变得一言不发。三人很快到了村部,正好村支书、村主任和村会计都在村办公室谈工作,见三人到来,连忙起身分别握手。梁兴正说明来意,并建议一起到村小会议室坐下来详谈。

大家来到村小会议室分宾主落座。梁兴正开口说:"今天我把电线厂赵老板和吕大请来村里,主要是因为吕大在电线厂施工现场阻挠施工,乡里派我来调查此事。吕大说了闹事的主要原因,是县道公路拓宽占一还一,还给电线厂的土地征用了他的承包田,而村里至今没有跟他结清账目,因而到电线厂阻止施工。所以不得不把他们领到村里来咨询,了解到底是怎么回事。"

村支书问吕大:"吕大呀,上次我在村部门口碰到你,你说是来领取土地征用费的,怎么又没领呢?"

吕大说:"因为你们克扣了我的钱,所以我拒领。"

村会计急了,压住火气说:"吕大呀!说话要凭良心,当时我把征用了你多少田,国家规定哪一项的补贴标准是多少,以及总钱数是多少一一说给你听了。你也用计算机复核了,怎么又说是克扣了你的钱呢?"

吕大反驳道:"我又没说你把账算错了,可是你在发钱的时候扣下了我的欠上缴,我才拒收的呀。"

村主任插言道:"那你说你到底该不该缴呢?你的土地征用费是钱,陈欠上缴也是钱,扣下来有什么不对呢?"

吕大又反驳道:"我提出的问题你们解答了吗?解答了我马上把陈欠一次结清,从土地征用费里扣我就是不答应!"

村支书怒道:"吕大你讲不讲道理呀?你提出的交通不便问题,现在公路已通到你的家门口,还要怎样?至于你说的原生产队的车水农具分田不知去向,你应该向公安局报案才是。用这种陈年旧事作为拖欠上缴的理由,纯属胡搅蛮缠!"

吕大阴笑道:"那我的陈欠上缴同样是陈年旧事。"

梁兴正听了心里好笑,接言道:"吕大兄弟啊!我看你人长得比谁都漂亮,头脑比谁都聪明,如此固执累不累呀?开始实行家庭联产承包时,我们这儿早已实行了排灌机电一体化,那些车水农具早成了废品。再说,你那时还在上学,你能确保当时生产队处理这些废品没有作价吗?如果查出来作过价,你不就是诬告吗?而农村'两上缴'执行的是国家《农业税征收条例》,是每个村民应尽的义务,你以不着边际的理由拖欠上缴已属违规,我劝你还是好自为之吧!"

沉默半晌,吕大突然大叫:"行了,别说了!我承认错了还不行吗?"说罢又对村支书说:"走!我们结账去。结完账继续出去谈生意,说不定谈成一笔生意,就能赚回陈欠几倍的钱,何必在这儿浪费时间呢!"

大家忽然听到吕大大叫,心里一惊,可再听下文都放下心来,不约而同地鼓起了掌,一场闹剧就这样奇迹般地结束了。

梁兴正怀着喜悦的心情赶回乡政府时,分管工业的副乡长彭俊也正好从外面骑车回来,向梁兴正招手说:"梁规划,你也回来啦?我正想找你呢,来吧,到我办公室一坐。"

两人在楼道里放好自行车,到办公室坐下,彭俊含笑问:"电线厂那边的纠纷处理得怎样了?"于是,梁兴正把事情的处理经过原原本本叙述了一遍。

彭俊听罢赞道:"好!好!谢谢你!这样一来我就放心了。"

梁兴正站起身问:"彭乡长还有别的指示吗?没有的话我就先走了。"

彭俊摆了摆手说:"坐!坐!当然还有事喽!你到安徽去过吗?这回把你带到安徽去玩一玩好吗?"

梁兴正不解地问:"平白无故去安徽干啥呀?"

第十五章　临近撤乡安抚忙

彭俊说:"跟你开玩笑的,不是去玩,而是有正经工作要你去做。我们乡在安徽不是外办了一个砖瓦二厂吗?目前乡里其他社办企业已经改制到位,唯独剩下二厂还没改制。乡党政联席会研究决定,派我带领工办主任、财政所长、工办会计还有你一行五人去安徽砖瓦二场进行资产评估。你的主要任务是测绘二厂用地平面图,这项工作是我们四个都望尘莫及的,所以非你不可。时间定在下周一,早上六点准时出发,来去途中及在二厂工作大约需要一个星期,所以这两天你要抓紧处理好手头的工作,并备齐测绘地形图所需的工具,有问题吗?"

梁兴正笑道:"既然领导们做了决定,我服从就是。"

奋斗的年华

02

星期一早晨,梁兴正吃了早饭,带着生活用品和测绘地形图的用具,在乡政府门前登上了前往安徽的小客车。途中,大家你一言我一语,谈笑风生。待车行至江苏境内,大家不再谈笑,全都聚精会神地注视着窗外的异地风光。中午在服务区吃了午饭继续赶路,又过了约有三个小时才终于到了砖瓦二厂。

二厂卢厂长已等候多时,见车门打开,大家提着行李逐一走下车来,连忙上前一一握手,然后把大家领进了预先准备好的住宿地点。闲聊片刻后,卢厂长领着大家参观厂区,对场内建筑设施以及大型机械等固定资产一一做了介绍。看着天色已晚,又直接把大家领进了食堂,备下丰盛的晚宴。大家边吃边聊,彭副乡长借着聊天的机会给大家分配工作:财政所长和工办会计负责核查固定资产原值与折旧账目、财务资金往来账目,以及原辅材料及产品库存账目;他和工办主任负责与卢厂长对接商谈,并对各类固定资产剩余价值进行初步评估。接着又问梁兴正测绘厂区平面图还有什么需求,梁兴正笑道:"只要派两个初中以上水平的工人帮忙立标杆、拉皮尺就行。"

第二天吃罢早饭,各自按照分工开始工作。梁兴正让两个工人找来三根竹竿和一袋石灰粉,沿着厂区通行道用竹竿和皮尺布设测点,每个测点距离为三十米,每条直线的尾点距离另当别论。每设一个测点,就放一把石灰粉用脚踏平,以防行人踢散石灰堆。通过一个上午的努力,厂区通行道上的测点全部布局完毕。

第十五章 临近撤乡安抚忙

下午,梁兴正将小平板、瞄准规、指南针、水平尺、丁字尺、三角尺、量角尺、三十米的皮卷尺,以及铅笔、橡皮等测绘和绘图工具全部带到现场。经过两天半的测绘,二厂用地平面图全面完成,两名工人回归车间,梁兴正把测绘草图复制成成图,正好其他两个组清产核资工作已基本完成。彭副乡长向卢厂长提出星期六早上启程回乡,卢厂长执意不准,一定要带大家到大别山天堂寨风景区游玩一下,说是已派人去六安长途车站买好了长途车票。彭副乡长无奈,只好应许。

第二天早晨,大家从二厂坐车出发前往天堂寨,一个小时后,车子进入大别山区,隔窗远望,峰岭连绵,高低错落,近似绿丛,远似青云,青绿之间晨雾如纱,如临仙境。又过了两个多小时,车到天堂寨停车场,卢厂长下车前往景区售票处购买门票,一行六人持票进入景区。彭副乡长嘱咐众人紧紧相随不要走散,刚走几步见前面峰坡脚下石阶旁的空地上围了一大群人,仔细一看原来是一个上海来的旅游团体,有个年轻美丽的女导游正在用标准的普通话介绍天堂寨概况,大家情不自禁地走过去旁听。

原来天堂寨系大别山区的第二主峰,峰顶高度为海拔一千七百二十九米,因峰内自然景观和名胜古迹奇特,被国家列为5A级景区。景区又分三大景点,即瀑布群景区、白马峰景区和盛景园景区,他们现在进入的是白马峰景区。接着他们跟随旅游团的人群沿着山路石阶向上走,每走一段路就有一番奇观或名胜,导游止步介绍,他们乐得旁听,听其解、观其景,真是美不胜收,正如名诗所云:"漫山层林染,银河落九天。幽谷烟云迷,苍松挂崖间。"

大家游兴正浓,外面突然下起了小雨,六人谁也没带雨具,看着时间已近上午十一点,提议原路返回。由于下雨,下山的石阶路有点滑,众人不敢大意,速度缓慢,待走出景区大门,雨越下越大,全都庆幸回返决策正确。在服务区找小吃店吃过午饭,已是下午两点多钟,暴雨依旧,只好驱车回程。

星期日,卢厂长用小车把大家送到六安长途车站,大家坐长途车到临海车站,又坐公交车到塔南,然后步行回牛桥。

梁兴正回家过了一宿,第二天早晨骑车去政府上班。途经牛桥张三门前,见张三正在营业房前的人行道路边挖坑。梁兴正跨下车,含笑问:"张三兄,你干什么呢?"

张三答:"挖两个坑,竖两根铁管灌上水泥砂浆做柱子,然后焊上横担,用彩钢瓦做个凉棚呗,怎么了?"

梁兴正问:"乡政府集镇市容管理通告中,规定不准在街道两侧乱搭乱建,你不知道吗?"

张三坏笑道:"梁规划呀,人家说你'一根筋',还真是个'一根筋'。眼看没几天乡镇就合并了,乡政府撤走后,牛桥庄就成牛桥村的牛桥庄了,你们那个政府文件还生效吗?再说,你在牛桥乡办事公正,老百姓都说你好,一点不错。可你也因此没钱孝敬领导,所以合并后给你安排什么职务还是未知数,何必这么较真呢?"

梁兴正哈哈大笑道:"俗话说'公道自在人心',合并后安排我做什么工作不重要,倒是今后牛桥街道的市容,要靠你们街道两侧的居民自觉维护了。你知道市容管理的真正目的是什么吗?是为了让行人看了舒心,走得方便,愿意来牛桥逛街购物呀!今天你张三在人行道上搭个棚,明天李四再搭个棚,后天王二麻子也搭个棚,要不了多久,街道两侧人行道全被占了,剩下的七米行车道也就变得人车混杂,互相干扰,充满危险,还有人愿意来牛桥庄逛街购物吗?没人愿来,你们的生意还能红火吗?所以这就叫与人为善、与己为善啊!你说呢?"

张三沉思半晌,突然一把拉住梁兴正的手说:"梁规划呀!你刚才说的一番话,我仔细想了想确实有道理,这个影响市容、妨碍交通的事确实做不得,做了等于自己害自己。你放心,我这就把挖的坑填平夯实,再用水泥砂浆抹平,不信你回头再来检查。"

第十五章 临近撤乡安抚忙

梁兴正握了握张三的手说:"谢谢你的理解和支持,这就拜托你了,我还要赶去乡政府签到,就不陪你了。"说罢,跨上自行车向乡政府赶去。

梁兴正赶到政府办签了到,正准备回自己的办公室,忽然发现土管所门前站了许多人,以为又出了什么事,于是情不自禁地走了过去。这时人群中有人发现了梁兴正,大声叫道:"梁规划回来了!"大家全围了过来,问这问那。

正热闹着,土管所新来的祁所长闻讯,也从办公室里走出来与梁兴正握手。梁兴正问:"出什么事了,怎么来了这么多人?"

祁所长没有正面回答,轻声道:"到你办公室去谈吧,这里人多。"梁兴正会意,把祁所长领进自己的办公室。

落座后,祁所长这才开口道:"事情是这样的,这不是马上要撤乡并镇吗?就在你们去安徽的第二天,正好乡里召开乡村全体干部会,会议的主要内容是维稳。村干部们汇报说,许多村民听到乡镇合并的消息后十分不安,特别是近两年需要建房的村民,生怕乡镇合并后人难找、事难办,不知如何安抚这些人的情绪。乡党委杜书记当众表态,要我们把现存的空白建房审批表全部发到村里去,村民在近两年需要建房的,可以直接填报上来。等你从安徽回来,逐村逐户进行勘察,符合政策又没有矛盾的及时审批下去,有矛盾的要会同村干部尽心尽力处理好,让需要建房的村民吃下定心丸,要力求两年内没有建房纠纷找到合并后的镇上去。"

听罢祁所长的叙说,梁兴正赞道:"这确实是一个安定民心、平稳过渡的妙策,只是我们两个在这短短的几个月内,要完成两年的建房勘察审批任务,并处理好相关矛盾,恐怕要奋斗到乡镇合并的前一天也不得消停了。"

祁所长说:"我比你还好一点,除了分工村就单打一了,可你比我还多一项环保工作呢。"

梁兴正笑道："时也、运也、命也,穿插进行吧!"

祁所长长叹一声说:"你倒好,乐天派,还笑,怪不得所到之处,老百姓都夸你好。可你要知道,有时一万个老百姓喊你好,也顶不上一个大领导喊你好啊!"梁兴正笑道:"老兄,在其位、忠其事、尽其力,别的事无法左右,我们只能静心投入工作啊!请你回去安排土管会计利用上午的时间,把近几天所收的建房报告分村整理出来,下午我们就一起下村,完成书记在会上交办的任务吧。要知道,像我们这样既无后台又不善溜须拍马的人,只有自勤自律、努力工作,才能永立不败呀!"

祁所长赞许地点点头,起身告辞,高高兴兴地离去。

就这样,梁兴正和祁所长开始忙碌起来。但建房报告层出不穷,忙完一批又来一批,谁也说不清这些建房报告批下去是不是两年内真的建房,又不好查问,只好送来就收,收了就去勘察,没问题就批,发现有矛盾纠纷,就耐心处理了再批。其他工作任务也不可置之不理,要穿插完成和处理。因此,二人起早带晚忙碌了好几个月,直到十一月中旬,所收的建房报告才渐渐稀少。

十一月下旬,乡镇合并的方案终于确定:牛桥乡与塔南乡合并为塔南镇,镇政府所在地设在塔南镇,合并的正式时间定为12月5日,由原牛桥乡党委书记杜贵仁担任镇党委书记,原塔南乡乡长担任镇长。在合并的前一天,牛桥乡党委政府召开机关全体干部参加的最后一次工作会议。宣读完乡镇合并的决定文件后,杜贵仁书记交代纪律:一是合并那天谁也不准迟到早退,更不准缺席,会上认真听讲,不准交头接耳。二是由于牛桥全体机关干部是合并去塔南工作,对塔南镇的具体情况不是十分熟悉,从大局出发,绝大多数部门负责人都将被列为第二召集人,必须服从分工,不得无事生非。三是合并后不得分群体、搞派性、闹不团结。四是合并过去的所有人在过渡期间暂不安排宿舍,离家远的可回牛桥原宿舍住宿。五是办公室和宿舍里所有经登记造册过的公共财物不得占为己有,亦不得随便外借和送人,将逐步进行调度使用。

晚上回到家中,吃过晚饭洗漱上床后,梁兴正想到明天就要去一个全新的地方上班,与一批全新的人打交道,也不知如何分工,自己将从事什么工作,不免辗转难眠起来。

妻子韩扣子关心地问:"你今天怎么了?在床上翻来覆去的,是不是又出什么事了?能说给为妻听听吗?"

于是梁兴正把心中所想全都告诉了韩扣子。

听罢梁兴正的诉说,韩扣子笑着用手指点点他的鼻子说:"你呀!其他什么都好,就是有点'一根筋'。常言道'船到桥头自然直',郎君你工作上一不贪二不懒,人家也不会比你多个鼻子多只眼,有什么可担心的呢?来!为妻给你鼓个劲,祝你合并之后再把新功建!"说罢,一把将梁兴正拥进怀里⋯⋯

这一晚,梁兴正做了一个好梦,梦见了合并后的塔南镇未来的规划蓝图。他拿着工具,和一帮小伙子在纸上写写画画,崭新的学校、气派的工业园区、整齐的小洋房、庄严的政府大院⋯⋯跃然而出。他徜徉在绿化优美的镇中心街道上,乡亲们给他竖起了大拇指,而他也笑得合不拢嘴⋯⋯